THREE ACT TRAGEDY

AGATHA CHRISTIE POIROT SELECTION

THREE ACT TRAGEDY

3막의 비극 애거서 크리스티 장편 소설 | 박슬라 옮김

황금가지

THREE ACT TRAGEDY
by Agatha Christie

정식 한국어 판 출간에 부쳐

　나는 한국에서 우리 할머니의 작품을 정식으로 출간한다는 소식을 듣고 무척 기뻤다. 할머니가 1920년부터 1970년 무렵까지 오랜 세월에 걸쳐 집필한 작품들은 21세기인 지금 읽어도 신선하고 재미있다. 등장 인물들이 워낙 자연스러워서 요즘 사람들과 다를 바 없고 이들이 등장하는 상황과 장소가 전 세계 사람들의 애정과 향수를 자극하기 때문이다. 한국 독자들은 이번에 새로 나온 정식 한국어 판을 통해 그 동안 접하지 못했던 애거서 크리스티의 일부 작품들을 읽을 수 있을 것이다. 덕분에 한국에 새로운 세대의 애거서 크리스티 팬들이 탄생할지도 모르겠다는 생각을 하면 가슴이 벅차다.

　애거서 크리스티는 대표적인 두 명의 주인공으로 기억되는 작가이다. 14권의 작품에 등장하는 마플 양은 영국의 작은 시골 마을에서 평온한 나날을 보내며 뜨개질과 수다로 소일하는 미혼의 할머니이지만, 놀라운 기억력과 날카로운 두뇌 회전으로 주변에서 벌어진 살인 사건을 해결한다.

그리고 마플 양과 상반되는 성격을 지닌 에르퀼 푸아로는 자신만 만하고 콧수염을 포함한 자신의 외모와 벨기에라는 국적에 대한 자부심이 상당하다. 그는 이집트와 이라크를 비롯한 세계 각지에서 수수께끼를 해결하며 『오리엔트 특급 살인 *Murder On The Orient Express*』, 『나일 강의 죽음 *Death On The Nile*』, 『애크로이드 살인 사건 *The Murder Of Roger Ackroyd*』 등 애거서 크리스티의 여러 대표작에 모습을 드러낸다.

황금가지의 대담하고 참신한 표지와 전반적인 디자인 덕분에 작품의 성격이 잘 살아난 것 같아 기쁘다. 또한 한국 독자들이 할머니의 원작이 지닌 참된 묘미를 느낄 수 있도록 충실한 번역을 위해 애써 준 점도 높이 사고 싶다.

할머니의 작품이 20세기의 그 어떤 작가들보다 많이 팔리고 있는 이유는 나이와 국적에 상관없이 읽을 수 있는 재미와 감동을 갖추었기 때문이다. 모쪼록 한국 독자들도 황금가지에서 선보이는 애거서 크리스티 작품들을 즐겁게 감상하기를 바란다.

매튜 프리처드
애거서 크리스티의 손자
ACL 이사장

나의 친구 제프리와 비이얼릿 십턴 부부에게 바친다

차례

감독

찰스 카트라이트 경

조감독

새터스웨이트

허마이온 리튼 고어

의상

엠브로신 의상실

조명

에르퀼 푸아로

제1막

의혹

크로우스 네스트

새터스웨이트는 '크로우스 네스트*'의 테라스에 앉아 집주인인 찰스 카트라이트 경이 바다 쪽에서 걸어 올라오는 모습을 지켜보고 있었다.

크로우스 네스트는 초현대식 방갈로였다. 여기에는 삼류 건축가가 애지중지하는 목골조(木骨造)도, 박공 지붕도 없었다. 크로우스 네스트는 수수하고 단조로운 흰색 건물로 겉보기보다 훨씬 크고 넓었다. 그런데도 그런 이름이 붙은 이유는 높은 언덕에서 루머스 항구를 굽어보며 우뚝 서 있기 때문이다. 실제로 테라스의 한 귀퉁이는 높고 튼튼한 난간을 에둘러 놓았으며, 그 너머로 가파른 낭떠러지 아래 바다가 펼쳐져 있다.

---

* '돛대 위의 망대'를 뜻한다.

크로우스 네스트는 마을에서 1.6킬로미터 가량 떨어져 있었다. 마을로 향하는 길은 갈짓자로 구불거리며 바다까지 이어지는데, 노련한 어부들이 애용하는 샛길을 타면 걸어서 7분도 안 걸렸다. 찰스 카트라이트 경도 지금 그 길을 따라 올라오는 중이었다.

찰스 경은 탄탄한 몸매에 피부가 햇볕에 그을어 까무잡잡한 중년의 사내였다. 그는 낡은 잿빛 플란넬 바지와 흰 스웨터를 입고 반쯤 주먹 쥔 손을 앞뒤로 흔들며 느긋하게 걸어오고 있었다. 그를 본 사람들은 십중팔구 고개를 끄덕이며 이렇게 말할 것이다.

"퇴역 해군 장교로군. 저런 사람들은 확실히 티가 난다니까."

하지만 그들보다 눈이 날카로운 이들이라면 찰스 경이 풍기는 막연하고 미묘한 어색함을 간파하고 잠시 주저할 것이다. 그리고 자연스럽게 눈앞에 이런 광경을 떠올릴 것이다. 배의 갑판, 진짜 배가 아니라 두꺼운 무대용 커튼으로 반쯤 가려진 배의 갑판 위에서 찰스 카트라이트가 조명을 받으며 반쯤 주먹 쥔 자세로 우뚝 서 있는 모습 말이다. 그의 입에서는 훌륭한 영국군 해병이자 신사만이 낼 수 있는 뚜렷하고 듣기 좋은 목소리가 장엄하게 흘러나온다.

"아니요. 그 질문에는 대답할 수 없습니다."

그리하여 마침내 두툼한 커튼이 드리우고 객석에 불이 들어오고 오케스트라가 마지막 선율을 연주하면 아가씨들이 과장된 고갯짓으로 인사를 건네며 말한다.

"초콜릿 어떠세요? 아니면 레모네이드?"

찰스 카트라이트가 밴스턴 사령관으로 분한 「바다의 부름」의 제1막이 끝난 것이다.

높은 좌석에 앉아 아래를 굽어보며 새터스웨이트는 미소를 지었다.

키가 작고 체격이 마른 노인인 새터스웨이트는 예술, 연극계의 후원자였다. 그는 귀족은 아니지만 언제나 환영받는 사교계 인사로서 중요하고 유명한 하우스파티*나 상류층 연회에 결코 빠지는 법이 없는 사람이었다.(모든 내빈 명단에는 항상 '그리고 새터스웨이트 씨'라는 이름자가 적혀 있곤 했다.) 뿐만 아니라 그는 사람과 사물에 관해 예리한 관찰력과 뛰어난 사고력을 지니고 있었다.

그는 머리를 흔들며 중얼거렸다.

"그런 생각은 하는 게 아니었는데……. 그러는 게 아니었어."

테라스에 발자국 소리가 울렸다. 새터스웨이트는 고개를 돌렸다. 반백의 훤칠한 중년 남자가 의자를 당겨 옆에 앉았다. 예리하면서도 온화한 얼굴에는 그 사람이 무슨 일을 하는지 또렷이 새겨져 있었다.

'할리 가**에서 일하는 전문의.'

바솔로뮤 스트레인지 경은 의사로서 성공한 인물이었다. 그는 신경질환 분야에서 명성을 떨치고 있었는데, 얼마 전 국왕 탄신 기념일에 기사 작위를 받았다. 그는 새터스웨이트의 옆으로 의자를 바싹 끌어당기며 말을 걸었다.

----

* 별장 등에 묵으며 며칠 동안 계속하는 파티.
** 일류 전문의들이 모여 있는 런던 거리.

"도대체 무슨 생각을 하지 말았어야 했다는 겁니까? 어디 한번 들어 봅시다."

새터스웨이트는 미소를 지으며 빠른 걸음으로 길을 따라 올라오는 사람을 가리켰다.

"찰스 경이 이런 은둔 생활을 오래 버티지 못할 거라는 생각 말입니다."

바솔로뮤 경이 고개를 뒤로 젖히며 너털웃음을 터뜨렸다.

"맙소사, 나도 정말 상상 못 했답니다! 나는 찰스와 어릴 적부터 아는 사이죠. 옥스퍼드에도 함께 다녔고요. 저 친구는 무대보다 오히려 실생활에서 더 뛰어난 연기자랍니다. 찰스는 언제나 연기를 합니다. 자기도 어쩔 수가 없나 봐요. 그건 저 친구의 제2의 천성이니까요. 찰스는 다른 사람들처럼 단순히 방을 나가지 않습니다. 그는 '퇴장'을 하죠. 늘 멋진 대사를 읊고요. 찰스는 항상 새로운 역할을 맡고 싶어 합니다. 2년 전에 저 친구는 무대 생활을 청산했지요. 번잡한 세상에서 벗어나 좋아하는 바닷가에서 조용히 시골 생활을 즐기고 싶다면서 말입니다. 그러고는 이리 내려와 이 집을 지었습니다. 찰스는 이걸 작은 시골 오두막집이라고 부르죠. 욕실이 세 개에다 온갖 현대식 시설들을 갖춘 이 집을요! 새터스웨이트 씨, 나도 당신과 똑같은 생각이었습니다. 이런 생활이 절대로 오래 가지 못할 거라고 믿었지요. 어쨌든 찰스도 인간이니까요. 저 친구한테는 관객이 필요해요. 은퇴한 선장 두서넛, 늙은 아낙네들, 그리고 교구 목사……. 이 정도론 부족해도 한참 부족하죠. 이런 '바다를 사랑하는 순수한 사나이' 역할 따위는 기껏해야 반년도 못 갈 줄 알았습니다. 그때쯤 되면 이 역할에 싫증이 나서 몬테카를로에서 세상만사에 찌든 인간이 되어 있거나 아니면 스코틀랜드의 대지주가 되어 있을 거라고 생각했죠. 찰스는 다재다능한 친구니까요."

바솔로뮤 경은 말을 멈췄다. 상당히 길게 이야기를 늘어놓은 참이었다. 그는 따스하고 애정 어린 눈길로 친구들이 무슨 이야기를 나누는지 감도 못 잡은 채 집으로 올라오는 찰스 경을 바라보았다. 몇 분 뒤면 곧 도착할 것 같았다.

바솔로뮤 경이 다시 말을 이었다.

"하지만 우리가 잘못 생각한 것 같습니다. 아무래도 저 친구는 이런 소박한 생활에 푹 빠진 것 같아요."

"연기가 생활화되어 있는 사람들은 오해받기 쉽지요. 사람들이 그의 진심을 진지하게 받아들이지 않으니까요."

"맞습니다. 정말 그렇지요."

바솔로뮤 경은 고개를 끄덕였다.

찰스 카트라이트가 기운차게 소리를 내지르며 테라스 계단을 뛰어 올라왔다.

"미라벨은 정말 끝내주더군! 자네도 같이 갔더라면 좋았을 텐데, 새터스웨이트."

새터스웨이트는 고개를 저었다. 그는 영불 해협을 건널 때에도 뱃멀미 때문에 엄청난 고역을 치렀다. 오늘 아침에 침실 창문으로 바다 위에 떠 있는 미라벨 호를 봤을 때는 바람이 어찌나 거세게 불던지 자기가 지금 육지에 발을 붙이고 있어서 얼마나 다행인지 모르겠다는 생각마저 했다.

찰스 경이 응접실 창문으로 다가가 하녀에게 음료수를 가져오라고 소리치고 나서 말했다.

"자네도 같이 갈 걸 그랬어, 톨리. 할리 가에 앉아 환자들에게 바닷가 요양이 얼마나 좋은지 하루 종일 늘어놓는 주제에 막상 자네는 전혀 움직이지 않잖나!"

"그게 바로 의사가 되면 좋은 점이라네. 자기가 하는 충고를 따를 필요가 없거든."

찰스 경이 웃음을 터뜨렸다. 그는 지금도 무의식중에 자신의 배역, 즉 호탕하고 쾌활한 해군 장교 역을 연기하고 있었다. 찰스 경은 보기 드물게 잘생긴 남자였다. 균형 잡힌 몸매에 준수한 얼굴에는 웃음기가 가득했으며, 희끗희끗한 관자놀이는 그의 매력적인 용모를 더욱 돋보이게 해 주었다. 찰스 경은 겉으로 보이는 그대로 훌륭한 신사이자 배우였다.

"자네 혼자 갔었나?"

바솔로뮤 경이 물었다.

찰스 경은 몸을 돌려 하녀가 능숙한 솜씨로 들고 있는 쟁반에서 잔을 집어 들었다.

"아니. 전문가와 함께 갔었지. 정확히 말하면 에그라는 젊은 아가씨야."

그의 목소리에 왠지 모를 수줍음이 담겨 있어서 새터스웨이트는 순간 고개를 쳐들어 그를 쳐다보았다.

"리튼 고어 양 말인가? 그 아가씨라면 항해하는 법을 좀 알지."

찰스 경은 약간 애처로운 웃음을 지었다.

"덕분에 난 완전히 애송이가 된 것 같은 기분이었어. 하지만 솜씨는 늘고 있네. 모두 에그 덕분이지."

새터스웨이트의 머릿속에 여러 가지 생각들이 스치고 지나갔다.

'혹시 에그 리튼 고어, 그 아가씨 때문에 찰스 경이 여기 머물러 있는 걸까? 그러고 보니 나이가 아주 위험할 때로군. 남자는 이 나이쯤 되면 꼭 젊은 아가씨에게 빠지게 되니까…….'

찰스 경이 말을 이었다.

"이 세상에 바다와 견줄 만한 건 없어. 태양과 바람, 바다…… 그리고 나를 반기는 작고 소박한 오두막집!"

그러면서 그는 흐뭇한 표정으로 뒤쪽의 흰 건물을 바라보았다. 세 개의 욕실과 완벽한 냉온수 시설을 갖춘 침실, 최신식 중앙 난방 시스템, 최신식 전기 설비와 숙련된 하녀, 가정부, 요리사, 부엌 하녀까지 딸려 있는 집을 말이다. 찰스 경이 생각하는 소박한 생활이란 아무리 보아도 다소 과장된 것 같았다.

그때 키가 크고 엄청나게 못생긴 여자가 집에서 나와 그들 쪽으로 다가왔다.

"좋은 아침이군요, 밀레이 양."

"안녕하세요, 찰스 경."

그녀는 다른 두 사람을 향해 살짝 고개를 숙이고 나서 찰스 경에게 말했다.

"만찬 메뉴를 가져왔습니다. 혹시 마음에 안 들거나 변경하고 싶어 하실 부분이 있을지도 몰라서요."

"어디 보자, 캔털로프 멜론*, 보르시치 수프**, 신선한 고등어, 뇌조, 서프라이즈 수플레, 다이앤 카나페……. 아주 훌륭해요, 밀레이 양. 손님들은 모두 4시 30분 기차로 도착할 겁니다."

"벌써 홀게이트에게 지시해 두었습니다. 그런데 찰스 경, 혹시 실례가 안 된다면 오늘 만찬에 제가 참석해도 괜찮을까요?"

찰스 경은 깜짝 놀랐지만 예의를 갖춰 대답했다.

"물론이죠. 난 괜찮지만, 밀레이 양…… 그게……."

밀레이 양은 침착하게 설명했다.

"그렇지 않으면 식탁에 열세 명이 앉게 되거든요. 사람들은 꽤나 미신을 믿는답니다."***

말투로 미루어 보아 밀레이 양은 날마다 열세 명이 앉은 식탁에서 식사를 하더라도 전혀 개의치 않는 것 같았다.

그녀는 말을 이었다.

"모든 게 다 준비된 것 같습니다. 홀게이트에게 레이디**** 메리와 배빙턴 씨 부부를 모셔오라고 했습니다. 괜찮겠지요?"

---

* 남유럽산 멜론의 일종.

** 야채를 넣은 러시아식 수프.

*** 영국에서는 한 식탁에 열세 명이 앉아 식사할 경우 그 중 한 명이 죽는다는 미신이 있다.

**** 귀족의 부인이나 딸에게 붙이는 호칭.

"물론이죠. 안 그래도 그렇게 해 달라고 할 참이었어요."

못생긴 얼굴에 약간 우쭐한 미소를 띤 채 밀레이 양이 물러갔다.

찰스 경이 엄숙한 말투로 선언했다.

"정말 대단한 여자야. 언젠가 내 이빨도 대신 닦아 주겠다고 할까 봐 걱정될 정도라니까."

바솔로뮤 경이 말했다.

"유능, 그 자체로군."

"내 밑에서 벌써 6년째 일하고 있지. 처음에는 런던에서 내 비서로 일했는데, 여기까지 함께 내려왔다네. 집안을 관리하는 능력을 타고난 것 같아. 꼭 시계처럼 정확하게 이 집을 이끌어 나가고 있거든. 그런데 이제 와서 그만두겠다니……."

"왜?"

찰스 경은 의심스럽다는 듯 코를 문질렀다.

"자기 말로는 어머니가 편찮으시다는군. 하지만 개인적으로 난 그 말을 안 믿네. 저런 여자한테 어머니가 있을 리 없어. 틀림없이 발전기에서 자연 발생적으로 태어났을걸. 다른 이유가 있는 게 분명해."

바솔로뮤 경이 말했다.

"아무래도 그런 것 같군. 사람들이 수군거리고 있거든."

찰스 경이 빤히 쳐다보았다.

"수군거려? 수군거리다니, 도대체 무슨 이야기를?"

"이보게, 찰스. 수군거린다는 게 무슨 뜻인지 자네도 알잖나?"

"그러니까 자네 말은, 사람들이 저 여자와 내 사이를 의심한다는 건가? 저렇게 생긴 여자랑? 게다가 저렇게 나이가 많은데?"

"아직 쉰은 안 된 것 같은데?"

찰스 경은 밀레이 양의 나이를 가늠해 보며 말했다.

"아마 그럴 거야. 하지만 솔직히 말해서, 톨리, 자네도 저 여자 얼굴을 봤잖나. 물론 눈은 두 개요, 코도 하나, 입도 하나지만 저걸 얼굴이라고 부를 순 없어. 적어도 여자 얼굴은 아니지. 아무리 헛소문 퍼뜨리길 좋아하는 노처녀들이라도 저렇게 생긴 여자와 스캔들을 엮을 생각은 못할 걸세."

"자네는 영국 노처녀들의 상상력을 과소평가하는군."

찰스 경은 고개를 내저었다.

"믿을 수가 없어. 그 영국 노처녀들은 밀레이 양이 얼마나 대단한지 모르는군. 밀레이 양은 점잖고 도덕적인 데다 엄청나게 능력 있는 여자야. 게다가 난 비서를 뽑을 때 늘 지독하게 못생긴 여자를 고르거든."

"현명하군."

찰스 경은 한동안 깊은 상념에 잠겼다.

친구의 관심을 돌리려고 바솔로뮤 경이 물었다.

"오늘 오후에 오는 사람들은 누군가?"

"우선 앤지가 오지."

"앤젤라 서트클리프? 잘 됐군."

새터스웨이트는 이번 하우스파티에 누가 참석하는지 궁금해 귀를 쫑긋 세웠다. 앤젤라 서트클리프는 유명한 여배우로, 나이는 꽤 들었지만 특유의 매력과 기지로 아직도 대중의 사랑을 듬뿍 받고 있었다. 때로는 제2의 엘런 테리*라는 평을 듣기도 했다.

"그리고 데이크리스 부부도 오고."

새터스웨이트는 혼자서 고개를 끄덕였다. 데이크리스 부인은 앰브로신이라는 유명한 의상실을 운영하고 있었다. 연극 프로그램에는 '1막에서 블랭크 양이 입은 의상은 앰브로신 의상실(브룩 가에 위치)에서 제공한 것임'과 같은 문구가 실리곤 했다. 그녀의 남편인 데이크리스 대위는, 그의 전문 분야인 경마 용어로 표현하면 소위 다크호스였다. 그는 경마장에서 많은 시간을 보냈는데 실제로 과거 수년 동안 그랜드 내셔널**에 출전하기도 했다. 그러다 어떤 불미스러운 일에 휘말렸고, 정확한 내막을 아는 사람은 없었지만 꺼림칙한 소문이 무성했다. 결국 공개적인 조사는 이루어지지 않았으나 아직도 많은 사람들이 프레디 데이크리스라는 이름을 들으면 눈썹을 추켜세우곤 했다.

"앤터니 애스터도 참석할 거네. 극작가지."

"그렇지! 「일방통행」을 쓴 그 여자로군. 나도 그 연극을 두 번이나 봤는데, 엄청난 성공을 거두었지."

새터스웨이트는 앤터니 애스터가 여자라는 사실을 알고 있다는

----

* 국제적인 명성을 떨친 영국의 유명한 연극배우.
** 리버풀에서·열리는 세계 최고의 장애물 경마 대회.

걸 상당히 과시하는 듯한 말투로 말했다.

"잘 아는군. 그 여자 진짜 이름이 뭐더라……. 그래, 아마 윌스일 거야. 만난 적은 한 번밖에 없는데 앤젤라를 기쁘게 해 주려고 불렀지. 이 사람들이 전부네."

"그리고 이 지방 사람들은?"

"아, 여기 사람들! 먼저 배빙턴 씨 부부가 오기로 되어 있어. 배빙턴 씨는 이곳 교구 목사인데, 꽤 괜찮은 사람이라네. 목사 티를 너무 내지도 않고. 부인도 정말 좋은 여자지. 나한테 정원 가꾸는 법을 가르쳐 주고 있어. 그리고 레이디 메리와 에그가 올 걸세. 그게 다야. 아참, 그렇지. 맨더스라는 젊은이도 오는데, 뭐라더라, 기자라고 했던가? 무척 잘생긴 젊은이야. 파티에 참석하는 사람들은 이게 다 일세."

새터스웨이트는 천성이 체계적인 사람이었다. 그는 숫자를 세어 보았다.

"서트클리프 양, 하나, 데이크리스 부부, 셋, 앤터니 애스터, 넷, 레이디 메리와 그녀의 딸, 여섯, 목사와 목사 부인, 여덟, 젊은이, 아홉, 우리 셋까지 전부 열두 명이군. 자네 아니면 밀레이 양이 계산을 잘못한 모양이네, 찰스 경."

찰스 경이 단호하게 말했다.

"밀레이 양이 잘못 계산했을 리는 없어. 그 여자는 실수하는 법이 없으니까. 어디 보자……. 아, 그렇군. 자네 말이 맞네. 내가 한 명을 빠뜨렸군. 깜박했어."

찰스 경이 싱글거리며 웃었다.

"하지만 별로 유쾌한 손님은 아니야. 내가 아는 사람 중에서 자만심이 가장 강하니까."

새터스웨이트의 눈이 반짝였다. 그는 언제나 세상에서 자만심이 가장 강한 사람은 배우라고 생각했기 때문이다. 그 중에는 찰스 카트라이트 경도 포함되어 있었다. 뭐 묻은 개가 겨 묻은 개를 나무라는 격이니 참으로 재미있는 일이 아닐 수 없었다.

새터스웨이트가 물었다.

"그래, 그 에고이스트는 누군가?"

"작고 괴상한 친구라네. 동시에 사교계에서 유명한 괴짜기도 하지. 새터스웨이트, 자네도 이름을 들어 봤을 거야. 에르퀼 푸아로라고, 벨기에 사람이지."

"그 탐정 말이군. 만난 적이 있네. 대단한 사람이지."

"괴상한 사람이라니까."

바솔로뮤 경이 말했다.

"난 만나 본 적이 없어. 하지만 이야기는 많이 들었네. 얼마 전에 은퇴했다고 하지 않았나? 뭐, 내가 들은 이야기들도 다 헛소문인지 모르지. 아무튼 찰스, 이번 주말에 무슨 범죄라도 일어나는 게 아닌가 모르겠네."

"왜? 탐정이 있어서? 앞뒤가 바뀌지 않았나, 톨리?"

"글쎄, 어쨌거나 그게 내 지론이라서 말이야."

새터스웨이트가 물었다

"지론이라니, 그게 뭡니까?".

"사람이 사건에 다가가는 게 아니라 사건이 사람에게 다가온다는 겁니다. 어째서 어떤 사람들은 흥미진진한 삶을 사는데 또 어떤 사람들은 지루한 삶을 살까요? 주변 환경 때문에? 천만의 말씀! 어떤 사람들은 세상 끝까지 여행을 하더라도 아무 일도 일어나지 않습니다. 그 사람이 도착하기 일주일 전에 대학살이 일어나거나 아니면 그 사람이 떠난 바로 다음 날에 지진이 일어나죠. 아슬아슬하게 놓친 배가 난파하기도 하고요. 하지만 어떤 사람은 발햄*에 살면서 집과 시티**사이만 왔다 갔다 할 뿐인데도 별별 이상한 일에 휘말린답니다. 갱단에게 협박을 당하거나 아름다운 여자와 얽히거나 노상 강도를 당하거나 말이죠. 세상에는 배를 타는 족족 조난당하는 사람들도 있답니다. 심지어 인공 호수에 보트를 타고 나가도 말이죠. 그 에르퀼 푸아로라는 사람도 마찬가지입니다. 그 사람은 범죄를 찾아다닐 필요가 없어요. 범죄가 그를 찾아올 테니까요."

새터스웨이트가 말했다.

"그렇다면 밀레이 양의 말대로 식탁에 열세 명이 앉는 건 피하는 게 좋겠군요."

찰스 경이 인심 쓰듯 말했다.

"자네가 원한다면 살인 사건 정도야 허락해 주지. 단 조건이 있

---

* 런던 남쪽의 주택가.

** 금융 기관 및 상가가 몰려 있는 런던 중심 지역.

네. 내가 송장이 되는 건 사양하겠어."

세 사람은 껄껄대며 집 안으로 들어갔다.

만찬 전에 일어난 일

이제까지 살아오면서 새터스웨이트의 가장 큰 관심사는 인간이었다. 특히 남자보다 여자에게 훨씬 더 관심이 많았다. 그래서 그런지 남자치고는 지나칠 정도로 여자에 대해 아는 것이 많았다. 그에게는 여자의 마음을 꿰뚫어 보는 여성적인 기질이 숨어 있었다.

여자들은 늘 그에게 비밀을 털어놓으면서도 그를 진지하게 생각하지 않았다. 가끔 그는 이 때문에 서글픔을 느끼기도 했다. 그는 직접 무대에 서지 못하고 언제나 객석에서 다른 이들의 연기를 지켜봐야 하는 종류의 사람이었다. 사실 그에게는 관객의 역할이 잘 어울렸다.

그날 저녁 새터스웨이트는 테라스가 연결된, 최고급 현대식 선실(船室)을 본따 호화롭게 장식한 널찍한 객실에 앉아서 신시아 데이크리스의 염색 머리를 흥미롭게 바라보고 있었다. 참으로 독특하고 참신한 색깔이었다. 그의 생각에 파리에서 직수입한 것 같은데, 초록색이 감도는 청동색이었다.

그녀의 진짜 생김새를 묘사하기란 불가능했다. 그녀는 키가 크고, 그때그때 상황에 알맞은 인상을 풍기는 외모였다. 목과 팔은 평범한 여름 휴가를 보낸 사람처럼 햇볕에 그을어 있었는데, 자연스럽게 그렇게 된 것인지 아니면 인위적으로 만든 것인지는 판단하기 힘들었다. 초록빛 도는 청동색 머리칼은 런던 최고의 미용사만 할 수 있는 멋들어지고 세련된 스타일로 정돈되어 있었다. 가늘게 손질한 눈썹과 마스카라를 바른 속눈썹, 섬세하게 화장한 얼굴, 그리고 절묘한 곡선으로 립스틱을 바른 입술은 독특한 색조를 지닌 담청색 이브닝드레스와 완벽한 조화를 이루었다. 드레스는 디자인 자체는 단순했지만 촌스러운 것과는 한참 거리가 멀었으며, 천 또한 특이한 재질이어서 약간 탁한 듯하면서도 언뜻언뜻 광택을 발했다.

새터스웨이트는 마음에 든다는 표정으로 그녀를 바라보며 중얼거렸다.

"똑똑한 여자로군. 실제로는 어떻게 생겼는지 궁금한걸."

하지만 뒷말은 입 밖으로 내지 않았다.

그때 느릿느릿한 그녀의 목소리가 들려왔다.

"그건 불가능했어요. 내 말은, 세상에는 가능한 일이 있고 불가능한 일이 있는데, 그건 불가능했다는 거예요. 감동적이죠."

그것은 그녀만 사용하는 새로운 표현이었다. 그녀는 모든 것이 '감동적'인 모양이었다.

찰스 경은 격렬한 손놀림으로 칵테일 셰이커를 흔들며 앤젤라 서 트클리프와 이야기를 나누는 중이었다. 그녀는 키가 크고 잿빛 머 리에 장난기 어린 입매와 아름다운 눈을 가진 여자였다.

데이크리스 대위는 바솔로뮤 경과 대화를 나누고 있었다.

"늙은 레이디스본이 어디가 잘못되었는지 모르는 사람은 없어요. 마방(馬房)에서 일하는 사람은 다들 압니다."

그는 고음에 툭툭 끊어지는 목소리로 말했다. 작은 몸집에 붉은 머리칼과 짧은 콧수염, 눈빛이 약간 교활한 여우 같은 사내였다.

새터스웨이트의 옆에는 윌스 양이 앉아 있었다. 그녀가 쓴 「일방 통행」이라는 희곡은 요 몇 년 동안 런던에서 가장 재기발랄하고 대 담한 작품이라는 호평을 받았다. 윌스 양은 큰 키에 말랐으며, 아래 턱이 무척 짧고 끔찍하게 곱슬거리는 금발머리를 하고 있었다. 코 안경을 쓰고 후줄근한 초록색 시폰 드레스를 입고 있었으며, 목소 리는 높은 편이었지만 별다른 특색은 없었다.

"전 남프랑스에 갔었어요. 하지만 솔직히 말해 별로 즐겁진 않았 어요. 사람들과 잘 못 지냈거든요. 그렇지만 제 일에는 많은 도움이 됐죠. 제 일이란 게 주변에서 벌어지는 일들을 관찰하는 거잖아요."

새터스웨이트는 생각했다.

'쯧쯧, 처량하군. 성공을 거두는 바람에 자기의 정신적 고향에서 쫓겨난 셈이니까. 본머스의 하숙집이야말로 이 여자가 제일 좋아하 는 곳일 텐데.'

그는 작품과 그것을 쓴 작가 사이에 엄청난 괴리가 존재한다는

데 놀랐다. 윌스 양에게는 앤터니 애스터의 작품에서 짙게 풍기는 '산전수전 다 겪은' 남자의 분위기는 아무리 눈을 씻고 봐도 없었다. 그저 안경 너머에서 반짝이는 밝은 푸른색 눈동자만이 두드러지게 총명해 보일 뿐이었다.

자신을 뚫어지게 쳐다보는 눈빛 때문에 새터스웨이트는 약간 불편했다. 마치 윌스 양이 자신을 속속들이 꿰뚫어 보고 마음속에 새겨 넣는 것 같았다.

찰스 경이 완성한 칵테일을 잔에 따르고 있었다.

"칵테일을 가져다 드리죠."

새터스웨이트는 자리에서 일어났다.

윌스 양이 작은 소리로 키득거렸다.

"제가 직접 가져와도 괜찮아요."

문이 열리더니 템플이 들어와 레이디 메리 리튼 고어와 배빙턴 씨 부부, 리튼 고어 양이 도착했다고 알려 주었다.

새터스웨이트는 윌스 양에게 칵테일을 가져다 주고 나서 살며시 레이디 메리 리튼 고어 옆으로 다가갔다. 전에도 말했듯이 그는 작위나 지위에 약한 사람이었다. 게다가 그런 속물근성과는 별도로 숙녀를 좋아했는데, 그런 점에서 레이디 메리는 완벽한 숙녀였다.

딸이 겨우 세 살때 남편을 잃고 가난한 과부 신세가 된 레이디 메리는 루머스로 옮겨 와 작은 시골집에 터를 잡았고, 그 후로 줄곧 이곳에서 충직한 하녀 한 명과 함께 살아왔다. 그녀는 키가 크고 말랐으며, 실제 나이인 쉰다섯 살보다 나이가 더 들어 보였다. 인상은 온화한 편이고 내성적인 데가 있었다. 그녀는 딸을 끔찍이 사랑했지만, 그 딸 때문에 간혹 당혹스러워하기도 했다.

허마이온 리튼 고어는 무슨 이유인지 몰라도 에그*라는 애칭으로 불렸는데 어머니와 별로 닮은 구석이 없었다. 그녀는 발랄하고 명랑한 타입이었다. 새터스웨이트가 보기에 미인이라고 하기는 힘들지만 놀라운 매력이 있었다. 그 매력의 근원은 주체하기 힘들 정도로 흘러넘치는 특유의 생동감에 있었다. 에그는 방 안에 있는 다른 사람들보다 두 배 이상 활기차 보였다. 검은 머리칼에 키는 중간 정도였다. 목 둘레에서 곱슬거리는 머리카락, 솔직하게 주시하는 회색 눈동자, 매끄러운 곡선을 그리는 뺨, 자유분방한 젊음과 통통 튀는 전염성 강한 웃음소리 등, 그녀에게는 뭔가 특별한 게 있었다.

리튼 고어 양은 막 도착한 올리버 맨더스와 이야기를 나누고 있었다.

"도대체 왜 항해가 재미없다는 건지 모르겠네. 옛날에는 좋아했잖아?"

"에그, 사람이란 성장하기 마련이라고."

올리버 맨더스는 눈썹을 살짝 추켜세우며 느릿한 말투로 말했다.

그는 잘생긴 젊은이로 스물다섯 살쯤 되어 보였다. 반지르르한 외모에 맵시도 좋아 보였다. 또 뭔가 다른 독특한 분위기를 풍겼는데, 이국적인 느낌이라고 해야 할까? 왠지 모르지만 그는 비영국적

---

* '달걀'이라는 뜻.

인 데가 있는 것 같았다.

올리버 맨더스를 관찰하는 사람이 또 한 명 있었다. 달걀형의 얼굴에 이국적인 콧수염을 기른 자그마한 남자였다. 새터스웨이트는 에르퀼 푸아로에 관한 기억을 더듬어 보았다. 이 작은 남자는 성격이 부드럽고 사근사근했다. 새터스웨이트는 푸아로가 그런 외국인 특유의 기질을 일부러 실제보다 훨씬 과장해 표현하는 게 아닐까 의심스러웠다. 푸아로의 작고 반짝이는 두 눈은 이렇게 말하는 듯했다.

"당신들은 내가 어릿광대가 되길 바라지? 익살극을 보여 달라고? 비엥(좋아), 그렇다면 원하는 대로 해 주지!"

하지만 에르퀼 푸아로의 눈동자는 더 이상 반짝거리지 않았다. 그는 근심스럽고 다소 서글픈 표정마저 짓고 있었다.

루머스의 교구 목사인 스티븐 배빙턴 목사가 다가와 레이디 메리와 새터스웨이트의 대화에 끼어들었다. 그는 예순 살 쯤 된 노인으로, 온화한 눈빛에 사람들의 경계심을 누그러뜨리는 듯한 약간 수줍은 태도를 보였다.

그는 새터스웨이트에게 말했다.

"찰스 경이 우리 마을에 오셔서 얼마나 기쁜지 모르겠습니다. 참 친절하고 관대한 분이죠. 누구라도 좋아할 만한 훌륭한 이웃이고요. 레이디 메리도 그렇게 생각하실 겁니다."

레이디 메리가 미소를 지었다.

"저도 찰스 경을 매우 좋아한답니다. 그렇게 성공한 분인데도 겸손하시잖아요. 그리고 여러 가지 점에서 아직도 어린아이 같지요."

그녀의 미소가 한층 더 깊어졌다.

객실 하녀가 칵테일 잔을 올려놓은 쟁반을 들고 다가왔다. 새터스웨이트는 자식을 둔 여자들의 무한한 모성애에 감탄했다. 빅토리아 시대의 사고방식을 유지하고 있는 그는 레이디 메리의 그러한 성격이 마음에 들었다.

술잔을 든 에그가 어디선가 불쑥 나타나 말했다.

"칵테일 한 잔 드셔도 돼요, 어머니. 하지만 딱 한 잔만이에요."

"고맙구나, 얘야."

"내 아내도 나한테 칵테일 한 잔 정도는 허락해 줄 것 같군요."

배빙턴 목사가 성직자답게 작은 소리로 웃음을 터뜨렸다.

새터스웨이트는 진지한 표정으로 찰스 경에게 비료에 관해 이야기하는 배빙턴 부인을 힐끗 쳐다보며 생각했다.

'눈이 참 아름답군.'

배빙턴 부인은 몸집이 큼지막하고 약간 어수선해 보이는 차림새였다. 무척 활달해 보였으며 옹졸한 성격과는 거리가 멀어 보였다. 찰스 경의 말대로 좋은 여자였다.

레이디 메리가 몸을 가까이 기울이며 말했다.

"저기요. 아까 우리가 들어왔을 때 당신과 이야기하던 젊은 아가씨는 누군가요? 저기 저쪽에 초록색 옷을 입은 아가씨 말이에요."

"극작가인 앤터니 애스터랍니다."

"뭐라고요? 어머나, 저런 빈혈 환자처럼 보이는 아가씨가요? 오,

이런! 죄송해요. 제 말이 좀 심했네요. 하지만 정말 놀랐어요. 도무지 그렇게 보이지 않아서요. 그러니까 음, 저 아가씨는 아무리 봐도 깐깐한 보모 가정교사로밖에 안 보이잖아요."

그 말은 정말이지 윌스 양의 인상을 너무나 정확히 표현해서 새터스웨이트는 저도 모르게 웃음을 터뜨렸다. 시력이 나쁜 배빙턴 목사는 방 주위를 둘러보았다. 그는 칵테일을 한 모금 마시고 사레가 들렸는지 약간 쿨럭거렸다. 새터스웨이트는 아마 배빙턴 목사가 칵테일을 마셔 본 적이 별로 없는 모양이라고 생각했다. 어쩌면 목사에게 칵테일이란 현대적인 것을 의미하고, 그래서 별로 좋아하지 않는지도 모른다.

배빙턴 목사는 얼굴을 약간 찌푸리며 다시 한 모금을 들이키고 말했다.

"저기 앉아 있는 아가씨 말인가요? 아, 윽……."

그는 손으로 목을 움켜쥐었다.

에그 리튼 고어의 목소리가 울려 퍼졌다.

"올리버, 이 교활한 샤일록* 같으니……."

'그래, 바로 그거야. 외국인이 아니라 유대인처럼 보이는 거였어!' 새터스웨이트는 생각했다.

두 사람은 아주 잘 어울리는 한 쌍이었다. 젊고 보기 좋은 선남선녀들……. 말다툼하는 것만 봐도 그렇다. 젊은이들의 티격태격이란

---

* 셰익스피어의 「베니스의 상인」에 나오는 유대인 고리대금업자.

언제나 좋은 징조니까.

새터스웨이트는 옆에서 들려오는 소리에 문득 정신을 차렸다. 배빙턴 목사가 선 채로 비틀거렸다. 얼굴에는 파르르 경련이 일고 있었다.

당황한 레이디 메리가 자리에서 일어나 목사를 도와 주려고 손을 뻗었다. 사람들의 이목을 집중시킨 것은 에그의 낭랑한 목소리였다.

"어머나, 저기 좀 봐. 배빙턴 목사님이 이상해."

바솔로뮤 경이 황급히 달려와 힘없이 늘어진 배빙턴 목사를 들어 올려 방 한쪽에 있는 소파에 뉘였다. 다른 사람들은 걱정스러운 표정으로 주위를 둘러쌌지만, 뭘 어떻게 해야 할지 몰라 허둥거릴 뿐이었다.

2분 뒤, 스트레인지가 몸을 일으켜 세우며 고개를 저었다. 그는 돌려 말해 봤자 아무 소용이 없다는 것을 알고 간단하게 말했다.

"죄송합니다. 돌아가셨습니다."

찰스 경의 의심

"새터스웨이트, 잠시만 와 주겠나?"

찰스 경이 문틈으로 고개를 빼꼼히 내밀었다.

그 후로 1시간 30분이 흘렀다. 한바탕 혼란이 휩쓸고 지나간 후 찾아온 것은 고요였다. 레이디 메리가 흐느끼는 배빙턴 부인을 밖으로 데리고 나가 목사관까지 바래다주었다. 밀레이 양이 전화로 모든 일을 효율적으로 처리했다. 그 지역 의사가 도착해 필요한 조치를 취했다. 간소한 저녁 식사를 마치자 손님들은 마치 무언의 약속이라도 한 듯 각자 자기 방으로 돌아갔다. 새터스웨이트도 찰스 경이 목사가 죽은 '선실'의 문을 열고 그를 부를 때까지 혼자 시간을 보내고 있었다.

방 안으로 들어서는데 자신도 모르게 몸서리가 쳐졌다. 새터스웨이트는 생명이 꺼지는 순간을 꺼릴 만큼 나이를 먹은 사람이다. 그에게도 언젠가, 어쩌면 곧 그런 순간이 올 것이다. 하지만 왜 지금 그런 생각을 한단 말인가?

"난 앞으로 20년은 끄떡없어."

새터스웨이트는 마음을 굳세게 고쳐먹었다.

선실에는 바솔로뮤 경도 와 있었다. 그는 새터스웨이트를 보고 고개를 끄덕였다.

"잘했네. 새터스웨이트 씨라면 도움이 될 거야. 세상 경험이 많은 분이니까."

새터스웨이트는 어안이 벙벙해 바솔로뮤 경 옆에 있는 안락의자에 앉았다. 찰스 경은 방 안을 이리저리 서성였다. 평소처럼 주먹을 반쯤 쥐는 것을 깜박해서 그런지 해군 같은 분위기도 훨씬 덜했다.

바솔로뮤 경이 말했다.

"찰스는 마음에 들지 않는다는군요. 배빙턴 목사가 돌아가신 일 말입니다."

처음에 새터스웨이트는 그가 말실수를 했다고 생각했다. 그 일을 '마음에 들어'할 사람은 아무도 없을 것이기 때문이다. 하지만 그는 곧 바솔로뮤 경의 노골적인 표현에 다른 의미가 숨어 있음을 깨달았다.

새터스웨이트는 조심스럽게 자신의 감정을 표현했다.

"애석한 일입니다. 참으로 애석한 일이에요."

그는 희미하게 몸을 떨며 되풀이해 말했다.

"흠, 그렇습니다. 가슴 아픈 일이지요."

바솔로뮤 경의 목소리에는 직업적인 어조가 살짝 배어 있었다.

찰스 경이 발을 멈췄다.

"이런 식으로 죽은 사람을 본 적 있나, 톨리?"

"아니. 본 적 없네."

그는 잠깐 동안 말을 멈추었다가 덧붙였다.

"하지만 난 자네 생각만큼 사람의 임종을 많이 지켜보지 못했다네. 신경질환 환자들이 죽는 경우는 거의 없으니까. 우리는 환자들을 계속 살려서 돈을 벌지. 그러니 이런 경험은 나보다 맥두걸이 훨씬 더 많을 거야."

맥두걸 박사는 루머스에서 제일 가는 의사로, 밀레이 양이 부른 사람이었다.

"맥두걸은 배빙턴 목사가 죽는 모습을 못 봤어. 그가 도착했을 땐 이미 죽었으니까. 그 사람은 우리와 자네가 한 말을 들었을 뿐이지. 그 사람 말로는 일종의 발작 같다고 하더군. 나이도 많고 건강 상태도 별로 안 좋았다면서 말이야. 하지만 난 왠지 영 탐탁지 않아."

"어쩌면 맥두걸도 그렇게 생각할지 모르지. 하지만 의사란 뭐든 말을 해야 하는 법이니까. 그럴 때 발작은 아주 편리한 단어야. 아무 뜻도 없으면서 보통 사람들을 만족시켜 줄 수 있거든. 그리고 배빙턴 목사가 나이도 많고 요즘 몸 상태도 안 좋았다는 건 엄연한 사실이야. 그분 부인이 그리 말하지 않았나? 몰랐지만 어딘가 몹시 안 좋은 구석이 있었던 게지."

"그렇다면 그게 전형적인 발작이었단 말인가?"

"전형적이라니, 무엇의?"

"병 같은 것 말이야."

"자네가 의학을 공부한다면 전형적인 증상 같은 건 거의 없다는 걸 알게 될 걸세."

"찰스 경, 도대체 무슨 말을 하고 싶은 건가?"

새터스웨이트가 물었다.

찰스 경은 대답하지 않았다. 단지 손으로 잘 모르겠다는 동작을 취했을 뿐이다.

바솔로뮤 경이 킬킬거렸다.

"저 친구 스스로도 모를 겁니다. 그저 자연스럽게 극적인 가능성이 떠올랐을 뿐이죠."

찰스 경은 항의라도 하고 싶은 양 손을 내저었다. 그러면서 무언가를 골똘히 생각하는 눈치였다. 그는 생각에 잠긴 표정으로 고개를 살짝 흔들었다.

새터스웨이트는 왠지 모르게 익숙한 느낌에 사로잡혔다. 그리고 곧 그것의 정체를 깨달았다. 아리스티드 듀발이었다! 바로 「매설지선(埋設地線)」에 나온, 뒤죽박죽 얽힌 사건을 풀어 내는 비밀정보국 국장의 모습이었다.

잠시 후 새터스웨이트는 자신의 생각을 확신했다. 찰스 경이 방 안을 서성이며 무의식적으로 다리를 절고 있었던 것이다. 아리스티드 듀발의 별명은 '절뚝이'였다.

바솔로뮤 경은 계속해서 찰스 경의 근거 없는 의혹을 상식과 논리로 무자비하게 공격했다.

"그래, 도대체 무엇을 의심하는 건가? 자살? 살인? 그 온화한 늙은 목사를 누가 살해했다고? 터무니없는 소리야. 아니면 자살? 그래, 그거로군. 어떤 사람들은 배빙턴 목사가 스스로 목숨을 끊을 만한 이유가 있었다고 생각할지도 모르지."

"무슨 이유?"

바솔로뮤 경은 부드럽게 고개를 저었다.

"사람들이 마음속에 어떤 비밀을 감춰 뒀는지 그걸 어떻게 알겠나? 글쎄, 짐작해 볼 수는 있지. 배빙턴 목사가 불치병 진단을 받은 건 아닐까? 암 같은 것 말이야. 그런 거라면 자살 동기가 될 만도 하지. 어쩌면 자신이 고통스레 죽어 가는 모습을 오랫동안 지켜봐야 하는 아내의 고통을 덜어 주고 싶었는지도 몰라. 하지만 이건 가정일 뿐이야. 아무리 생각해도 배빙턴 목사가 스스로 목숨을 끊고 싶어 할 만한 이유는 없거든."

"난 자살을 생각하는 게 아니야."

바솔로뮤 경이 또다시 나지막이 킬킬거렸다.

"그럴 줄 알았네. 자네는 가능성 있는 해답을 찾고 있는 게 아니야. 그저 재미있어 보이는 흥밋거리를 찾고 있을 뿐이지. 칵테일 잔에 아무도 모르는, 흔적도 남지 않는 무서운 독약이 들어 있길 바라는 거지?"

찰스 경이 얼굴을 찡그렸다.

"그런 걸 원하는 게 아니네. 무엇보다 톨리, 그 칵테일을 만든 게 바로 나란 말일세."

"그렇다면 살인광의 출현이군! 우리에게는 독약의 증상이 늦게 나타나는 모양이야. 내일 아침이 되면 우리 모두 죽겠는걸."

"빌어먹을, 톨리. 자넨 농담을 하고 있지만……."

찰스 경이 화난 표정으로 말을 멈췄다.

"난 농담하는 게 아니네."

이렇게 말하는 바솔로뮤 경의 목소리는 아까와 전혀 딴판으로 바뀌어 있었다. 진지하고 엄숙하면서도 냉랭하지 않은 목소리였다.

"가엾은 배빙턴 목사의 죽음을 농담거리로 삼을 생각은 없네. 난 자네를 놀리고 있는 걸세, 찰스. 난 자네의 경솔함 때문에 다른 사람들이 해를 입을까 봐 걱정이라네."

"해를 입는다고?"

"새터스웨이트 씨는 내 말이 무슨 뜻인지 아시겠지요?"

"네, 알 것 같습니다."

바솔로뮤 경이 말을 이었다.

"모르겠나, 찰스? 자네가 아무 생각 없이 내뱉은 말들이 다른 사람에게는 엄청난 해가 될지도 모르네. 이런 일은 자고로 소문이 돌기 마련이지. 아무 근거도 없는 자네의 엉터리 추측이 심각한 문제를 일으켜 결국 배빙턴 부인의 마음을 후벼 팔지도 몰라. 난 그런 일이 일어나는 걸 본 적이 있다네. 누군가가 갑작스럽게 죽으면 할 일 없는 사람들이 입방아를 찧고, 터무니없는 소문들이 횡행하게 되지. 그런 소문들이 눈덩이처럼 부풀어 오르면 그때부터는 아무도 막지 못해. 젠장, 찰스, 그게 얼마나 잔인하고 쓸데없는 짓인지 모르겠나? 자네는 단순히 상상력을 펼치고 있을지 몰라도 그건 위험하기 짝이 없는 일이란 말일세."

찰스 경의 얼굴에 곤혹스러운 표정이 떠올랐다.

"그런 생각은 못 했군."

"자넨 좋은 사람이네, 찰스. 하지만 상상력이 지나쳐. 그러니 그런 생각일랑 집어치우게. 자넨 정말 진심으로 그 순진하고 선량한 노인네를 누가 살해했다고 생각한단 말인가?"

"아니, 아닐 거야. 자네 말이 맞아. 당치도 않은 소리지. 그렇다고 내가 사람들의 관심을 끌려고 '연기'를 한 건 아닐세. 그저 뭔가 잘못되었다는 '예감'이 들었을 뿐이야."

새터스웨이트가 작게 기침을 했다.

"내가 한 가지 제안해도 될까요? 배빙턴 목사는 파티에 참석한 지 얼마 안 되어서, 그것도 칵테일을 마시자마자 쓰러졌습니다. 지금 생각해 보니 칵테일을 마실 때 표정이 별로 안 좋더군요. 그때에는 그저 칵테일 맛에 익숙하지 않아서 그런가 보다 했지요. 한데 바솔로뮤 경의 가정이 사실이라고 생각해 봅시다. 배빙턴 목사한테 자살을 할 만한 이유가 있었다고 말이죠. 배빙턴 목사가 살해되었다는 생각은 허황되게 들리지만, 이 경우라면 그래도 조금은 가능성이 있을 것 같습니다.

나는 배빙턴 목사가 사람들 몰래 자기 잔 속에 뭔가를 넣었을 수도 있다고 봅니다. 실제로 그랬을 거라는 생각은 안 들지만요.

지금 둘러보니 아직 아무도 이 방에 손을 대지 않았군요. 칵테일 잔들도 원래 있던 자리에 그대로 있고요. 이게 바로 배빙턴 목사가 마셨던 잔입니다. 내가 바로 옆에 앉아서 이야기를 하고 있었기 때문에 잘 알지요. 그러니 바솔로뮤 경이 이 잔을 가지고 가서 내용물을 분석해 보는 게 어떨까 제안하고 싶습니다. 그렇게 하면 어떤 '쑥덕공론'도 일으키지 않고 조용하게 해결할 수 있겠지요."

바솔로뮤 경이 자리에서 일어나 칵테일 잔을 집어 들었다.

"좋습니다. 찰스, 이왕 하는 김에 끝까지 맞장구를 쳐 주겠네. 그리고 이 잔에 진과 베르무트* 말고는 아무것도 없을 거라는 데 10파운드 걸겠어."

"받아들이지."

찰스 경은 말을 하고 나서 애처로운 미소를 지었다.

"하지만 톨리, 사실 내가 이런 공상을 하게 된 데에는 자네 탓도 어느 정도 있어."

"내가?"

"그래, 오늘 아침에 자네가 한 이야기 말일세. 그 에르퀼 푸아로라는 사람이 가는 곳마다 범죄를 몰고 다닌다고 했잖나. 그런데 그 사람이 이곳에 도착하자마자 한 사람이 갑작스럽게 죽었네. 그러니 내가 곧장 살인을 떠올린 것도 무리가 아니지."

"혹시……."

---

* 약초로 맛을 낸 흰 포도주의 일종.

새터스웨이트는 무슨 말을 하려다가 입을 다물었다.

"그래. 나도 그 생각을 했다네. 자넨 어떻게 생각하나, 톨리? 그 사람은 이번 일을 어떻게 생각하는지 한번 물어 보는 게 어떨까? 그게 예의가 아닐까?"

새터스웨이트가 중얼거렸다.

"좋은 지적이군."

"의사들 사이에 지켜야 할 예의는 알지만 탐정들 세계는 어떤지 모르겠군."

"직업 가수에게 함부로 노래를 불러 달라고 할 수는 없지. 그렇다면 직업 탐정에게 조사를 부탁하는 건 어떨까? 그래, 정말 좋은 생각이야."

새터스웨이트가 중얼거렸다.

그때 문 두드리는 소리가 나더니 에르퀼 푸아로가 미안하다는 듯한 얼굴로 불쑥 나타났다.

찰스 경이 자리에서 벌떡 일어나며 말했다.

"들어오십시오. 그렇잖아도 방금까지 당신 이야기를 하던 참이었습니다."

"제가 방해한 건 아닌지 모르겠군요."

"전혀 아닙니다. 자, 한잔 드시죠."

"고맙습니다만, 전 위스키는 마시지 않습니다. 시럽이라면 한 잔 정도……."

하지만 찰스 경의 '마실 것' 목록에 시럽은 들어 있지 않았다. 찰스 경은 손님에게 의자를 권한 다음 곧장 본론으로 들어갔다.

"돌려 말하지 않겠습니다. 우린 당신 이야기를 하고 있었습니다, 무슈 푸아로. 그리고 오늘 저녁에 일어난 일에 관해서도요. 혹시 뭔가 잘못되었다는 생각이 들지 않습니까?"

푸아로의 눈썹이 치켜 올라갔다.

"잘못되었다고요? 잘못되다니, 그게 무슨 뜻입니까?"

바솔로뮤 경이 말했다.

"이 친구는 배빙턴 목사가 살해된 것이 아닌가 생각한답니다."

"당신은 그렇게 생각하지 않는군요?"

"우린 당신 생각을 알고 싶습니다."

푸아로는 조심스럽게 말했다.

"그 사람은 갑자기, 정말 너무 갑작스럽게 쓰러졌지요."

"그렇습니다."

새터스웨이트는 자살일지도 모른다는 의견과 칵테일 잔에 든 내용물의 성분을 분석하자는 자신의 의견을 설명했다.

푸아로가 괜찮다는 듯 고개를 끄덕였다.

"그거라면 아무 문제 없겠군요. 인간의 본성을 놓고 볼 때 누가 그렇게 선량하고 사람 좋은 노신사를 해치고 싶어 했으리라고는 도저히 생각할 수 없으니까요. 자살이라는 가설 역시 설득력 있게 다가오지 않습니다만, 아무튼 칵테일 잔을 분석해 보면 알 수 있겠죠."

"분석 결과가 어떻게 나올 거라고 생각합니까?"

푸아로는 어깨를 으쓱했다.

"저 말입니까? 전 추측만 할 뿐인데요. 검사 결과가 어떨지 저더러 추측해 보라는 겁니까?"

"그렇습니다."

푸아로는 찰스 경을 향해 살짝 고개를 숙였다.

"제 추측으로는 훌륭한 드라이 마티니 말고는 아무것도 없을 것 같군요. 하나의 쟁반에 여러 개의 칵테일 잔을 올려놓은 상황에서 그 중 하나로 누군가를 독살한다는 것은 엄청나게, 참으로 엄청나게 어려운 일입니다. 그리고 그 사람 좋은 목사님이 정말로 자살하려고 했다 하더라도 굳이 이런 파티에 와서 그러지는 않았을 겁니다. 그건 다른 이들을 전혀 배려하지 않은 행동인데, 배빙턴 목사님은 도저히 그런 사람으로 보이지 않았거든요."

그는 잠깐 숨을 몰아쉬다가 말을 이었다.

"굳이 물으신다면 제 생각은 그렇습니다."

잠시 정적이 흘렀다. 다음 순간 찰스 경이 깊은 한숨을 내쉬었다. 그는 창문을 열고 밖을 내다보았다.

"소용돌이 바람이 부는군."

비밀정보국 요원이 사라졌다. 이제 그는 다시 뱃사람이 되어 있었다.

하지만 새터스웨이트의 눈에는 찰스 경이 결국 연기하지 못하고 놓쳐 버린 그 배역을 아직도 아쉬워하는 듯 보였다.

현대판 일레인

"네, 그래요. 하지만 새터스웨이트 씨는 어떻게 생각하세요? 네? 어떻게 생각하시냐고요?"

새터스웨이트는 주위를 두리번거렸다. 달아날 길은 없었다. 에그 리튼 고어가 그를 막다른 길로 몰아넣었다. 요즘 젊은 아가씨들은 정말 무자비하다니까. 게다가 무서울 정도로 생기발랄하고.

"찰스 경이 아가씨 머릿속에 그런 생각을 불어넣은 모양이군요."

"아뇨, 찰스 경이 그런 게 아니에요. 이건 제 생각이에요. 처음부터 그런 생각이 든걸요. 워낙 갑작스러웠으니까요."

"목사님은 노인인 데다 건강도 좋지 않았고……."

에그가 말을 뚝 잘랐다.

"다 헛소리예요. 목사님은 신경염과 류머티즘을 앓고 있었어요. 그런 걸로 발작을 일으키지는 않아요. 게다가 목사님은 이제까지

한 번도 발작을 일으킨 적이 없어요. 관절은 좀 삐걱거릴지 몰라도 아흔 살까지 장수하실 분이었단 말이에요. 검시 심리에 대해서는 어떻게 생각하세요?"

"내가 보기엔 모든 게…… 그러니까 다 정상인 것 같았습니다만."

"그럼 맥두걸 박사님의 증언은요? 장기 상태가 어떻다느니 해 가며 전문 용어를 수두룩하게 쓰긴 했지만 그래도 거기 깔린 의미는 확실하지 않았나요? 박사님은 목사님이 자연사하지 않았다는 증거가 없다고 말했어요. 즉 자연사라고는 안 했다고요."

"사소한 것에 연연하는 건 아닙니까, 아가씨?"

"어쨌든 중요한 건 박사님이 그렇게 말했다는 거예요. 사인은 모호한데 증거는 없고, 그래서 의학 용어로 적당히 얼버무린 거죠. 바솔로뮤 경은 어떻게 생각하신대요?"

새터스웨이트는 바솔로뮤 박사의 전문가적 견해를 말해 주었다.

에그는 생각에 잠겨 말했다.

"흥, 콧방귀만 뀌더란 말이죠? 그분다워요. 워낙 신중한 분이니까. 할리 가의 거물이라면 당연히 그래야겠죠."

"칵테일 잔에서는 진과 베르무트 성분 말고 아무것도 검출되지 않았어요."

새터스웨이트는 에그에게 사실을 주지시켰다.

"그럼 결론이 난 거네요. 그래도 심리가 끝난 뒤에 일어난 일을 생각하면……."

"바솔로뮤 경이 아가씨한테 무슨 말이라도 했나요?"

새터스웨이트는 유쾌한 호기심을 느꼈다.

"아뇨, 제가 아니라 올리버한테요. 올리버 맨더스. 그날 밤 파티에 왔던 사람인데, 선생님은 기억 못 하실 거예요."

"아니, 아주 잘 기억하고 있답니다. 아가씨와는 친한 사이인가 보지요?"

"옛날엔 그랬죠. 요즘엔 만나기만 하면 싸우지만요. 올리버는 시티에 있는 자기 삼촌 사무실에서 일하고 있는데, 요즘 아주 느끼해졌어요. 무슨 뜻인지 아시죠? 날마다 지금 일을 그만두고 기자가 되고 싶다는 말만 해요. 뭐, 사실 글 솜씨가 꽤 좋은 편이긴 하죠. 하지만 제가 보기엔 그것도 다 말뿐인 것 같아요. 사실 올리버는 부자가되고 싶어 하거든요. 사람들은 대부분 돈을 혐오하지 않나요? 새터스웨이트 씨는 안 그러세요?"

그녀의 젊음이 뼛속 깊숙한 곳까지 생생하게 느껴졌다. 순수하고 약간은 오만한, 그러면서도 어린아이와도 같은 젊음의 기운이…….

"아가씨, 사람들은 저마다 다른 걸 혐오한답니다."

"대부분의 사람들은 탐욕스러운 돼지들이니까요. 그래서 배빙턴 목사님한테 그런 일이 일어났다는 게 더욱 슬퍼요. 목사님은 정말 좋은 분이었거든요. 제 견진성사를 해 주신 것도 그분이었고요. 그일이라는 게 대부분 쓸데없는 헛소리를 늘어놓는 건데, 그래도 그분은 꽤 멋지게 해 주셨지요. 새터스웨이트 씨, 전 말이에요, 진심으로 기독교를 믿는답니다. 어머니처럼 작은 책을 끼고 아침 예배에 참석하는 건 아니지만 하나의 지식으로, 그리고 역사의 일부로 받아들이고 있어요. 교회는 지독히 고리타분하고 앞뒤가 꽉꽉 막혔죠. 막말로 갈 데까지 갔다니까요. 하지만 기독교 그 자체는 괜찮아요. 그래서 전 올리버처럼 사회주의자가 될 수 없어요. 사실 뭘 믿든 본질은 비슷하잖아요. 공통적인 황금률이라든가, 모든 인간이 주권을 지니고 있다거나, 단지 그 차이라는 게…… 뭐, 거기까지 이야기할 필요는 없겠죠. 여하튼 배빙턴 목사님 부부는 진정한 기독교인이었어요. 남을 비난하거나 꼬치꼬치 캐묻거나 뒤에서 염탐하는 일도 없었고, 모두를 공평하고 친절하게 대했어요. 정말 좋은 분들이었어요. 그리고 로빈이……."

"로빈?"

"두 분 아들이에요. 인도에 갔다가 죽었죠……. 전 사실 로빈을 좋아했어요."

에그가 눈을 깜박거렸다. 그녀는 시선을 돌려 머나먼 수평선을 바라보다, 잠시 후 새터스웨이트에게로, 다시 현재로 돌아왔다.

"그러니까 이번 사건은 좀 수상쩍은 데가 있어요. 아무래도 제 생각엔 자연사가 아닌 것 같아요."

"이런, 아가씨……."

"아무튼 너무 이상하잖아요! 그건 선생님도 인정하시죠?"

"그렇지만 방금 아가씨 입으로 배빙턴 목사 부부에게 원한을 품을 만한 사람은 없다고 하지 않았습니까?"

"그게 이상하다는 거예요. 도무지 동기를 찾을 수가 없거든요."

"기가 막히는군! 칵테일에는 아무것도 들어 있지 않았어요."

"어쩌면 누가 주사를 놨을지도 몰라요."

"남아메리카 원주민이 사용하는 화살독 같은 것 말이죠?"

새터스웨이트가 장난기 어린 말투로 말했다.

에그가 싱긋 웃었다.

"바로 그거예요. 효과는 확실하고 흔적은 남지 않는 독약이요. 어쨌든 전혀 굽히지 않으시네요. 그래도 언젠가는 우리가 옳았다는 걸 알게 되실 거예요."

"우리?"

"찰스 경과 저요."

그녀는 살짝 얼굴을 붉혔다.

새터스웨이트는 자신이 한창 때, 집집마다 서가에 '인용문 사전'이 꽂혀 있던 그 시절에 유행하던 시구를 떠올렸다.

자신보다 두 배는 나이가 많고

뺨에는 오래된 칼자국 흉터,

온몸에 상처 입고 검게 그을은 그 사람, 그녀는 눈 들어

사랑했네, 그녀를 파멸로 이끌 사랑을.

새터스웨이트는 이런 시구를 떠올린 자신이 약간 부끄러워졌다. 요즘에 테니슨*의 시를 읽는 사람은 거의 없다. 더구나 찰스 경은

---

* 19세기 영국의 계관 시인.

햇볕에 그을긴 했지만 흉터 같은 건 없었고, 에그 리튼 고어 역시 열정적이긴 하지만 사랑 때문에 고통스러워하다 상사병으로 죽을 여인으로는 보이지 않았다. 그녀는 애스톨렛의 백합 아가씨와 전혀 닮은 구석이 없었다.*

새터스웨이트는 생각했다.

'단지 젊다는 게 같을 뿐이지.'

젊은 아가씨들은 언제나 흥미진진한 과거를 지닌 중년의 남자들에게 매력을 느낀다. 에그도 예외가 아닌 듯 싶었다.

"어째서 그분은 아직까지 결혼을 안 하셨을까요?"

갑자기 에그가 물었다.

"글쎄요……."

새터스웨이트는 잠시 입을 다물었다. 솔직하게 그의 생각을 말하면 '신중한 탓'이겠지만, 에그 리튼 고어는 그런 대답을 받아들이지 않을 것 같았다.

찰스 카트라이트 경은 여배우를 비롯한 수많은 여성들과 상당한 염문을 뿌렸지만 언제나 결혼은 피해 왔다. 에그는 그보다 훨씬 낭만적인 설명을 바라고 있는 게 틀림없었다.

"결핵으로 죽은 여자가 있었다죠? 배우인데 이름이 엠(M)자로 시작했다는……. 그 여자를 무척 사랑했다면서요?"

새터스웨이트는 에그가 말한 여성을 기억해 냈다. 그녀와 찰스

---

* 애스톨렛 영주의 딸인 백합 아가씨 일레인은 원탁의 기사 랜슬롯을 짝사랑하다 거절당하고 그 슬픔으로 죽는다. 위 시구는 일레인 이야기를 모티브로 한 테니슨의 시 「랜슬롯과 일레인」의 일부이다.

카트라이트 경을 둘러싸고 소문이 돌긴 했지만 아주 사소한 것이었다. 게다가 새터스웨이트는 찰스 경이 추억 속의 그녀에게 충실하기 위해 지금껏 결혼하지 않았다고는 도저히 믿을 수 없었다. 그는 최대한 교묘하게 둘러댔다.

"그분은 연애를 많이 해 보셨겠죠?"

"어…… 흠, 그렇겠지요."

빅토리아 세대인 새터스웨이트는 당혹스러워하며 대꾸했다.

"전 연애 경험이 많은 남자가 좋아요. 적어도 동성애자는 아니라는 증거잖아요."

새터스웨이트의 구시대적 사고방식으로는 더 이상 에그의 발랄함을 당해 낼 수 없었다. 그는 할 말을 잃었다.

에그는 그의 당혹감을 눈치채지 못하고 생각에 잠긴 채 말을 이었다.

"찰스 경은 생각보다 훨씬 똑똑한 분이에요. 물론 허영심도 강하고 연극적인 말투나 행동도 심하지만, 알고 보면 머리가 아주 좋으시거든요. 자기 말로는 아니라고 해도 항해술도 뛰어나고요. 그분 말씀을 듣다 보면 하나에서 열까지 겉으로 폼만 잡는 것 같아도 사실은 그게 아니에요. 이번 일도 마찬가지예요. 찰스 경이 단순히 관심을 끌려고 그런 말씀을 하시는 것 같죠? 위대한 탐정 역할을 하고 싶어서 그런 거라고요. 하지만 전 이 말만은 분명히 할 수 있어요. 그분이 진짜로 연기하고 싶은 거라면 이것보다 훨씬 잘하실 거라고요."

새터스웨이트가 맞장구를 쳤다.

"그렇겠지요."

하지만 목소리에는 그의 속마음이 뚜렷하게 묻어났다.

에그도 그것을 느끼고 재빨리 말했다.

"선생님은 '목사님의 죽음'이 흥미진진한 사건이 아니라고 생각하시는군요. 그저 '디너 파티 때 벌어진 불행한 사건'일 뿐이라고 여기시는 거죠? 단순한 사고라고요? 무슈 푸아로는 어떻게 생각한대요? 그 사람이라면 잘 알 거 아니에요?"

"무슈 푸아로는 칵테일을 분석할 때까지 기다리라고 했습니다. 하지만 그 사람도 이번 일은 사고일 거라고 하더군요."

"오, 그 사람도 늙었군요. 이제 한물 갔나 봐요."

새터스웨이트는 얼굴을 찌푸렸다.

에그는 자신의 무례함을 깨닫지 못하고 계속해서 말했다.

"우리 집에 오셔서 어머님과 함께 차를 드시는 게 어때요? 어머니는 선생님을 무척 좋아하세요. 제게 그렇게 말씀하신걸요."

기분이 좋아진 새터스웨이트는 초대를 받아들였다.

집에 도착하자, 에그는 찰스 경에게 전화를 걸어 새터스웨이트가 자신의 집에 와 있음을 알렸다.

새터스웨이트는 색깔이 바랜 사라사 천과 반질반질 윤이 나는 오래된 가구들로 꾸며 놓은 작은 거실에 자리를 잡고 앉았다. 빅토리아풍의 이 방은 새터스웨이트가 소위 '숙녀의 방'이라고 부를 만한 분위기를 풍겼다. 그는 이 방이 무척 마음에 들었다.

레이디 메리와 나눈 대화는 즐거웠다. 특별히 훌륭하다고 할 수는 없어도 편안하고 기분 좋은 대화였다. 그들은 찰스 경에 대한 이야기를 나누었다.

"새터스웨이트 씨는 찰스 경을 잘 아시나요?"

"특별히 친한 사이는 아닙니다."

그는 몇 년 전 찰스 경이 출연한 연극에 투자했고, 그 뒤 친구로 지내 오고 있었다.

레이디 메리가 미소를 지으며 말했다.

"참 매력적인 분이에요. 나도 에그 못지않게 그분의 매력을 잘 알고 있답니다. 에그가 영웅 숭배라는 병을 앓고 있다는 건 알고 계시겠지요?"

그렇지 않아도 새터스웨이트는 에그의 어머니인 레이디 메리가 딸의 지나친 영웅 숭배를 걱정하고 있지 않은지 궁금하던 참이었다. 그러나 그녀는 별로 개의치 않는 것 같았다.

그녀가 한숨을 내쉬며 말했다.

"에그는 세상을 너무 몰라요. 우리 집은 형편이 상당히 쪼들리는 편이랍니다. 내 사촌이 그 애한테 도시 구경을 시켜 준 적이 있긴 해요. 하지만 그 이후 가끔 다른 집을 방문할 때말고 그 애는 이곳을 벗어난 적이 거의 없어요. 젊은 애들은 사람도 많이 만나고 새로운 곳에도 많이 가 봐야 하는데 말이에요. 특히 사람을 많이 만나는 게 중요하죠. 그렇지 않으면, 아시다시피 교우 관계가 좁다는 건 때로 아주 위험하잖아요."

새터스웨이트는 찰스 경과 항해를 떠올리며 레이디 메리의 말에 동감을 표시했다. 하지만 실상 레이디 메리는 그와 다른 생각을 하고 있었다.

잠시 후 그녀는 자신의 생각을 더욱 뚜렷하게 드러냈다.

"찰스 경이 오신 덕분에 에그가 얼마나 큰 도움을 받는지 몰라요. 덕분에 에그의 시야가 많이 넓어졌어요. 이 동네에는 젊은 사람이 드물어요. 특히 남자들이요. 난 늘 에그가 평생 한 남자만 알고 사귀다가 결국 그 사람이랑 결혼까지 해 버리는 건 아닌가 걱정했지요."

새터스웨이트는 눈치가 빠른 사람이었다.

"올리버 맨더스를 말씀하시는 건가요?"

레이디 메리는 깜짝 놀라 얼굴을 붉혔다.

"오, 새터스웨이트 씨! 어떻게 아셨어요? 네, 맞아요. 그 젊은이를 두고 말한 거랍니다. 한때 둘이서 참 많이 어울려 다녔거든요. 내가 구세대 사람이라는 건 알지만, 그 청년의 사고방식은 영 마음에 안 들어요."

"젊은이들은 원래 자유분방한 법이지요."

레이디 메리는 고개를 흔들었다.

"난 정말 걱정스러웠어요. 물론 그럴 만한 이유가 있답니다. 난 그 청년을 아주 잘 알거든요. 그 애 삼촌에 대해서도요. 얼마 전에 올리버를 자기 회사에 취직시켜 줬는데, 무척 부유하다죠. 하지만 그것 때문은 아니에요……. 어쩜, 또 실수를 했네요. 하지만……."

그녀는 뭐라고 더 말해야 할지 몰라 고개를 절레절레 흔들었다.

새터스웨이트는 왠지 모를 친근감을 느꼈다. 그는 조용한 목소리로 꾸밈없이 말했다.

"그렇지만 레이디 메리, 따님이 자기 나이의 두 배나 되는 중년 남자와 결혼하는 건 원치 않으시겠죠?"

그녀의 대답은 새터스웨이트를 놀라게 했다.

"어쩌면 그 편이 안전할지도 모르죠. 적어도 자기가 어떤 입장에 있는지 알 테니까요. 그만큼 나이 든 사람이라면 어리석은 짓이나 나쁜 일들도 어느 정도 경험해 봤을 테고, 그러니 앞으로 그런 짓을 하지 않을 거잖아요."

그 말에 대해 새터스웨이트가 뭐라고 입을 열기 전에 에그가 들어왔다.

레이디 메리가 말했다.

"그렇게 오랫동안 뭘 했니, 얘야?"

"찰스 경과 통화했어요, 어머니. 지금 혼자 계신대요."

그리고 에그는 새터스웨이트를 나무라듯 말했다.

"왜 손님들이 돌아갔다는 말씀을 안 해 주셨죠?"

"어제 다들 돌아갔습니다. 바솔로뮤 경만 빼고요. 그분은 내일까지 머무를 계획이었는데 오늘 아침에 런던에서 온 급한 전보를 받고 서둘러 떠났답니다. 한 환자가 위독한 상태라는군요."

"아, 아쉬워라. 파티에 참석했던 손님들을 조사해 보려고 했는데. 어쩌면 단서를 발견할지도 모르잖아요."

"무슨 단서 말이냐, 얘야?"

"새터스웨이트 씨는 아세요. 어쨌든 괜찮아요. 올리버는 아직 남아 있으니까 그를 끌어들이면 돼요. 올리버는 마음만 내키면 머리가 잘 돌아가요."

새터스웨이트가 크로우스 네스트에 도착했을 때 찰스 경은 테라스에 앉아 바다를 내려다보고 있었다.

"어서 오게, 새터스웨이트. 리튼 고어 가 사람들과 차를 마셨나?"

"그래. 그래도 괜찮겠지?"

"당연하지. 에그가 전화를 했더군. 정말 이상한 아가씨야. 에그는……."

"매력적이지."

"흠, 그래. 그렇지."

찰스 경이 의자에서 일어나 몇 발자국 서성거렸다. 그러더니 갑자기 쓰디쓴 말투로 내뱉었다.

"애초부터 이런 빌어먹을 곳에 오지 않았더라면 좋았을 텐데."

그녀로부터의 도피

'몹시 힘든 모양이군.'

새터스웨이트는 찰스 경에게 깊은 연민을 느꼈다. 화려하고 쾌활한 플레이보이 찰스 카트라이트가 52세의 나이에 사랑에 빠진 것이다. 그리고 지금 그 자신도 알고 있듯이, 그의 사랑은 결국 비극으로 끝날 것이다. 젊은 사람들은 젊은 사람에게 끌리기 마련이니까.

'여자들은 원래 진심을 숨기는 법이지. 하지만 에그는 찰스 경에 대한 감정을 지나치게 과시하고 다닌단 말이야. 정말 그를 좋아한다면 그런 식으로 행동할 리 없어. 사실은 젊은 맨더스라는 친구를 마음에 두고 있는 거겠지.'

대개의 경우 새터스웨이트의 추측은 정확하게 맞아떨어지곤 했다. 그러나 이번에는 그가 한 가지 오판한 게 있었다. 바로 젊음을 과대평가했다는 점이다. 나이 든 노인인 새터스웨이트에게 에그가 자기 또래의 젊은 남자보다 나이 지긋한 중년 남자를 더 좋아할지도 모른다는 가정은 솔직히 낯설었다. 그에게 젊음이란 인간이 가질 수 있는 가장 눈부시고 신비로운 재능이었기 때문이다.

저녁 식사 후에 에그가 전화를 걸어 올리버와 함께 들러 '상의하고 싶다.'고 했을 때, 그는 자신의 믿음을 더욱 확고하게 굳힐 수 있었다.

올리버 맨더스는 확실히 잘생긴 청년이었다. 반쯤 감긴 검은 눈, 우아한 몸놀림……. 그는 에그의 열정 때문에 이 자리에 오긴 했지만 본심은 회의적이라는 인상을 풍겼다.

그는 찰스 경에게 말했다.

"에그가 저런 소리를 안 하게 해 주시면 안 되겠습니까? 에그가 저렇게 생기 있고 활발한 건 모두 지극히 건전한 시골 생활 덕분이란 말입니다. 당신도 에그를 알잖습니까? 당신은 정말 힘이 남아도나 보군요. 게다가 취향은 어린애 같고요. 범죄, 사건, 센세이션…… 그런 허튼 소리들이라니."

"맨더스, 자네는 회의론자로구먼."

"네, 당연하죠. 목사님은 정말 착한 분이었다고요. 자연사 말고 다른 사인은 상상도 안 된단 말입니다."

"자네 말이 옳을 걸세."

새터스웨이트는 찰스 경을 힐끔 쳐다보았다. 오늘 밤 찰스 카트라이트가 연기하는 역할은 무엇일까? 전직 해군 장교도 아니고, 국제적으로 저명한 탐정도 아니었다. 오늘은 분명 새롭고 낯선 역할이었다.

그러다 문득 찰스 경의 역할을 깨달은 새터스웨이트는 깜짝 놀랐다. 찰스 경은 조연을 맡고 있었다. 올리버 맨더스를 뒷받침해 주는 조연이었다.

찰스 경은 의자 깊숙이 머리를 기대고 앉아 에그와 올리버가 티격태격하는 모습을 지켜보고 있었다. 에그는 열을 내며 흥분해서 떠들었고, 올리버는 따분하다는 듯 내키지 않는 투로 대꾸했다.

찰스 경은 평소보다 더 나이가 들어 보였다. 늙고 지친 모습이었다. 에그가 대담하고 열정적으로 그에게 몇 번이고 말을 걸었지만, 그의 반응은 시큰둥했다.

손님들이 떠난 것은 밤 11시가 다 되어서였다. 찰스 경은 테라스까지 그들을 배웅하며 길이 어두울 테니 손전등을 빌려 주겠다고 했다.

하지만 손전등은 필요 없었다. 밝은 달빛이 아름답게 비추고 있었다. 두 사람은 함께 집을 나섰다. 그들이 멀어지자 목소리도 점점 더 희미해졌다.

달빛이 아름답긴 했지만 한기를 느낀 새터스웨이트는 이내 선실로 들어갔다. 찰스 경은 한동안 테라스에 남아 있었다.

잠시 후 방으로 들어온 그는 창문을 닫고 사이드테이블을 향해 성큼성큼 걸어가 위스키소다를 따랐다.

찰스 경이 입을 열었다.

"새터스웨이트, 난 내일 여기를 영원히 떠날 거네."

"뭐라고?"

찰스 카트라이트의 얼굴에 애수에 찬 미소가 잠깐 머물다 사라졌다. 그는 한마디 한마디에 힘주어 말했다.

"오직 그 방법밖에 없어. 이 집은 팔 작정이네. 이곳이 내게 어떤 의미였는지 이젠 아무도 모르겠지."

그의 목소리가 점차 희미해지더니 여운을 남기며 공기 중으로 사라졌다. 극적인 효과였다.

조금 전까지 조연을 맡고 있던 찰스 경의 에고이즘이 드디어 반격에 들어간 것이다. 이것은 그가 크고 작은 무대에서 몇 번이나 연기했던 위대한 대단원의 순간이었다. 다른 남자의 아내를 포기하거나 자신의 연인을 포기하는 바로 그 절정의 순간…….

이야기를 이어 가는 찰스 경의 목소리에 용기와 경솔함이 묻어나왔다.

"더 이상 상처 입기 전에 빨리 포기하는 것, 그것만이 유일한 방법이야. 젊은 사람은 역시 젊은 사람과 어울리지. 그 두 사람은 정말 천생연분이더군. 난 그만 물러나겠네."

"어디로 갈 생각인가?"

찰스 경은 아무래도 좋다는 듯 어깨를 으쓱했다.

"아무 데나. 그게 무슨 상관이겠나?"

여기서 그는 살짝 어조를 바꿔 덧붙였다.

"몬테카를로로 갈까 하네."

다음에는 섬세하게 잦아드는 애처로운 목소리였다.

"사막 한가운데 있건 군중 속에 파묻히건 무슨 상관이란 말인가? 가슴 속 깊은 곳에는 고독이 자리잡고 있는데. 난 늘 외로운 영혼이었지."

마침내 퇴장할 순간이 왔다. 그는 새터스웨이트에게 고개를 끄덕이고 방을 떴다. 새터스웨이트도 의자에서 일어나 잠자리에 들 준비를 했다.

그는 키득거리며 속으로 생각했다.

'하지만 절대로 사막 한가운데로는 가지 않을걸.'

다음 날 아침, 찰스 경은 새터스웨이트에게 자신이 먼저 떠나는 것을 용서해 달라고 말했다.

"그렇다고 일정을 앞당기진 말게. 내일까지 여기 머물러도 되니까. 그 후에 대비스톡에 있는 하버튼 가(家)로 갈 예정이라고 했지? 운전수에게 거기까지 데려다 주라고 말해 두겠네. 한번 결정을 내린 후에는 뒤돌아보면 안 돼. 아니, 난 절대 그러지 않을 걸세."

찰스 경은 사내답게 당당한 태도로 어깨를 죽 펴더니 새터스웨이트의 손을 잡고 굳은 악수를 나눈 뒤, 그를 밀레이 양에게 데려다 주었다.

밀레이 양은 언제나 그렇듯이 어떤 상황에도 완벽하게 대처할 준비가 되어 있는 것 같았다. 그녀는 찰스 경이 하룻밤 사이에 내린 결정을 듣고도 놀라거나 다른 어떤 감정도 드러내지 않았다. 일언반구도 없었다. 아무리 갑작스러운 죽음도, 아무리 갑작스러운 계획 변경도 밀레이 양을 당황하게 만들 수는 없었다. 그녀는 어떤 일이 일어나든 현실을 현실로 받아들이고 가장 효율적인 방식으로 대응했다. 그녀는 부동산 업자에게 전화를 걸고, 전보를 보내고, 정신없이 타자를 쳤다. 새터스웨이트는 그녀의 빈틈없는 모습에 질려 부둣가로 탈출하기로 했다. 멍하니 발을 옮기고 있는데 누군가 뒤에서 팔을 붙잡았다. 몸을 돌리자 젊은 아가씨가 하얗게 질린 얼굴로 서 있었다.

에그가 날카로운 목소리로 물었다.

"이게 다 무슨 일이에요?"

새터스웨이트는 태연하게 받아 넘겼다.

"뭐가 말입니까?"

"찰스 경이 떠날 거라는 소문이 파다해요. 크로우스 네스트를 팔 거라면서요?"

"사실입니다."

"그분이 떠나신다고요?"

"벌써 떠났는데요."

"오!"

그녀는 새터스웨이트를 잡았던 손을 맥없이 늘어뜨렸다. 문득 에그가 심한 상처를 입은 여린 아이처럼 보였다.

새터스웨이트는 당황하여 아무 말도 하지 못했다.

"어디로 가셨어요?"

"해외로 나갔습니다. 남프랑스로 간다고 하더군요."

"오!"

에그는 여전히 황당해하는 표정이었다. 그렇다면 그것은 영웅 숭배 이상의 감정이었던가?

새터스웨이트가 측은한 마음이 들어 속으로 이런저런 위로의 말을 뒤적이고 있을 때 에그가 입을 열었다. 그녀의 입에서 나온 말에 새터스웨이트는 깜짝 놀라 그만 펄쩍 뛰고 말았다.

"그 여우 같은 여자들 중 누구예요?"

에그가 날카롭게 쏘아 붙였다.

새터스웨이트는 멍하니 입을 벌린 채 그녀를 쳐다보았다. 에그가 그의 팔을 붙잡고 거칠게 흔들며 다그쳤다.

"당신은 아실 거 아니에요! 누구예요? 잿빛 머리 여잔가요? 아니면 다른 여자?"

에그는 거의 울부짖듯 소리쳤다.

"아가씨가 무슨 말을 하는지 난 도통 모르겠군요."

"알면서 꽁무니 빼지 마세요. 그래요, 다른 여자 때문인 게 당연하죠. 그분은 절 좋아했어요. 전 알아요. 그분은 정말 절 좋아했다고요. 그날 파티에 참석한 여자 가운데 한 명도 그걸 본 거예요. 그래서 그 사람을 빼앗아 간 거라고요! 전 여자들이 싫어요. 앙큼한 고양이들 같으니. 그 여자, 옷 입은 거 보셨어요? 머리를 초록색으로 물들인 여자 말이에요. 샘이 나서 이가 갈리더군요. 옷을 그렇게 입은 건 엉큼한 속셈이 있단 뜻이잖아요. 선생님도 부인 못 하시죠? 못생긴 늙다리 주제에! 하지만 그게 무슨 상관이겠어요? 그 여자가 옆에 있으면 다른 여자들은 모두 펑퍼짐한 촌닭처럼 보일 텐데요.

그 여자인가요? 아니면 잿빛 머리 여자? 그 여잔 정말 대단하더군요. 온몸을 성적 매력으로 도배한 것 같았다니까요. 그분은 그 여자를 앤지라고 부르더군요. 설마 그 후줄근한 양배추 같은 여자는 아니겠죠? 그러니까 어느 쪽이에요? 앙큼한 쪽? 아니면 앤지?"

"아가씨, 어떻게 그렇게 황당한 생각을 하는지 모르겠군요. 찰스 카트라이트는 둘 중 어느 누구에게도 마음이 없답니다."

"못 믿겠어요. 어쨌든 그 여자들은 찰스 경한테 마음이 있었다고요."

"아니, 아니에요. 착각한 거요. 그건 모두 아가씨 상상일 뿐이에요."

"불여우 같은 것들! 불여우들이에요!"

"그런 말은 하면 안 됩니다."

"더 나쁜 말도 할 수 있어요."

"물론 그렇겠지만, 제발 그러지 말아요. 내가 보기에 아가씨가 엄청난 오해를 한 것 같군요."

"그럼 왜 그분이 떠나신 거죠? 왜 이렇게 갑작스럽게요?"

새터스웨이트는 헛기침을 했다.

"그건 아마도…… 그게 최선이라고 생각했기 때문일 거예요."

에그는 새터스웨이트를 날카롭게 쏘아보았다.

"그렇다면 그게 저 때문이라는 건가요?"

"글쎄요……. 그런 셈이지요."

"그래서 그분이 달아난 거군요. 제가 너무 노골적으로 굴었나 봐요. 남자들이란 원래 자기를 쫓아다니는 여자를 싫어하니까요…….
어머니 말씀이 옳았어. 우리 어머니가 남자들 이야기를 할 때면 얼마나 귀여운지 모르실 거예요. 어머닌 늘 삼인칭으로 말씀하시죠. 얌전한 빅토리아 시대 사람답게 말이에요. '남자는 여자들이 쫓아다니는 걸 싫어한단다. 여자는 언제나 남자가 먼저 움직이도록 만들어야 하는 법이야.' 움직이게 만들다니, 절묘하지 않아요? 그래요, 찰스 경도 움직이긴 했네요. 절 피해 달아났으니까요. 그분은 두려웠던 거예요. 하지만 제일 끔찍한 건 제가 그분을 쫓아갈 수 없다는 점이에요. 제가 뒤쫓아 가면 그분은 더 먼 곳으로, 아프리카 정글이나 뭐 그런 곳으로 가 버리시겠죠."

"허마이온 양, 정말로 찰스 경을 그렇게 진지하게 생각하고 있었습니까?"

에그는 갈망하는 눈빛으로 새터스웨이트를 쳐다보았다.

"물론이죠."

"올리버 맨더스는요?"

에그는 고개를 내저어 머릿속에서 올리버 맨더스를 지워 버렸다. 그녀는 자신만의 생각에 빠져 있었다.

"제가 그분께 편지를 써도 될까요? 특별한 이야기는 아니고, 그냥 평범하게 안부나 묻고 근황이나 주고받으려고요. 그런 식으로 편하게 대하면 불안감도 사라지겠죠?"

그녀는 얼굴을 찌푸렸다.

"전 정말 바보예요. 어머니라면 훨씬 더 잘하셨을 텐데. 옛날 분들은 그런 게임을 어떻게 하면 되는지 잘 알잖아요. 얼굴을 붉히면서 뒤로 한 발짝 물러난다거나…… 하지만 전 정말 엉망이었어요. 사실 전 그분한테 조금 격려가 필요하다고 생각했어요. 그러니까…… 음, 도움을 줘야 할 것 같았어요. 그런데 혹시 어젯밤에 제가 올리버에게 키스하는 걸 그분이 보셨나요?"

에그는 갑자기 새터스웨이트에게 몸을 돌렸다.

"내가 아는 한은 그렇지 않아요. 언제 그랬습니까?"

"달빛을 받으면서 길을 따라 내려가다가요. 전 그분이 테라스에서 우릴 지켜보고 있다는 걸 알고 있었어요. 그래서 혹시…… 올리버랑 제가 그러는 걸 본다면 조금쯤 자극을 받으실 줄 알았어요. 그분은 절 정말로 좋아하니까요. 진짜예요. 맹세라도 할 수 있어요."

"올리버한테 너무한 건 아니고요?"

에그는 단호하게 고개를 내저었다.

"전혀요. 올리버는 여자가 자기랑 키스하는 걸 영광으로 여겨야 한다고 생각하는 인간이라고요. 뭐, 자존심이 좀 상할지도 모르지만 거기까지 일일이 신경 쓸 순 없잖아요. 전 그분한테 자극을 좀 주고 싶었어요. 요즘 들어 좀 달라졌거든요. 약간 쌀쌀맞게 군다고나 할까요?"

"아가씨는 찰스 경이 왜 그렇게 갑작스레 떠났는지 이해하지 못한 것 같군요. 그는 당신이 올리버에게 마음이 있다고 생각했습니다. 그래서 상처를 더 입고 싶지 않아 떠난 거예요."

에그가 후다닥 몸을 돌렸다. 그녀는 새터스웨이트의 어깨를 꽉 붙잡고 그의 얼굴을 뚫어져라 들여다보았다.

"그게 사실인가요? 정말이에요? 이 바보! 얼간이! 오!"

갑자기 그녀는 손을 놓고 주위를 깡총거리며 돌았다.

"그럼 그분은 돌아오실 거예요. 돌아오실 거라고요. 만일 그렇지 않으면……."

"그렇지 않으면?"

에그가 웃음을 터뜨렸다.

"어떻게든 그분을 돌아오게 할 거예요. 두고 보세요."

표현법은 사뭇 다를지 몰라도, 결국 에그와 애스톨렛의 백합 아가씨는 서로 닮은 구석이 많아 보였다. 하지만 새터스웨이트는 에그의 방식이 일레인보다 훨씬 실용적이고 현실적일 거라는 예감이 들었다. 그리고 에그는 실연 때문에 죽지도 않으리라.

제2막

확신

찰스 경, 편지를 받다

새터스웨이트는 몬테카를로에서 시간을 보내고 있었다. 이제 하우스파티 순례도 끝나고, 9월에는 자신이 좋아하는 리비에라에서 편히 쉬면 그만이었다.

새터스웨이트는 정원에 앉아 따스한 햇살을 즐기며 이틀 전《데일리 메일》을 읽고 있었다.

그때 이름 하나가 그의 시선을 사로잡았다. 「바솔로뮤 스트레인지 경 사망」이라는 표제를 본 그는 재빨리 기사를 읽어 내려갔다.

독자 여러분에게 저명한 신경 전문의 바솔로뮤 스트레인지 경의 사망 소식을 전하게 되어 심히 유감스러운 바이다. 바솔로뮤 경은 요크셔에 있는 자택에서 친구들과 파티를 즐기던 중이었다. 그는 심신이 지극히 건강한 상태였는데 저녁 식사가 끝날 무렵 갑작스럽게 사망했다. 바솔로뮤 경은 친구들과 담소하면서 포트와인을 마시던 도중 급격한 발작 증세를 일으켜 의사가 도착하기 전에 숨을 거두었다. 바솔로뮤 경의 사망은 매우 애석한 일이다. 그는…….

그 뒤로는 바솔로뮤 경의 생애와 경력이 나열되어 있었다.

새터스웨이트는 자신도 모르게 손에서 신문을 떨어뜨렸다. 엄청난 충격이 밀려왔다. 마지막으로 봤던 바솔로뮤 경의 모습이 눈앞을 스치고 지나갔다. 육중한 몸집, 쾌활하고 혈색 좋은 얼굴……. 그런데 그가 죽다니! 방금 읽은 기사의 몇몇 구절이 머릿속을 떠다니며 그를 끈질기게 괴롭혔다. '포트와인을 마시던 중', '급격한 발작 증세', '의사가 도착하기 전에 숨을 거두었다'…….

이번에는 칵테일이 아니라 포트와인이었지만 그것만 제외하면 콘월에서 발생한 사건과 기가 막힐 정도로 똑같았다. 온화하고 나이 지긋한 목사의 일그러진 얼굴이 다시금 새터스웨이트의 눈앞에 생생하게 떠올랐다.

그 사건이 결국…….

그는 문득 고개를 들었다. 찰스 경이 잔디밭을 건너 다가오고 있었다.

"새터스웨이트, 여기서 자네를 만나다니! 안 그래도 보고 싶었네. 톨리 이야기 들었나?"

"방금 기사를 읽었네."

찰스 경이 옆에 놓인 의자에 털썩 주저앉았다. 그는 머리부터 발끝까지 완벽한 요트용 복장을 갖춰 입고 있었다. 갈색 플란넬과 낡은 스웨터의 흔적은 어디서도 찾아볼 수 없었다. 찰스 카트라이트는 이제 남프랑스의 푸른 바다를 즐기는 세련된 요트 애호가로 변해 있었다.

"내 말 좀 들어 보게. 톨리는 더할 나위 없이 건강했네. 아픈 데라고는 한 군데도 없었어. 혹시 나 혼자만 이런 생각을 하는 건가, 아니면 자네도…… 그 일이 떠오르지 않던가?"

"루머스에서 있었던 사건 말인가? 그래, 나도 제일 먼저 그 일이 생각나더군. 하지만 어쩌면 우리가 틀렸는지도 몰라. 두 사건은 겉보기에만 비슷해 보이는 것일 수도 있네. 사람들은 여러 가지 이유로 급작스럽게 죽을 수 있으니까."

찰스 경은 초조한 얼굴로 고개를 끄덕이더니 말했다.

"방금 편지를 받았네. 음, 에그 리튼 고어 양한테서 말이야."

새터스웨이트는 슬그머니 미소를 감추었다.

"처음 받은 편지인가?"

찰스 경은 아무런 의심도 하지 않고 정직하게 대답했다.

"아니, 사실은 여기 오자마자 받기 시작했네. 꽤 오래 전부터지. 그래 봤자 그곳 소식이라든가 자질구레한 이야기들뿐이었네. 난 답장을 하지 않았네. 제기랄, 새터스웨이트, 솔직히 말해 차마 할 수가 없었어. 에그는 아무것도 모르네. 난 웃음거리가 되고 싶지 않아."

새터스웨이트는 터져 나오는 웃음을 막으려고 손으로 입을 가렸다.

"그럼 이번 편지는?"

"이번 편지는 좀 달라. 도움을 요청하는 내용이더군."

새터스웨이트는 눈썹을 추켜세웠다.

"도움이라고?"

"그녀도 거기 있었다네. 그러니까 이번 사건이 일어났을 때 그 집에 있었다는 말이야."

"자네 말은, 에그가 바솔로뮤 경이 죽었을 때 그 자리에 있었단 말인가?"

"그래."

"뭐라고 썼던가?"

찰스 경은 주머니에서 편지를 꺼냈다. 그는 잠시 머뭇거리다가 편지를 건네주었다.

"직접 읽어 보는 게 좋겠군."

새터스웨이트는 강한 호기심을 느끼며 편지를 펼쳤다.

친애하는 찰스 경!

이 편지가 언제쯤 도착할지 모르겠군요. 제발 빨리 도착하길 빌 뿐입니다. 전 지금 걱정되어 견딜 수가 없어요. 너무 당황스러워 뭘 어떻게 해야 할지도 모르겠고요. 바솔로뮤 스트레인지 경이 돌아가셨다는 소식은 신문에서 읽으셨겠지요? 그분도 배빙턴 목사님과 똑같은 방식으로 돌아가셨어요. 이건 우연의 일치일 리가 없어요. 절대로 우연일 리 없다고요. 무서워 죽을 것만 같아요.

제발 이곳으로 돌아오셔서 도와 주지 않으시겠어요? 이렇게 말하면 좀 이상하게 들릴지 모르지만, 배빙턴 목사님이 돌아가셨을 때에도 선생님은 뭔가 이상하다고 여기셨잖아요? 하지만 아무도 선생님 말씀에 귀를 기울이지 않았죠. 그런데 이번에는 선생님의 소중한 친구 분이 돌아가시고 말았어요. 그러니 선생님이 돌아오시지 않으면 진실은 영원히 밝혀지지 않을 거예요. 전 선생님이라면 반드시 해낼 수 있으리라 믿어요. 마음속 깊이, 진심으로 믿고 있어요.

그리고 또 다른 일도 있어요. 전 지금 어떤 사람 때문에 몹시 걱정을 하고 있답니다. 물론 그는 이번 사건과 아무 관계도 없어요. 전 알아요. 하지만 다른 사람들한테 좀 이상하게 보일지도 몰라요. 오, 편지로는 도저히 설명할 수가 없네요. 부디 돌아와 주세요. 진실을 밝힐 수 있는 건 선생님뿐이에요. 전 알아요.

조급한 마음으로,

에그가

찰스 경이 조바심을 내며 물었다.

"어떤가? 좀 산만하긴 하지만 서둘러 썼으니 이해해야지. 자넨 어떻게 생각하나?"

새터스웨이트는 천천히 편지를 접어 찰스 경에게 돌려주고 잠시 동안 말없이 앉아 있었다.

확실히 편지는 두서가 없었다. 하지만 그렇게 서둘러 쓴 것 같지는 않았다. 그가 보기에는 오히려 문장 하나하나를 상당히 신중하게 골라 쓴 것 같았다. 편지는 찰스 경의 허영심과 기사도, 그리고 게임을 즐기는 그의 본성에 호소하고 있었다.

찰스 경의 성격을 알고 있는 새터스웨이트가 볼 때, 이 편지는 찰스 경을 확실히 끌어 낼 수 있는 훌륭한 미끼였다.

새터스웨이트가 물었다.

"에그가 '어떤 사람'이라고 말한 남자가 누구일 것 같나?"

"맨더스겠지, 아마도."

"그렇다면 그 젊은이도 현장에 있었겠군."

"그랬을 거야. 이유는 모르겠지만. 톨리는 그 젊은 친구를 우리 집 파티에서 처음 봤을 텐데, 왜 불렀는지 짐작도 안 가는군."

"바솔로뮤 경은 그런 커다란 파티를 자주 열었나?"

"일 년에 서너 번 정도. 성 레저 경마* 파티는 매년 열었고."

"요크서에서 시간을 많이 보냈나 보지?"

"거기에서 커다란 요양원인지 병원인지를 운영하거든. 멜포트 애비라는 낡은 건물이 있었는데, 그걸 사들여 커다란 요양원을 지었다네."

"그랬군."

새터스웨이트는 잠깐 동안 조용히 앉아 있다가 다시 입을 열었다.

"그 파티에 또 누가 참석했는지 궁금하군그래."

찰스 경은 다른 신문에 참석자 명단이 나와 있을지도 모른다며 신문을 뒤져 보자고 제안했다. 두 사람은 곧 신문을 찾아 나섰다.

---

* 매년 9월 잉글랜드 사우스요크서의 던캐스터에서 열리는 네 살 된 말의 경마.

마침내 찰스 경이 신문을 들고 소리 내어 명단을 읽었다.

바솔로뮤 스트레인지 경은 여느 때처럼 성레저 경마를 위한 하우스파티를 개최 중이었다. 초대 손님 가운데에는 에든 경 부부, 레이디 리튼 고어, 조슬린 경과 레이디 캠벨, 데이크리스 부부, 그리고 유명 여배우인 앤젤라 서트클리프 양이 있었다.

찰스 경과 새터스웨이트는 서로 얼굴을 마주 보았다.
찰스 경이 말했다.
"데이크리스 부부와 앤젤라 서트클리프라. 올리버 맨더스라는 이름은 없군."
"오늘 자 「컨티넨털 데일리 메일」을 사 보지. 다른 내용이 더 있을지도 모르니까."
찰스 경이 새로운 신문을 들여다보았다. 그러더니 갑자기 그 자리에 얼어붙었다.
"하느님 맙소사! 새터스웨이트, 이걸 좀 보게."

바솔로뮤 스트레인지 경
오늘 열린 고 바솔로뮤 스트레인지 경의 검시 심리 결과, 고인이 니코틴 중독으로 사망했음이 밝혀졌다. 그러나 누구에 의해, 어떤 방법으로 독을 섭취했는지에 대해서는 아무런 단서도 발견하지 못했다.

찰스 경은 얼굴을 찌푸렸다.

"니코틴 중독이라? 니코틴으로도 사람이 발작을 일으키거나 죽을 수 있나? 도무지 이해가 안 가는군."

"어떻게 할 생각인가?"

"어떻게 할 거냐고? 오늘 저녁 블루 트레인*을 예약할 생각이네."

"그렇다면 나도 동행하도록 하지."

찰스 경이 깜짝 놀란 표정으로 그를 바라보았다.

"자네가 말인가?"

새터스웨이트는 겸손하게 말했다.

"사실 난 이런 일에 관심이 많다네. 이와 비슷한 일에 약간 경험이 있지. 더구나 그 지역 관할 경찰서장하고도 잘 아는 사이이고. 존슨 서장이라고, 아마 도움이 될 걸세."

"잘 됐군! 그럼 지금 당장 바공 리** 사무실로 가세."

새터스웨이트는 속으로 생각했다.

'그 아가씨가 해냈군. 정말로 그를 돌아가게 만들었어. 반드시 그렇게 하고 말겠다고 맹세하더니만. 그 편지 내용이 어디까지 진짜인지 궁금하군.'

에그 리튼 고어가 기회를 포착하는 데 능하다는 사실은 의심할 여지가 없었다.

---

* 파리와 리비에라 사이에 운행되는 침대차.

** 스위스 및 오스트리아를 중심으로 야간 침대 열차를 운영하는 프랑스 회사. 앞서 나온 블루 트레인을 운영한다.

찰스 경이 바공 리 사무실에 들른 사이에 새터스웨이트는 느릿느릿 정원을 산책했다. 그는 여전히 즐거운 마음으로 에그 리튼 고어를 생각하고 있었다. 새터스웨이트는 그녀의 기지와 추진력에 경탄했지만, 아직 빅토리아 시대의 구식 사고방식에 젖어 있는 마음속 한 구석으로는 여자가 연애에 너무 적극적으로 나서는 것이 다소 못마땅했다.

새터스웨이트는 관찰력이 탁월한 사람이었다. 에그 리튼 고어가 다른 평범한 여자들과 달리 특별한 데가 있다는 생각을 하는 와중에도 그는 무심코 이렇게 중얼거렸다.

"머리 모양이 저렇게 특이한 사람을 또 어디서 봤더라?"*

새터스웨이트의 눈에 띈 그 사람은 생각에 잠긴 얼굴로 의자에 앉아 똑바로 허공을 응시하고 있었다. 몸집에 비해 콧수염이 지나치게 커다란, 자그마한 사내였다.

그 옆에서는 토라진 표정을 한 영국 아이가 양쪽 발을 번갈아 깡충거리며 가끔씩 울타리를 발로 걷어차고 있었다.

어머니인 듯한 여자가 패션 잡지에 고개를 묻은 채 아이를 나무랐다.

"얘야, 그러면 못써."

"아무 짓도 안 했어요."

그때 자그마한 사내가 고개를 돌려 그 여자를 쳐다보았다. 순간

---

* 푸아로는 대개 머리가 '달걀' 모양인 노신사로 묘사된다.

새터스웨이트는 그가 누군지 알아차렸다.

"무슈 푸아로! 여기서 이렇게 만나다니, 정말 반갑습니다."

푸아로가 의자에서 일어나 고개를 숙였다.

"앙샹테(반갑습니다), 무슈."

두 사람은 악수를 나누고 다시 의자에 앉았다.

"다들 몬테카를로에 오기로 약속이라도 한 것 같군요. 바로 30분 전에 찰스 카트라이트 경을 만났는데, 이번에는 당신이라니."

"찰스 경도 여기 왔습니까?"

"요트를 타러 왔답니다. 그가 루머스의 집을 팔았다는 이야긴 들으셨겠지요?"

"아뇨. 몰랐습니다. 처음 듣는 이야기군요. 거참, 놀라운걸요."

"난 별로 놀라지 않았습니다. 애초에 카트라이트가 그렇게 세상과 동떨어진 곳에 마음 편히 정착할 수 있으리라고 생각하지 않았거든요."

"아, 그 점에 있어서는 저도 동감입니다. 제가 놀란 건 다른 이유 때문이랍니다. 제가 보기에 찰스 경은 나름대로 다른 이유가 있어서 루머스에 머무르고 있는 것처럼 보였어요. 아주 매력적이고 사랑스러운 이유 말입니다. 아닌가요? 제 말이 맞죠? 그 젊은 아가씨는 몹시 재미있는 이름을 가졌더군요. 에그라고 했나요?"

푸아로의 눈동자가 부드럽게 반짝였다.

"오, 알고 계셨습니까?"

"물론 알고말고요. 전 연인들을 척 보면 알죠. 당신도 마찬가지인 것 같던데요, 새터스웨이트 씨? 라 죄네스(젊음이란), 언제나 감동적이죠."

푸아로는 한숨을 내쉬었다.

"그렇다면 당신도 찰스 경이 왜 루머스를 떠났는지 짐작하겠군요. 그는 달아난 겁니다."

"마드무아젤 에그로부터 말입니까? 하지만 찰스 경은 그 아가씨를 좋아하잖습니까? 한데 어째서 달아나죠?"

"아, 당신은 우리 앵글로색슨 인들의 콤플렉스를 이해 못 하시는군요."

하지만 푸아로는 다른 추측을 내놓았다.

"물론 그것도 좋은 전략이긴 하지요. 남자가 그런 식으로 달아나면 여자는 곧장 쫓아오기 마련이니까. 역시 찰스 경은 연애 경험이 많은 분이라 그런 것도 잘 알고 있군요."

새터스웨이트는 조금 놀랐다.

"그건 아닌 것 같은데……. 그건 그렇고 여긴 무슨 일이십니까? 휴가를 즐기고 계신가요?"

"요즘은 일 년 내내 휴가랍니다. 저는 성공한 데다 돈도 많고, 은퇴해서 할 일도 없지요. 지금은 세상 구경이나 하며 여행을 다닌답니다."

"그거 멋지군요."

"네스 파?(그렇죠?)"

그때 영국인 아이가 말했다.

"엄마, 다른 할 일 없어요?"

아이의 어머니가 짜증스레 대꾸했다.

"얘야, 이렇게 외국에 나와서 아름다운 햇살을 맘껏 쬐니 얼마나 좋아?"

"그래요. 하지만 할 일이 아무것도 없는걸."

"그럼 혼자 놀 걸 찾아보렴. 가서 바다를 구경하든지."

갑자기 어디선가 나타난 프랑스 꼬마 아이가 말했다.

"마망, 주 아베크 무아.(엄마, 나랑 같이 놀아요.)"

프랑스 아이의 어머니가 책에서 눈을 들었다.

"아뮈즈 투아 아베크 타 발, 마르셀.(혼자 공놀이라도 하렴, 마르셀.)"

프랑스 소녀는 시무룩한 얼굴로 공을 튀기기 시작했다.

에르퀼 푸아로가 중얼거렸다.

"주 마뮈즈.(난 즐거워.)"

그의 얼굴에는 기묘한 표정이 떠올라 있었다. 그러더니 새터스웨이트의 얼굴에서 무슨 질문이라도 읽은 듯 이렇게 대꾸했다.

"그렇지만 당신은 눈치가 빠른 분이죠. 네, 당신 생각대로랍니다……."

그는 한동안 말없이 있다가 입을 열었다.

"알다시피 우리 집은 무척 가난했습니다. 당시에는 많은 사람들이 그랬지요. 우리는 세상에 뛰어들어야 했습니다. 저는 경찰에 들어갔고, 열심히 일했어요. 그리고 천천히 그 분야에서 지위를 다져 갔지요. 제 이름이 슬슬 알려졌습니다. 얼마 후에는 꽤 유명해졌고,

마침내 국제적인 명성을 얻게 되었지요. 그리고 은퇴했습니다. 그런데 그때 전쟁이 터진 겁니다. 저는 부상을 당했지요. 슬프고 지친 망명자가 되어 영국으로 건너왔습니다. 그때 제게 은혜를 베풀어 준 한 친절한 숙녀분이 계셨죠. 그런데 돌아가시고 말았어요. 자연사한 게 아니라 살해당한 겁니다, 에 비앵!(좋아!) 저는 제 능력을 발휘하기로 했습니다. 결국 전 제 작은 회색 뇌세포를 이용해 살인범을 찾아 냈지요. 그때 전 깨달은 겁니다. 전 아직 끝나지 않았다는 것을요. 아니, 사실 제 능력은 과거 그 어느 때보다도 절정에 올라 있었습니다. 그때부터 저는 두 번째 직업을 갖게 되었지요. 영국에서 사립탐정 일을 시작한 겁니다. 전 매우 특이하고 난해한 사건들을 많이 해결했습니다. 전 그렇게 살아왔답니다! 인간의 본성과 심리라는 건 얼마나 오묘한지요. 전 부자가 되었습니다. 전 제게 이렇게 중얼거리곤 했지요. 언젠가는 제가 원하는 만큼 돈을 벌게 될 것이라고, 그래서 제 꿈을 모조리 실현할 수 있을 거라고 말입니다."

그는 새터스웨이트의 무릎에 손을 올려놓았다.

"친구, 꿈이 실현되는 바로 그 순간을 조심하십시오. 저 꼬마 아이를 보세요. 저 아이도 여기 오기 전에는 해외 여행 가는 날을 손꼽아 기다렸을 겁니다. 얼마나 재미있을까, 얼마나 신기한 걸 많이 보게 될까 꿈에 부풀어서 말입니다. 제 말 이해하시겠습니까?"

"네, 알 것 같습니다. 당신은 지금 행복하지 않군요."

푸아로는 고개를 끄덕였다.

"바로 그겁니다."

새터스웨이트는 간혹 장난꾸러기 요정 같은 표정을 지을 때가 있었다. 지금이 바로 그때였다. 그의 작고 주름진 얼굴이 심술궂은 개구쟁이처럼 가볍게 실룩거렸다. 그는 주저했다. 할까, 하지 말까?

그는 천천히 손에 들고 있던 신문을 펼쳐 들었다.

"이 기사 보셨습니까, 무슈 푸아로?"

그는 집게손가락으로 기사를 가리켰다.

푸아로가 신문을 받아들었다. 새터스웨이트는 신문을 읽는 그의 모습을 지켜보았다. 그의 얼굴에는 아무런 변화도 일지 않았다. 하지만 푸아로의 몸이 잔뜩 긴장하는 것을 느낄 수 있었다. 마치 쥐구멍을 발견하고 코를 킁킁거리는 테리어 같았다.

푸아로는 기사를 두 번이나 거듭해 읽은 다음 신문을 접어 새터스웨이트에게 돌려주었다.

"흥미로운 일이군요."

"네, 그렇죠. 마치 그 동안 찰스 경의 생각이 옳았고 우리가 틀렸던 것 같습니다."

"그렇군요. 우리가 잘못 생각했던 것 같군요. 인정해야겠습니다. 전 그렇게 친절하고 온화한 목사 영감님이 살해됐을 거라고는 도무지 상상할 수 없었어요. 하지만 지금 보니 제가 틀렸을지도 모르겠다는 생각이 드는군요. 그렇지만 이번 사건이 우연일 수도 있답니다. 때로는 진짜 우연의 일치라는 것도 있지요. 도저히 믿기 힘들 만큼 놀라운 우연도 종종 발생하고요. 저, 에르퀼 푸아로는 그런 신기한 일들을 많이 봤습니다……."

그는 잠시 멈췄다가 말을 이었다.

"찰스 카트라이트 경의 예감이 맞을지도 모르겠습니다. 그는 예술가죠. 예민하고 감수성이 풍부한 사람입니다. 그는 이성적으로 생각하기보다 먼저 직감적으로 느끼지요. 그런 식의 사고방식은 엄청난 사태를 불러일으키기도 하지만, 때로는 놀랍도록 정확하게 들어맞기도 합니다. 지금 찰스 경은 어디 있을까요?"

새터스웨이트가 싱긋 웃었다.

"그건 내가 압니다. 바공 리 사무실에 가 있습니다. 찰스 경과 나는 오늘 저녁에 영국으로 돌아갈 예정입니다."

"아하!"

푸아로는 의미심장한 어조로 감탄사를 내뱉었다. 그는 장난기가 가득한 눈동자를 반짝이며 물었다.

"우리의 찰스 경은 대체 무슨 생각일까요? 아마추어 탐정 역할을 맡기로 결심한 겁니까? 아니면 다른 이유가 있나요?"

새터스웨이트는 대답하지 않았다. 그러나 그의 침묵 속에서 푸아로는 나름대로 해답을 찾은 것 같았다.

"짐작이 가는군요. 어떤 아가씨의 아름다운 눈동자와 관련이 있지요? 그를 부르는 건 단순히 범죄만이 아닌 모양입니다."

"그 아가씨가 찰스 경에게 편지를 보냈답니다. 제발 돌아와 달라고 말입니다."

푸아로는 고개를 끄덕였다.

"하지만 이상하군요. 전 이해가 잘 안 가는데⋯⋯."

새터스웨이트가 그의 말을 잘랐다.

"요즘 젊은 영국 아가씨들을 이해할 수 없단 뜻인가요? 그건 별로 놀랍지 않군요. 나도 언제나 이해할 수 있는 건 아니지요. 특히 리튼 고어 양 같은 아가씨는……."

이번에는 푸아로가 끼어들었다.

"죄송합니다만, 제 말을 잘못 이해하신 것 같습니다. 전 리튼 고어 양이 왜 그런지 아주 잘 알고 있습니다. 그런 유형의 아가씨를 꽤 많이 봤거든요. 당신은 그 아가씨가 현대적이라고 하시는데, 제 생각에는 꽤 고전적인걸요."

새터스웨이트는 약간 마음이 상했다. 아무래도 에그를 제대로 이해하고 있는 사람은 자기 혼자뿐인 것 같았다.

'이 우스꽝스러운 외국인은 젊은 영국 아가씨들에 대해서 아무것도 모르는군!'

푸아로의 이야기는 아직 끝난 것이 아니었다. 그는 몽롱하고 사색에 잠긴 듯한 목소리로 말했다.

"인간의 본성에 대해 알고 있다는 건 참으로 위험할 수 있답니다."

새터스웨이트가 고쳐 말했다.

"유용한 거겠지요."

"그렇기도 합니다만, 어떤 관점에서 보냐에 따라 달라지지요."

"그렇겠지요."

새터스웨이트는 잠깐 주저하다가 의자에서 일어났다. 실망스러웠다. 공들여 미끼를 던졌는데 물고기가 물지 않은 셈이었다. 아무래도 그는 인간의 본성에 대해 한참 더 공부해야 할 것 같았다.

"그럼 즐거운 휴가 보내십시오."

"감사합니다."

"그리고 다음에 런던에 오시면 꼭 한 번 우리 집에 들러 주세요. 이게 내 주소랍니다."

새터스웨이트는 명함을 꺼냈다.

"정말 친절하십니다, 새터스웨이트 씨. 꼭 찾아뵙지요."

"그럼 이만, 안녕히 계시길."

"안녕히 가십시오. 봉 부아야주.(즐거운 여행 되시길 빕니다.)"

새터스웨이트가 사라졌다. 푸아로는 한참 동안 그의 뒷모습을 바라보다가 고개를 돌려 지중해의 푸른 물결을 멍하니 바라보았다.

그렇게 한 10분쯤 앉아 있었을 때다.

영국인 아이가 다시 나타났다.

"바다 다 봤어요, 엄마. 이 다음엔 뭘 해요?"

에르퀼 푸아로가 중얼거렸다.

"좋은 질문이야."

그는 의자에서 일어나 천천히 발걸음을 옮겼다. 바공 리 사무실을 향해.

사라진 집사

'

찰스 경과 새터스웨이트는 존슨 서장의 서재에 앉아 있었다. 경찰서장은 체구가 크고 얼굴이 불그스름하며 목소리가 우렁찬, 그러면서도 약간 호들갑스러운 사람이었다.

존슨 서장은 새터스웨이트와 찰스 경을 반갑게 맞이했다. 그 유명한 찰스 카트라이트를 만나게 되어 기뻐하는 기색이 역력했다.

"우리 마누라는 엄청난 연극광이랍니다. 아내는 그 뭐라더라, 미국 사람들이 일컫는 말이 있는데…… 맞아요, 팬, 당신의 팬이죠. 나도 훌륭한 연극을 좋아합니다. 깔끔하고 준수한 작품들 말입니다. 요즘 상연되는 작품들은 형편없는 것들이 수두룩하더군요, 하!"

사람들의 이런 취향을 정확하게 파악하여 이제까지 한 번도 '대담한' 연극에 출연한 적이 없는 찰스 경은 평소처럼 느긋한 매력을 발휘하며 적절히 대꾸했다. 그러다 두 사람이 방문하게 된 까닭에 이르자, 존슨 서장은 자신이 아는 사실을 거리낌 없이 털어놓았다.

"친구 분이란 말입니까? 저런, 정말 안됐군요. 유감입니다. 고인은 이 지역에서도 평판이 좋기로 소문난 분이었습니다. 그분이 설립한 요양원도 평판이 좋았고, 무엇보다 바솔로뮤 경은 일류 의사라는 점을 넘어 인간적으로 나무랄 데 없는 분이었지요. 친절하고 관대하고 누구에게나 인기가 좋았습니다. 결코 누구한테 살해당할 분이 아니지요. 그런데 아무리 보아도 살해당한 것 같단 말입니다. 자살이라고 생각할 근거도 없고, 사고라고 보기에도 미심쩍은 데가 아주 많습니다."

"새터스웨이트와 나는 외국에 나갔다가 막 돌아온 길입니다. 여기저기 신문에서 조금씩 읽은 것밖에 아는 것이 없습니다."

"그렇다면 자초지종을 상세히 알고 싶겠군요. 내가 말씀드리지요. 난 의심할 여지없이 집사가 범인이라고 생각합니다. 그 사람은 얼마 전에 새로 들어왔는데, 바솔로뮤 경이 불과 2주일 전에 고용했답니다. 그런데 사건이 발생하자 사라져 버렸지요. 말 그대로 공기 중으로 증발해 버린 겁니다. 뭔가 냄새가 나지 않습니까?"

"어디로 갔는지 찾지 못했습니까?"

존슨 서장은 붉은 얼굴이 더욱 붉어졌다.

"경찰의 잘못이라고 생각하시는군요. 예, 인정합니다. 그렇게 보일 수밖에 없겠지요. 당연히 우린 다른 사람들처럼 그 사람도 감시하고 있었습니다. 우리 질문에 상당히 만족스러운 대답을 주더군요. 일자리를 주선한 런던 직업 소개소도 말해 주었고, 여기 오기 전에는 호레이스 버드 경을 위해 일했다고 했습니다. 시종일관 침착하고 전혀 당황한 기색도 없었고요. 그런데 갑자기 펑 하고 사라진 겁니다. 경찰이 온 집 안을 감시하고 있었는데 말입니다. 부하들을 다 그쳐 봤지만 맹세코 한눈 한 번 팔지 않았다고 하더군요."

"놀라운 일이군요."

찰스 경이 곰곰이 생각에 잠겨 말했다.

"다른 건 차치하고 왜 그렇게 어리석은 짓을 했을까요? 아무도 자기를 의심하지 않는다는 걸 알고 있었을 텐데 말입니다. 그렇게 도망가는 바람에 오히려 주목을 받게 되었잖습니까?"

"예, 그렇습니다. 어차피 그놈이 도망칠 확률은 제로입니다. 벌써 지명수배 전단을 배포했거든요. 이제 잡히는 건 시간 문제지요."

찰스 경이 말했다.

"정말 이상하군요. 난 이해가 안 갑니다."

"단순합니다. 겁을 집어먹은 겁니다. 갑자기 머리가 안 돌아간 거예요."

"살인을 저지를 만한 배짱이 있는 사람이라면 일을 저지른 후에도 아무렇지 않게 버틸 수 있지 않을까요?"

"그건 사람마다 다릅니다. 난 범죄자를 잘 알아요. 대부분 겁쟁이들이지요. 자기가 의심받고 있다는 생각이 들자 줄행랑을 쳐 버린 겁니다."

"자기 입으로 말한 신원 내용을 확인해 봤습니까?"

"당연하지요, 찰스 경. 수사의 기본 절차니까요. 런던 소개소에서 그의 진술을 확인해 줬습니다. 호레이스 버드 경이 써 준 훌륭한 추천장을 가지고 있었다고 하더군요. 호레이스 경은 지금 동아프리카에 가 있습니다."

"그렇다면 추천장이 위조인지도 모르겠군요."

존슨 서장이 총명한 학생을 칭찬하는 교사처럼 찰스 경에게 환한 미소를 지어 보였다.

"그렇습니다. 호레이스 경에게 이미 전보를 보내 놓았습니다. 하지만 회신이 오려면 시간이 좀 걸릴 것 같습니다. 지금 사파리 여행 중이랍니다."

"집사는 언제 사라졌습니까?"

"바솔로뮤 경이 사망한 다음 날 아침입니다. 파티에 의사 한 명이 참석했었는데, 조슬린 캠벨이라고 독물학자라고 하더군요. 조슬린 박사와 그 지방 의사 데이비스가 자연사가 아니라는 결론을 내리고 곧장 우리 경찰을 불렀습니다. 그날 밤에 그 자리에 있었던 전원을 심문했고요. 그 후에 집사인 엘리스는 평소처럼 자기 방으로 자러 갔는데, 다음 날 아침에 사라졌습니다. 침대에서 잔 흔적도 전혀 없었고요."

"어둠을 틈타 밤중에 도망간 거군요."

"그런 것 같습니다. 그 집에 머무르고 있던 여자 손님이, 여배우인 서트클리프 양인데, 아십니까?"

"아주 잘 아는 사이입니다."

"서트클리프 양이 한 가지 가능성을 제시하더군요. 어쩌면 그 집사가 비밀 통로로 달아났는지도 모른다고 말입니다."

존슨 서장은 미안하다는 표정으로 코를 풀고 말했다.

"무슨 에드거 월러스* 소설처럼 들리는 이야기이긴 합니다만, 진짜로 그런 게 있었던 모양입니다. 바솔로뮤 경은 그걸 상당히 자랑스럽게 생각했다는군요. 서트클리프 양에게 보여 준다고 했다는데, 끝은 저택에서 800미터쯤 떨어진 곳에 있는 무너진 석조 건물로 연결된답니다."

"꽤 그럴 듯한 이야기군요. 하지만 그 집사가 비밀 통로가 있다는 걸 어떻게 알았을까요?"

"그게 바로 문제입니다. 내 아내가 늘상 입버릇처럼 말하길, 하인들은 모르는 게 없다더니, 아무래도 그 말이 맞는 것 같습니다."

"사용된 독이 니코틴이라고 들었습니다만……."

새터스웨이트가 말했다.

"그렇습니다. 흔히 사용되는 물건은 아니지요. 오히려 상당히 드물다고 할 수 있습니다. 바솔로뮤 경처럼 지독한 흡연가의 경우에는 문제가 더 복잡해집니다. 내 말은 그러니까 그 사람이 니코틴 중독으로 자연사했을지도 모른다는 겁니다. 하지만 이번 사건의 경우에는 아주 갑작스럽게 일어났기 때문에 그럴 가망성이 낮다고 봐야지요."

"어떻게 독을 먹였을까요?"

---

* 「킹콩」의 원작자로 서스펜스 및 추리소설 작가.

존슨 서장이 순순히 시인했다.

"아직 밝혀 내지 못했습니다. 그것이 바로 이번 사건에서 가장 어려운 부분입니다. 검시관 말로는 사망하기 불과 몇 분 전에 먹은 것 같다더군요."

"포트와인을 마시던 중이었다고 했지요?"

"그렇습니다. 그걸 생각하면 포트와인 속에 독이 들어 있었던 것 같지만 실제로 그렇지 않았습니다. 그가 마시던 잔을 분석했는데 술잔 안에는 포트와인 말고 다른 성분은 아무것도 들어 있지 않았습니다. 그리고 다른 잔들도 모두 조사했습니다만, 술잔은 모두 부엌 쟁반 위에 놓여 있었고, 그 중 어느 것에서도 수상한 물질은 발견되지 않았습니다. 피해자는 수프, 구운 넙치, 꿩과 감자튀김, 초콜릿 수플레, 생선알을 얹은 빵처럼 다른 손님들과 똑같은 음식을 먹었고요. 요리사는 자그마치 15년 동안이나 그 집에서 일해 온 사람입니다. 아무리 봐도 바솔로뮤 경이 니코틴을 섭취할 방법은 없습니다. 그런데도 몸 속에는 독극물이 들어 있단 말이죠. 정말 골치 아픈 사건이죠."

찰스 경은 흥분하며 새터스웨이트 쪽을 돌아보았다.

"똑같군. 지난번과 완전히 똑같아."

찰스 경은 사과하듯 경찰서장에게 설명했다.

"죄송합니다. 설명을 드려야겠군요. 콘월에 있는 우리 집에서 사람이 죽었는데……."

존슨 서장은 흥미롭다는 반응을 보였다.

"나도 들었습니다. 그 젊은 아가씨한테요. 리튼 고어 양이라고 하던가요?"

"맞습니다. 그녀도 그때 거기 있었지요. 자기 생각도 이야기하던가요?"

"그렇습니다. 그 아가씨는 자기 생각이 틀림없다고 확신하고 있는 것 같더군요. 하지만 찰스 경, 나는 그 의견에 동의할 수 없습니다. 그렇다면 집사가 도망친 이유를 설명할 수 없으니까요. 혹시 당신의 하인들 가운데 사라진 사람이 있습니까?"

"남자 하인은 없는데요. 객실 하녀뿐입니다."

"그 하녀가 남자로 변장할 수는 없겠지요?"

맵시 있고 지극히 여성적인 템플을 떠올리며 찰스 경은 미소를 지었다.

존슨 서장 역시 미안하다는 듯 머쓱하게 웃었다.

"가능성을 생각해 본 것뿐입니다. 아무튼 난 리튼 고어 양의 생각에 찬성할 수 없습니다. 그때 죽은 사람은 나이 많은 목사였다면서요? 누가 그렇게 늙은 목사를 그런 식으로 살해하겠습니까?"

"그게 제일 이상한 점이죠."

"아마 단순히 우연일 겁니다. 어쨌든 우린 그 집사를 찾아야 합니다. 상습범일 가능성이 크거든요. 불행히도 그 작자의 지문을 확보하지 못했습니다. 지문 감식반이 집사의 침실과 부엌을 샅샅이 뒤졌는데, 지문을 하나도 발견하지 못했지요."

"집사가 범인이라면 동기가 대체 뭘까요?"

"그게 또 어려운 문제 아니겠습니까? 도둑질을 하려고 그 집에 잠입했는데, 바솔로뮤 경이 그걸 알아차렸는지도 모르죠."

찰스 경과 새터스웨이트는 아무 말도 하지 않았다. 솔직히 존슨 서장 자신도 그 추론을 믿는 것 같지 않았다.

"어쨌든 지금 할 수 있는 것은 추측뿐입니다. 일단 존 엘리스를 붙잡고 나면 그가 누구인지, 또 전에 범죄를 저지른 적이 있는지 알 수 있을 겁니다. 그때가 되면 동기도 명백히 밝혀지겠지요."

"바솔로뮤 경의 서류도 검토해 보았겠지요?"

"물론입니다, 찰스 경. 우린 이번 사건을 여러 가지 각도에서 신중하게 조사하고 있습니다. 이 사건을 맡고 있는 크로스필드 경정을 소개해 드려야겠군요. 아주 믿음직한 친구입니다. 내가 직접 지명했는데, 그도 나처럼 이번 사건이 바솔로뮤 경의 직업과 관련이 있을 거라고 생각하더군요. 의사들은 직업상 비밀을 많이 알고 있지 않습니까? 바솔로뮤 경의 서류는 모두 깔끔하게 보관되어 있었습니다. 비서인 린든 양이 크로스필드 경정과 함께 일일이 검토했지요."

"그런데 아무것도 없었나요?"

"수상한 내용은 아무것도 없더군요."

"혹시 집 안에서 사라진 물건은 없습니까? 은제품이라든가 보석 같은 것 말입니다."

"전혀 없습니다."

"저택에는 정확하게 어떤 사람들이 머물고 있었습니까?"

"명단을 보여 드리지요. 흠, 어디다 뒀더라? 그렇지, 크로스필드가 가지고 있는 모양입니다. 그 친구를 꼭 만나 보셔야겠군요. 안 그래도 그 친구가 보고하러 올 시간이 되었는데……."

그때 현관 벨이 울렸다.

"아하, 지금 왔나 봅니다."

크로스필드 경정은 체구가 육중하고 탄탄한 사내로, 말투는 느릿하지만 파란 눈이 날카로워 보였다.

그는 상사에게 경례한 뒤 두 방문객과 인사를 나누었다.

새터스웨이트가 혼자 왔더라면 크로스필드는 그에게 눈길도 주지 않았을 것이다. 그는 '추측'만 가지고 런던에서 내려온 아마추어 탐정에게 전혀 관심이 없었다. 하지만 찰스 경은 이야기가 달랐다. 크로스필드 경정은 화려한 무대와 연예계를 어린아이처럼 동경했다. 그는 찰스 경의 연기를 두 번이나 보았고, 무대 위를 누비던 영웅이 바로 지금 자신의 눈앞에 서 있다는 데 흥분하여 잔뜩 들떠 있었다.

"런던에서 당신 연기를 본 적이 있습니다. 아내와 함께 갔었지요. 「에인트리 경의 딜레마」라는 연극이었는데, 1층의 뒤쪽 좌석에 앉아서 봤습니다. 정말이지, 관객들이 미어터지더군요. 연극이 시작되기 두 시간 전부터 줄을 서서 기다려야 했으니까요. 하지만 그 무엇도 아내를 막을 수 없었습니다. 「에인트리 경의 딜레마」에 나오는 찰스 카트라이트 경을 꼭 봐야겠다고 난리를 쳤죠. 펠멜 극장이었습니다."

"그랬군요. 아시다시피 난 이제 연기 생활을 접었습니다. 그래도 펠멜 사람들은 아직 내 이름을 기억하고 있지요."

그는 명함을 꺼내 그 위에 몇 자 휘갈겨 적었다.

"다음에 부인과 함께 연극을 보러 시내에 나갈 일이 생긴다면 매표소에 이 명함을 보여 주십시오. 그러면 꽤 괜찮은 좌석에 앉을 수 있을 겁니다."

"정말 감사합니다, 찰스 경. 이렇게 친절하실 수가. 아내가 알면 기뻐서 입이 쩍 벌어질 겁니다."

이제 전직 배우는 크로스필드 경정을 마음대로 요리할 수 있게 되었다.

"참으로 특이한 사건입니다. 니코틴 중독으로 죽은 사건을 다루는 건 이번이 처음입니다. 데이비스 박사도 마찬가지고요."

"담배를 너무 많이 피우면 그럴 수도 있지 않나요?"

"솔직히 말씀드리면 저도 처음에는 그렇게 생각했습니다. 그런데 의사 말로는 순수한 니코틴은 무취한 액체로, 몇 방울만 먹어도 즉사한답니다."

찰스 경이 휘파람을 불었다.

"강력하군요."

"말씀대로입니다. 하지만 니코틴은 일상 생활에서 흔히 사용하는 물질이기도 합니다. 예를 들어 장미꽃에 뿌리는 해충 제거제에도 들어 있고, 담배에서 추출할 수도 있습니다."

"장미꽃이라. 그 이야기를 어디서 들었더라?"

찰스 경은 이맛살을 찌푸리며 고개를 흔들었다.

존슨 서장이 물었다.

"새로운 소식은 없나, 크로스필드?"

"확실한 건 없습니다, 서장님. 엘리스를 더럼과 입스위치, 발햄, 랜즈엔드, 그리고 다른 많은 지역에서 목격했다는 제보가 들어왔습니다만, 그 중에서 믿을 만한 정보만 추려야 합니다."

크로스필드는 다른 두 사람에게 몸을 돌리며 말을 이었다.

"일단 그 남자의 지명수배 전단이 영국 전역에 배포되면 반드시 목격자가 나타날 겁니다."

"그 사람은 어떻게 생겼나요?"

찰스 경이 묻자 서장이 종이를 집어들었다.

"존 엘리스. 약 170센티미터의 중간 키, 등이 약간 굽었으며, 회색 머리에 양쪽 구레나룻이 있고, 검은 눈동자, 허스키한 음성, 윗니가 하나 없어 웃을 때마다 드러남. 눈에 띄는 흉터나 상처는 없음."

찰스 경이 한마디 했다.

"흠, 상당히 막막하군요. 구레나룻은 지금쯤 밀어 버렸을 테고, 늘 히죽히죽 웃고 다닐 리도 없으니까 말입니다."

크로스필드가 말했다.

"진짜 문제는 아무도 그 사람을 눈여겨보지 않았다는 겁니다. 이 정도도 저택에서 일하는 하녀들에게 겨우겨우 얻어 낸 거예요. 수사를 하다 보면 언제나 똑같은 일을 겪게 되지요. 똑같은 사람을 이야기하는데 다들 키가 크다, 작다, 말랐다, 통통하다, 평균이다, 뚱

뚱하다, 호리호리하다 등등 중구난방으로 떠들어 대니, 원. 자기 머리에 달린 눈을 제대로 활용하는 사람은 오십 명 중에 한 명 있을까 말까입니다."

"경정은 정말로 엘리스가 범인이라고 생각합니까?"

"아니라면 왜 달아났겠습니까? 그 점을 무시할 수 없지요."

"정말 그 점이 문제군요."

찰스 경이 생각에 잠겨 중얼거렸다.

크로스필드는 존슨 서장에게 수사 상황을 보고했다. 서장은 고개를 끄덕이며 보고를 듣고 나서 경정에게 그날 저녁 파티에 참석한 이들의 명단을 달라고 말했다. 잠시 후 그는 두 손님에게 명단을 건넸다.

　　마사 레키 ── 요리사

　　비어트리스 처치 ── 하녀장

　　도리스 코커 ── 침실 하녀

　　빅토리아 볼 ── 허드렛일 하녀

　　엘리스 웨스트 ── 객실 하녀

　　바이올릿 배싱턴 ── 부엌 하녀

　　(위의 고용인들 모두 피살자 밑에서 오랫동안 성실하게 일해 옴. 레키 부인의 경우에는 15년 동안 고용되어 있었음.)

　　글래디스 린든 ── 비서, 33세, 바솔로뮤 스트레인지 경 밑에서 3년 동안 일해 왔으며, 살해 동기에 대해 아무런 정보도 주지 못했음.

파티 손님들:

에든 경 부부 — 캐도건 스퀘어 87번지

조슬린 경과 레이디 캠벨 — 할리 가 1256번지

앤젤라 서트클리프 양 — 남서 3구 캔트렐 맨션 28번지

데이크리스 부부 — 서 1구, 세인트존 하우스 3호(또한 데이크리스

부인은 브룩 가에서 앰브로신 의상실을 운영하고 있음.)

레이디 메리와 허마이온 리튼 고어 양 — 루머스 로즈 커티지

뮤리얼 윌스 양 — 투팅 어퍼 캐스카트 거리 5번지

올리버 맨더스 — 중동 2구, 올드 브로드 가, 스피어 앤드 로스 사

무실

찰스 경이 중얼거렸다.

"흠, 투팅에 산다는 이 사람은 신문에 나와 있지 않던데요. 그리

고 맨더스 군도 파티에 참석했군요."

크로스필드 경정이 말했다.

"사고가 있었답니다. 그 젊은이가 자동차로 건물 벽을 들이받았

거든요. 그래서 아는 사이였던 바솔로뮤 경이 하룻밤 묵고 가라고

권한 겁니다."

찰스 경이 쾌활한 어투로 말했다.

"정신을 빼놓고 있었나 보군요."

"그러게 말입니다. 사실 제 생각에는 그 젊은 친구가 코가 삐뚤

어지도록 마신 게 아닌가 싶습니다. 제정신이라면 자동차를 건물에

갖다 박을 리가 없죠."

"혈기가 왕성해서 그래요."

"알코올 덕분에 말이지요."

"아무튼 알려 주셔서 감사합니다, 경정님. 존슨 서장님, 우리가 바솔로뮤 경의 저택을 좀 둘러봐도 괜찮겠습니까?"

"물론입니다. 하지만 우리가 말씀드린 것말고 그리 건질 만한 게 없을 겁니다."

"저택에는 지금 아무도 없나요?"

"고용인들뿐입니다. 파티에 참석했던 사람들은 심리가 끝난 뒤 모두 떠났고, 린든 양은 할리 가로 돌아갔습니다."

새터스웨이트가 찰스 경에서 제안했습니다.

"데이비스 박사를 만나 보는 건 어떨까?"

"좋은 생각이네, 새터스웨이트."

두 사람은 의사의 주소를 얻은 후, 존슨 서장의 호의에 감사를 표하고 밖으로 나왔다.

그들 중 누가?

"뭐 생각나는 거라도 있나, 새터스웨이트?"

길을 걸어 내려가는 도중에 찰스 경이 물었다.

"자네는?"

새터스웨이트는 최후의 순간까지 가능한 한 판단을 보류하는 성격이었다.

하지만 찰스 경은 달랐다. 그는 단호한 목소리로 말했다.

"경찰은 잘못 생각하고 있네. 완전히 잘못 짚었어. 온통 집사한테만 집착하고 있더군. 집사가 줄행랑을 쳤다. 그러므로 집사가 범인이다. 하지만 뭔가 이상하지 않나? 이야기가 들어맞지 않아. 죽은 사람이 한 명 더 있다는 걸 잊으면 안 되지. 우리 집에서 말이야."

"아직도 두 사건이 서로 관련되어 있다고 생각하나?"

새터스웨이트는 어떤 대답을 듣게 될지 빤히 알면서도 물었다.

"당연하지! 모든 상황이 그렇게 말하고 있잖아? 우리는 두 사건의 공통점을 찾아야 해. 두 사건 현장에 다 있었던 사람이라든가……."

"그래. 하지만 그건 생각만큼 간단한 문제가 아니네. 공통점이 너무 많으니까. 카트라이트, 자네가 집에 초대했던 거의 모든 사람이 이번 사건이 일어났을 때도 그 자리에 있었다는 걸 알아차렸나?"

찰스 경은 고개를 끄덕였다.

"물론이네. 나도 눈치챘어. 그럼 거기서 어떤 결론을 끄집어 낼 수 있지?"

"무슨 뜻인가, 카트라이트?"

"이런 제기랄! 새터스웨이트, 그게 단순히 우연의 일치라고 생각하나? 그건 의도적인 게 분명해. 첫 번째 사건 현장에 있었던 사람들이 어째서 두 번째 사건 현장에도 있었을까? 우연한 사고? 천만의 말씀. 의도적으로 계획된 거야. 바로 톨리의 계획이었던 거지."

"아! 그렇군. 가능한 일이야."

"확실하다니까. 자네는 나만큼 톨리를 잘 알지 못하네. 그는 늘 혼자서 생각하고 마음속 깊이 묻어 두는 친구지. 인내심이 무척 강하기도 하고. 난 톨리와 오랫동안 친구로 지냈지만 그 친구가 성급한 판단이나 결론을 내리는 건 한 번도 본 적이 없어.

자, 이런 식으로 생각해 보세. 배빙턴 목사가 살해되었네. 그래, 돌려 말하지 않겠어. 그는 살해당한 거야. 그것도 바로 우리 집에서 파티 도중에 말이야. 톨리는 내가 쓸데없는 생각을 한다고 놀렸지만 사실 자기도 수상하다는 느낌이 들었지. 물론 그걸 입 밖으로 내진 않았지만 말일세. 원래 천성이 그런 친구니까. 그래서 혼자 조용히 사건을 재구성해 봤겠지. 톨리가 무슨 생각을 했는지 나도 모르네. 어쨌든 특정한 사람을 범인이라고 생각한 건 아닐 거야. 단지 파티에 참석한 사람들 중 한 명이 범인이라고 믿고 누가 범인인지 알아 내기 위해 계획을 짠 걸세."

"그렇다면 다른 손님들은 어떻게 된 거지? 에든 부부와 캠벨 부부 말이야."

"그건 위장이었던 거겠지. 일부러 사람들을 혼란스럽게 하려고 그런 거야."

"도대체 어떤 계획이었을까?"

찰스 경은 유난히 과장되게 어깨를 으쓱해 보였다. 그는 지금 아리스티드 듀발, 비밀정보국의 국장이었다. 심지어 걸을 때 왼발을 살짝 절기까지 했다.

"그걸 무슨 수로 알겠나? 난 마술사가 아니야. 짐작도 못하겠네. 하지만 분명히 어떤 계획이 있었어. 그런데 그게 틀어져 버린 거야. 살인범이 톨리가 생각했던 것보다 훨씬 영리했던 거지. 그 남자가 톨리보다 먼저 공격에 들어간 거야."

"그 남자……라고?"

"어쩌면 그 여자일지도 모르지. 독약은 남자보다 여자들이 더 많이 이용하는 무기라고 하니까."

새터스웨이트는 아무런 대꾸도 하지 않았다.

찰스 경이 말을 이었다.

"어떤가? 그럴듯하지 않나? 아니면 자네도 다른 사람들과 같은 생각인가? 사라진 집사가 범인이라고?"

"그 집사는 어떻게 설명할 생각인가?"

"흠, 그 사람은 생각해 보지 않았군. 내 생각에 그 사람은 사건과 별로 상관이 없는 것 같은데……. 아, 이럴 수도 있겠군."

"어떻게?"

"경찰의 추측이 옳다고 가정해 보세. 엘리스가 전과가 있는 상습범이고 도둑질을 하기 위해 집사로 위장해 저택에 들어왔다고 말이야. 그런데 톨리가 살해당했네. 그럼 엘리스의 입장이 어떻게 되겠나? 사람이 살해당했는데 그 집에는 경찰 기록에 지문이 남아 있는 전과자가 있는 셈이라고. 당장 짐을 싸서 도망치는 게 당연하지 않겠나?"

"비밀 통로로 말인가?"

"비밀 통로 같은 소리! 집사는 어떤 머저리 경관이 깜박 조는 틈을 타 몰래 빠져 나간 거야."

"확실히 그럴 법한 추리로군."

"새터스웨이트, 자네 생각은 어떤가?"

"나 말인가? 나도 자네와 같은 생각일세. 처음부터 그랬지. 내 보기에 집사는 아무 연관도 없는 것 같아. 난 바솔로뮤 경과 불쌍한 배빙턴 목사가 같은 사람에 의해 살해되었다고 생각하네."

"손님들 중 한 명에게?"

"손님들 중 한 명에게."

두 사람은 한참 동안 말이 없었다. 그러다 새터스웨이트가 아무렇지도 않게 불쑥 물었다.

"그 사람들 중 누가 범인인 것 같은가?"

"하느님 맙소사! 내가 그걸 어떻게 아나?"

"알 리 없겠지. 그저 자네라면 짐작 가는 데가 있을 것 같아서 한 말이네. 논리적으로나 과학적으로 추리하라는 게 아니라, 그냥 짐작을 말해 보라는 거야."

찰스 경은 잠시 생각하는 듯하더니 이렇게 말했다.

"그게, 자네도 알겠지만, 이번 사건에 대해 생각하면 할수록 아무도 그런 짓을 했을 리가 없다는 확신만 뚜렷해지더군."

새터스웨이트가 골똘히 생각하며 말했다.

"자네 추리가 옳다고 치세. 용의자들을 생각해 볼까? 먼저 확실하게 혐의가 없는 사람들을 제외해야겠지. 자네와 나, 그리고 배빙턴 부인처럼 말이야. 그리고 올리버 맨더스도 제외해야겠군."

"맨더스?"

"그래. 그가 그 집에 있었던 건 우연한 사고 때문이었네. 그는 초대를 받은 적도 없고, 아무도 그가 올 거라고 예상하지 못했어. 그러니 용의선상에서 빼야지."

"그리고 그 극작가 아가씨도 빼야겠군. 앤터니 애스터 말일세."

"아니, 그녀도 거기 있었네. 투팅에 산다는 뮤리얼 윌스 양 말이야. 그녀가 바로 애스터라고."

"아참. 그랬지. 그 여자 본명이 윌스라는 걸 깜박했군."

찰스 경은 얼굴을 찡그렸다. 새터스웨이트는 남의 생각을 읽는 데 일가견이 있었다. 그는 지금 찰스 경이 무슨 생각을 하고 있는지 짐작할 수 있었다. 그래서 마침내 찰스 경이 입을 열자 가슴 뿌듯한 기분이 들었다.

"자네 말이 맞아, 새터스웨이트. 톨리는 의심스러운 사람들만 초대한 것 같지는 않네. 레이디 메리와 에그도 초대받았으니까. 아니, 그보다 그는 첫 번째 사건을 재연하고 싶었던 거야. 누군가를 의심하긴 했지만 그걸 다른 사람들이 함께 확인해 주길 바랐던 거지. 그래, 그랬던 거야."

새터스웨이트가 맞장구를 쳤다.

"그랬던 거겠지. 지금은 추측할 수밖에 없지만 말일세. 그럼 리튼 고어 가족도 빼세. 자네와 나, 배빙턴 부인, 올리버 맨더스도 제외하고. 그럼 누가 남지? 앤젤라 서트클리프?"

"앤지? 그녀는 톨리의 오랜 친구라고."

"그렇다면 데이크리스 부부만 남는군. 솔직히 말해 보게, 카트라이트. 자넨 데이크리스 부부를 의심하고 있지? 그럼 아까 내가 물었을 때 그렇다고 털어놓지 그랬나."

찰스 경은 새터스웨이트를 멍하니 쳐다보았다. 새터스웨이트는 의기양양한 표정을 짓고 있었다.

"아마도 그럴 걸세. 아니, 난 그들을 의심하는 게 아니야. 그저 다른 사람들에 비해 범인일 가능성이 높아 보이는 것뿐이지. 무엇보다 다른 손님들에 비해 잘 모르는 사이거든. 하지만 설사 그렇다 하더라도 평생을 경마에 바쳐 온 프레디 데이크리스나 여자들에게 화려하고 값비싼 옷을 만들어 주는 데 정신이 팔린 신시아가 도대체 왜 그토록 다정하고 힘없는 늙은 목사를 살해하고 싶어 했는지 그이유를 알 수가 없다네."

찰스 경은 고개를 설레설레 흔들었다. 그러다가 갑자기 얼굴이 환하게 빛났다.

"맞아, 윌스라는 여자가 있었지! 또 잊어버렸군. 왜 그 여자를 계속해서 깜박깜박 잊어버리는지 모르겠군. 그렇게 평범하고 특색 없는 사람은 본 적이 없어."

새터스웨이트는 싱긋 웃었다.

"그 여자는 번스의 유명한 구절을 그대로 옮겨 놓은 것 같아. '젊은이는 글귀를 끼적거린다.' 아마 윌스 양은 하루 종일 글귀를 끼적거리며 보낼 걸세. 그 여자의 안경 너머에는 아주 날카로운 눈이 숨어 있다네. 이번 사건에 주목할 만한 점이 숨어 있다면 틀림없이 윌스 양이 알아차렸을 걸세.

"정말 그렇게 생각하나?"

찰스 경이 미심쩍다는 말투로 물었다.

"이제부터 우리가 할 일은 점심을 먹는 거야. 그 다음에는 저택에 가서 현장을 살펴보세."

"어쩐지 즐기고 있는 것 같군, 새터스웨이트."

찰스 경이 재미있다는 듯 두 눈을 반짝였다.

"범죄 사건을 수사하는 건 내게 그리 낯선 일이 아니라네. 한번은 차가 고장나서 어떤 외딴 여관에 묵은 적이 있었는데……."

새터스웨이트는 더 이상 이야기를 이어 나갈 수가 없었다. 찰스 경이 배우답게 높고 낭랑한 목소리로 말을 시작했던 것이다.

"그러고 보니 나도 기억나는 사건이 하나 있군. 1921년에 순회공연을 할 때……."

승자는 찰스 경이었다.

하인들의 증언

가을 햇살을 받으며 서 있는 멜포트 애비 저택과 주변의 땅처럼 평화로운 광경은 세상에 둘도 없을 것이다. 저택의 일부는 15세기에 지어졌는데, 나중에 건물을 복원하여 새로운 부속 건물을 연결했다. 따로 부지가 딸린 새 요양원은 여기서 보이지 않았다.

찰스 경과 새터스웨이트를 맞이한 사람은 요리사인 레키 부인이었다. 뚱뚱한 몸에 검은 옷을 걸친 그녀는 눈물을 글썽거리며 쉴새 없이 말을 쏟아 냈다. 그녀는 이미 찰스 경과 안면이 있는 사이여서 주로 그에게 말을 걸었다.

"선생님이라면 이해하실 거예요, 그렇죠? 이번 일이 제게 얼마나 큰 충격인지 말이에요. 주인님은 돌아가시고, 그 뒤에 일어난 온갖 법석들은 또 어떻고요. 글쎄 경찰들이 몰려와 온 집 안을 여기저기 쑤시고 다녔답니다! 정말이에요. 세상에, 쓰레기통까지 뒤지더라니까요! 게다가 물어 보는 건 왜 그렇게 많은지! 묻는 거 말고 할 일이 없나 보죠? 오래 살다 보니 별꼴 다 보겠더라고요. 우리 의사 선생님은 완벽한 신사였어요. 작위도 받으시고요! 얼마나 자랑스러웠는지 몰라요. 비어트리스와 전 그날을 똑똑히 기억하고 있답니다. 물론 비어트리스는 저보다 2년이나 늦게 이 집에 들어왔지만요. 그런데 그 경찰이란 양반들이 수사한답시고 물어 보는데…… 아이고, 그 인간들은 신사가 아니죠. 네, 그럼요. 전 진짜 신사분이 어떤지 잘 아니까, 경정인지 뭔지는 모르지만 전 그런 인간을 신사로 대접해 줄 생각은 눈곱만치도 없어요……."

레키 부인은 여기서 숨을 내쉰 다음 횡설수설하던 이야기를 어느 정도 가다듬었다.

"그래 놓고 이 집에서 일하는 하녀들에 대해 꼬치꼬치 캐묻더라고요. 걔들이 얼마나 착하고 좋은 애들인데요! 물론 도리스는 아침에 늦잠을 자는 고약한 버릇이 있긴 해요. 적어도 일주일에 한 번은 잔소리를 해야 한다니까요. 그리고 비키는 좀 시건방진 데가 있고요. 하지만 요즘 젊은 것들은 어쩔 수 없잖아요. 가정 교육을 제대로 못 받았으니까요. 다 엄마들이 잘못 키워서 그래요. 하지만 모두 착한 애들이에요. 그러니 경정이 아니라 경정 할애비가 와도 제 입에서 다른 말은 못 들을걸요. 그래서 전 그 경찰 양반에게 이렇게 말해 줬답니다. '내가 우리 애들에 대해 나쁜 소리를 할 거라고는 꿈도 꾸지 마세요. 걔들은 정말 착한 애들이에요. 우리 애들이 살인 사건하고 무슨 관계가 있을 거라니, 그거야말로 세상에서 가장 사악하고 끔찍한 생각이라고요.'"

레키 부인이 잠깐 쉬었다가 말을 이었다.

"하지만 엘리스 씨는 얘기가 다르죠. 저는 엘리스 씨에 대해서는 아무것도 몰라요. 그래서 경찰한테 아무 말도 못 해 줬지요. 그 사람은 런던에서 왔는데, 베이커 씨가 휴가를 떠난 동안 임시로 고용된 거예요."

"베이커 씨?"

새터스웨이트가 물었다.

"베이커 씨는 바솔로뮤 경 밑에서 7년 동안 집사로 있었어요. 주로 런던에 머물렀고요. 의사 선생님 사무실이 있는 할리 가예요. 선생님은 베이커 씨 기억하시죠?"

레키 부인이 찰스 경을 쳐다보자 그는 고개를 끄덕였다.

"바솔로뮤 경은 파티를 열 때면 항상 런던에서 베이커 씨를 불러오곤 하셨어요. 한데 요즘 베이커 씨가 몸이 많이 불편한 것 같다고 그러시더라고요. 그래서 몇 달간 브라이트 근방 해변에서 푹 쉬라고 휴가를 주셨대요. 물론 비용도 주인님이 대 주시고요. 참말이지 후한 분이셨다니까요. 그러곤 엘리스 씨를 당분간 임시로 고용했지요. 그러니 그 경정한테도 말했지만, 전 엘리스 씨에 대해선 그 사람이 직접 말해 준 것밖에 모른답니다. 꽤 좋은 가문에서 지냈던 것 같긴 했어요. 어딜 봐도 신사다웠거든요."

찰스 경이 한 가닥 희망을 품고 그녀에게 물었다.

"뭐 특이한 점은 없었어요?"

"글쎄요. 그런 걸 물어 보시니 참 묘하네요. 그런 것 같기도 하고 아닌 것 같기도 하고……."

찰스 경이 대답을 기다리는 눈빛으로 쳐다보자 레키 부인은 말을 이었다.

"그게 꼭 어디라고 꼬집어 말할 수는 없는데…… 확실히 어딘가 가 좀……."

새터스웨이트는 일단 사건이 터지면 이상한 점이 생각나기 마련이라고 생각하며 씁쓸해했다. 아무리 경찰을 경멸한다 해도 레키 부인은 경찰의 암시를 무시할 여자는 아니었다. 만일 엘리스가 범죄자로 판명된다면 그게 뭐가 되었든 레키 부인은 분명히 수상한 점이 있었다고 말할 것이다.

"우선 그 사람은 좀 무뚝뚝하고 거만한 데가 있었어요. 물론 언제나 깍듯하고 정중한 게 신사답긴 했지만요. 아까도 말했지만 오랫동안 좋은 집안에서 있었던 것 같아요. 하지만 혼자 보내는 시간이 많았어요. 늘 자기 방에 틀어박혀 있었죠. 그리고 또, 어떻게 설명해야 할지 모르겠네. 그러니까, 그는 뭔가 좀……."

"그 사람이 진짜 집사가 아닐지도 모른다는 생각을 해 보진 않았습니까?"

새터스웨이트가 넌지시 물었다.

"하지만 그 사람은 일솜씨가 꽤 좋았어요. 일의 절차도 모두 알고 있었고, 사교계 저명인사들에 관해서도 아는 게 많았어요."

"이를테면?"

찰스 경이 부드럽게 물었다.

레키 부인은 막연하게 얼버무리며 대답을 회피했다. 그녀는 하녀 사이에서만 떠도는 소문들을 시시콜콜히 설명하고 싶지 않았다. 그녀의 입장으로서는 도저히 용납할 수 없는 짓이었다.

새터스웨이트는 레키 부인의 불편한 기색을 달래기 위해 화제를 바꾸었다.

"그 사람이 어떻게 생겼는지 말해 주겠습니까?"

레키 부인의 표정이 밝아졌다.

"그럼요, 선생님. 굉장히 점잖게 생긴 사람이에요. 구레나룻을 기르고 머리는 희끗희끗한 데다 등이 약간 굽었지요. 몸에 조금씩 살이 붙기 시작했고요. 그것 때문에 걱정을 많이 하는 것 같더군요. 그리고 손을 좀 떨었는데, 선생님이 생각하는 그런 이유 때문은 아니에요. 엘리스 씨는 검소하고 금욕적인 사람이었어요. 제가 아는 다른 이들하고는 많이 달랐답니다. 하지만 눈이 약해서 그런지 불빛을 무척 싫어하더군요. 특히 밝은 빛을 보면 눈물이 심하게 났어요. 하인들끼리 있을 때는 늘 안경을 썼지만 일을 할 때는 쓰지 않았어요."

찰스 경이 물었다.

"특별히 눈에 띄는 특징 같은 건 없었나요? 흉터라든가 손가락이 부러졌다거나 아니면 반점 같은 거 말이죠."

"아뇨, 그런 건 전혀 없었어요."

찰스 경이 한숨을 푹 내쉬었다.

"차라리 추리소설이 낫겠군. 그나마 추리소설에는 알아보기 쉬운 특징이라도 나오는데 말이야."

"이가 하나 없다고 들었는데요?"

새터스웨이트가 물었다.

"그렇다고 하더군요. 하지만 그 말을 듣기 전까진 저도 몰랐답니다, 선생님."

새터스웨이트가 약간 딱딱하게 물었다.

"사건이 일어난 날 저녁에 그의 태도는 어땠습니까?"

"글쎄요, 잘 모르겠네요. 그때 전 무척 바빴거든요. 아시다시피 부엌에서 일하고 있었으니까요. 다른 데는 신경 쓸 겨를이 없었어요."

"아, 그랬겠군요."

"주인님이 돌아가셨다는 소식을 들었을 때 저희는 정말 큰 충격을 받았답니다. 눈물이 어찌나 쏟아지던지 멈추지 않더라니까요. 비어트리스도 마찬가지였고요. 젊은 애들도 퍽 슬퍼했지만 조금 흥분한 것 같기도 했어요. 엘리스 씨는 저희들만큼 충격을 받진 않았어요. 들어온 지 얼마 안 됐으니까요. 그래도 무척 사려 깊게 행동하더군요. 저랑 비어트리스에게 진정하라고 포트와인도 따라 주고요. 그런데 알고 보니 그 사람이……. 그 악당 놈이……."

레키 부인은 말을 잇지 못했다. 그녀의 눈동자는 분노로 타오르고 있었다.

"그리고 그날 밤에 사라진 거군요?"

"네, 선생님. 다른 하인들처럼 자기 방으로 자러 갔는데, 아침에 보니 방에 없더라고요. 그래서 경찰이 그를 의심하게 된 거고요."

"그렇군요. 알겠습니다. 그런 짓을 하다니 정말 이해가 안 가는군요. 그자가 어떻게 집을 빠져 나갔는지 짐작 가는 데라도 있나요?"

"전혀요. 경찰이 밤새도록 이 집을 지키고 있었는데 그 사람이 빠져 나가는 걸 몰랐다면서요? 그렇지만 뭐 별수 있나요. 아무리 무게 잡고 잘난 척 설쳐 대며 온 집 안을 들쑤시고 다녀도 어차피 경찰도 우리들처럼 평범한 인간에 불과한걸요."

"비밀 통로가 있다는 이야기를 들었습니다만."

찰스 경이 말했다.

레키 부인이 코방귀를 뀌었다.

"경찰도 똑같은 말을 하더군요."

"정말 그런 게 있습니까?"

"그런 말을 들은 적은 있어요."

레키 부인은 조심스럽게 인정했다.

"그 통로가 어디 있는지 압니까?"

"아뇨. 전 몰라요, 선생님. 진짜 그런 비밀 통로가 있을지도 모르죠. 하지만 그런 이야기를 하녀들이 수군거리게 내버려 둘 수는 없잖아요. 젊은 처녀애들이 이상한 생각을 품을지 모르니까요. 한밤중에 몰래 빠져 나갈 생각이라도 하면 어떡해요? 우리 애들은 나갈 때도 들어올 때도 뒷문을 이용한답니다. 자기가 지금 어디 있는지는 확실하게 알아야죠."

"훌륭합니다, 레키 부인. 현명하시군요."

찰스 경의 칭찬을 받자 레키 부인의 얼굴이 활짝 펴졌다.

"우리가 다른 하인들에게 몇 가지 물어 봐도 괜찮겠습니까?"

"그럼요, 선생님. 하지만 제 이야기와 별다를 건 없을 거예요."

"나도 알아요, 레키 부인. 난 엘리스보다 바솔로뮤 경에 대해 알고 싶소. 그날 밤 톨리의 태도라든가, 뭐 그런 것들 말이죠. 알다시피 그는 내 친구였으니까."

"그럼요. 그 심정 십분 이해하고말고요. 비어트리스도 있고, 앨리스도 있어요. 식탁에서 시중을 든 게 앨리스랍니다."

"알겠어요. 그럼 먼저 앨리스와 이야기를 나눠 보고 싶군요."

그러나 레키 부인은 서열에 대해 확고부동한 원칙을 지니고 있었다. 그래서 결국 하녀장인 비어트리스 처치가 먼저 나타났다.

그녀는 키가 크고 마른 여성으로, 살짝 치켜 올라간 입술에 단정한 외모를 지니고 있었다.

몇 가지 사소한 질문을 던진 후, 찰스 경은 '사람들은 충격을 받고 슬퍼했는가?', '무슨 말을 하고 어떤 행동을 했는가?' 등등 사건 당시 손님들의 반응에 관해 물었다.

비어트리스의 태도에 약간 생기가 돌았다. 그녀는 보통 사람들과 마찬가지로 비극적인 사건에 깊은 호기심을 갖고 있었다.

"서트클리프 양은 금방이라도 기절할 것 같았어요. 전에도 이 집에 오신 적이 있는데, 참 마음이 따뜻한 분이죠. 제가 브랜디나 차를 들겠냐고 여쭤 봤더니 제 말이 들리지도 않는 것 같았어요. 대신 아스피린을 몇 알 드셨지요. 도저히 잠을 이룰 수가 없을 것 같다면서요. 하지만 다음 날 아침에 차를 가지고 들어가 보니 어린아이처럼 새근새근 잘도 주무시고 계셨어요."

"데이크리스 부인은 어땠습니까?"

"그분은 무슨 일을 겪어도 놀라지 않을 사람 같더군요."

어조로 보아 비어트리스는 데이크리스 부인을 좋아하지 않는 것 같았다.

"한시라도 빨리 떠나고 싶어 안달이었고요. 안 그러면 자기 사업에 지장이 생길 거라나? 엘리스 씨 말로는 그분이 런던에서 커다란 의상실을 운영한다고 했어요."

비어트리스에게 '커다란 의상실'이란 곧 '장사'를 의미했고, 그녀는 '장사'를 하찮게 여겼다.

"그럼 그 남편은?"

비어트리스가 코웃음을 쳤다.

"마음을 진정시킨답시고 브랜디를 퍼 마셨죠. 결과는 그 반대였지만요."

"레이디 메리 리튼 고어는 어땠습니까?"

비어트리스가 부드러운 목소리로 말했다.

"정말이지 훌륭한 숙녀 분이세요. 제 대고모가 성에서 그분 아버님을 모셨더랬지요. 그때에는 무척 어여쁜 아가씨였다고 들었어요. 집안 형편은 그리 좋지 않을지 몰라도 참 교양 있는 분이지요. 사려도 깊고, 성질을 부리는 법도 없고, 우리들에게 항상 친절하고 부드럽게 말을 거셨어요. 그분 따님도 멋진 아가씨였고요. 바솔로뮤 경과 가까운 사이는 아니지만 몹시 슬퍼하시더군요."

"윌스 양은?"

비어트리스의 표정이 다시금 딱딱하게 굳었다.

"윌스 양이 어땠는지 잘 모르겠어요, 선생님."

찰스 경이 물었다.

"그럼 당신은 그녀에 대해 어떻게 생각하죠? 그러지 말고 솔직하게 말해 줘요."

비어트리스의 딱딱한 얼굴에 갑자기 미소가 떠올랐다. 찰스 경의 태도에는 귀여운 어린 남학생을 연상시키는 데가 있었다. 수많은 관객들처럼 그녀는 이런 그의 매력에 도저히 대항할 수가 없었다.

"정말이지 선생님, 저한테 무슨 대답을 듣고 싶으신 건지 모르겠어요."

"윌스 양한테 어떤 느낌을 받았는지 말해 봐요."

"아무것도요. 아무런 느낌도 없어요, 선생님. 물론 그분은……."

비어트리스가 잠시 머뭇거렸다.

"계속해요, 비어트리스."

"말하자면 그분은 다른 손님들과 같은 '급'이 아니었어요. 그건 그분 잘못이 아니죠. 저도 알아요. 하지만 윌스 양은 진짜 숙녀라면 해서는 안 될 행동을 하고 다녔어요. 여기저기를 기웃거리면서 사람들을 엿보고 다녔지요."

찰스 경은 더 자세한 이야기를 끌어 내려고 애썼지만, 비어트리스는 애매하게 얼버무릴 뿐 더 이상 속내를 털어놓지 않았다. 예를 들어 어떤 일이 있었는지 설명해 달라고 하자 비어트리스는 제대로 말을 못 했다. 그저 윌스 양이 자신과 아무 상관 없는 일들을 꼬치 꼬치 캐고 다녔다는 말만 되풀이했다.

마침내 찰스 경은 포기하고 말았다.

새터스웨이트가 물었다.

"젊은 맨더스 씨는 우연히 오게 됐다고 하던데?"

"네, 선생님. 자동차 사고 때문이죠. 글쎄, 저택 수위실 벽을 자동차로 박았거든요. 그나마 여기서 사고가 난 게 천만다행이라고 하시더군요. 파티를 하느라 빈 손님방이 없었는데 린든 양이 작은 서재에 그분 잠자리를 마련해 주었어요."

"모두들 그를 보고 깜짝 놀랐겠군요."

"그럼요. 당연하죠, 선생님."

엘리스에 관해 물어 보았지만, 비어트리스는 이렇다 할 대답을 하지 못했다. 그녀는 심지어 그의 얼굴을 볼 기회도 별로 없었다고 했다. 어쨌든 달아난 걸 보니 나쁜 사람이 틀림없는 것 같지만, 왜 주인님을 해치려고 했는지 도무지 이해할 수 없다고 했다. 아마 누구라도 그럴 것이다.

"박사님은 어땠죠? 이번 파티를 유별나게 고대하는 것 같았나요? 뭔가 딴 생각을 하는 것 같지는 않았고?"

"박사님은 유난히 기분이 좋아 보였어요. 재미있는 우스갯소리라도 생각난 것처럼 혼자서 빙글빙글 웃기도 하셨고요. 심지어 엘리스 씨한테 농담하시는 것도 본걸요. 베이커 씨한테는 한 번도 그러신 적이 없는데 말이에요. 박사님은 하인들한테 무뚝뚝한 편이셨어요. 친절하게 대하긴 하지만 말씀은 거의 안 하셨죠."

"무슨 농담을 하던가요?"

새터스웨이트가 기대에 찬 목소리로 재빨리 물었다.

"글쎄요, 정확하게 기억이 안 나네요. 엘리스 씨가 전화 메시지를 가져왔는데 바솔로뮤 경이 이름을 정확히 받아 적은 게 확실하냐고 물으셨지요. 엘리스 씨는 확실하다고 대답했고요. 물론 깍듯한 말투로요. 그러자 박사님이 웃으면서 이렇게 말씀하셨어요. '자네는 정말 좋은 친구야, 엘리스. 일등 집사라니까. 아, 비어트리스는 어떻게 생각하지?' 전 깜짝 놀랐어요. 주인님이 그런 말씀을 하시다니……. 평소에는 절대 그러는 법이 없으셨거든요. 그래서 뭐라고 대답해야 할지 몰라 엄청 당황했지요."

"엘리스는 어땠나요?"

"언짢아하는 것 같았어요. 자기도 그런 말은 처음 들었는지 빳빳이 긴장하던걸요."

"전화 메시지는 무슨 내용이었습니까?"

"전화요? 아, 그건 요양원에서 온 거였어요. 새 환자가 왔는데, 무사히 병원에 도착했다는 내용이었죠."

"환자의 이름은 기억납니까?"

비어트리스는 잠시 머뭇거렸다.

"좀 희한한 이름이었는데…… 드 러시브리저 부인이었나? 그런 이름이었을 거예요."

찰스 경이 누그러진 음성으로 말했다.

"아하. 확실히 전화로는 받아 적기 힘든 이름이군요. 아무튼 정말 고맙소, 비어트리스. 이젠 앨리스를 만나고 싶군요."

비어트리스가 방을 나가자, 찰스 경과 새터스웨이트는 눈짓을 주고받으며 방금 들은 이야기를 확인했다.

"윌스 양은 여기저기 기웃거리면서 엿보고 다녔고, 데이크리스 대위는 술에 취해 있었으며, 데이크리스 부인은 아무런 감정적 동요도 보이지 않았다. 뭐 좀 알겠나, 새터스웨이트? 정말이지 건질 만한 게 전혀 없군."

"흠, 정말 그렇구먼."

"앨리스에게 희망을 걸어 보세."

앨리스는 눈동자가 까만 서른 살의 젊고 새침한 아가씨였다. 그녀는 마음껏 이야기할 수 있게 되어 즐겁다는 표정이었다.

그녀가 풀어 놓은 말의 요지는 이렇다. 자신은 엘리스 씨가 이번 사건과 아무런 관련도 없다고 생각한다. 그는 정말 신사다운 사람이기 때문이다. 경찰은 엘리스 씨가 사기꾼이라고 했지만, 그녀는 그가 그런 사람일 리 없다고 확신한다.

앨리스의 말을 듣고 난 찰스 경이 물었다.

"그러니까 아가씨는 엘리스가 평범한 진짜 집사라고 생각한단 말이오?"

"평범하지는 않지요, 선생님. 엘리스 씨는 제가 지금까지 같이 일했던 다른 집사들하고 전혀 다른 방식으로 일을 처리했거든요."

"그가 당신 주인을 독살했다고는 믿지 않는군요."

"오, 선생님! 그 사람이 어떻게 그런 짓을 할 수 있겠어요? 전 엘리스 씨와 함께 식사 시중을 들고 있었어요. 그 사람이 주인님 음식에 뭔가를 집어 넣었다면 제가 못 봤을 리가 없다고요."

"그렇다면 술은?"

"엘리스 씨가 와인을 따랐어요. 처음에는 수프와 함께 셰리주*를 내놓았고, 그 다음에는 호크**와 클라레***를 대접했죠. 하지만 아무 짓도 못했을 거예요. 그가 와인에 독을 넣었다면 그 자리에 있던 사람들이 다 죽어 버렸을 텐데요. 적어도 그걸 마신 사람은 모조리 죽었을 거예요. 더구나 주인님은 다른 사람들과 똑같은 병에 든 걸 마시셨는 걸요. 포트와인도 같은 병에 든 거였고요. 남자 분들은 모두 포트와인을 드셨고, 몇몇 여자 분들도 드셨어요."

"와인 잔은 쟁반에 얹어 가져왔습니까?"

"네, 제가 쟁반을 들고 엘리스 씨가 그 위에 잔을 올렸어요. 그런 다음 제가 쟁반을 부엌에 가져갔고요. 그러곤 경찰이 와서 조사할 때까지 거기 그대로 놓여 있었어요. 포트와인 잔도 계속 식탁 위에 있었고요. 경찰이 조사해 봤지만 그 안에는 아무것도 없었어요."

"바솔로뮤 경이 다른 사람들은 손대지 않은 음식이나 음료를 먹지 않았다고 장담할 수 있나요?"

"제가 아는 한 그래요, 선생님. 확실해요."

---

* 남스페인산 독한 황갈색 포도주.
** 독일산 백포도주.
*** 보르도산 적포도주.

"혹시 손님들 중에서 누가 바솔로뮤 경에게 다른 걸 주지도 않았고요?"

"네, 본 적이 없어요."

"비밀 통로에 대해 알고 있나요, 앨리스?"

"정원사가 말해 준 적이 있어요. 그리 들어가면 숲 속의 폐허가 된 낡은 건물이 있는 곳으로 나온대요. 하지만 집 안에서 입구를 본 적은 없어요."

"앨리스가 통로 이야기를 한 적도 없고요?"

"없어요, 선생님. 그 사람은 비밀 통로가 있다는 이야기도 못 들어 봤을 거예요. 확실해요."

"누가 당신 주인을 살해한 것 같나요, 앨리스?"

"전 모르겠어요. 누가 그랬다는 것부터 도무지 믿을 수가 없는걸요. 그건 그냥 사고였을 거예요."

"고마워요, 앨리스."

앨리스가 방을 나가자 찰스 경이 입을 열었다.

"배빙턴 목사의 죽음만 아니라면 저 여자를 범인으로 생각했을지도 모르겠군. 예쁘장하게 생긴 데다 저녁 식사 테이블에서 시중까지 들었으니……. 아니야, 그럴 리가 없지. 배빙턴 목사는 살해당했고, 톨리는 예쁘고 젊은 아가씨들한테 관심도 없었으니까. 옛날부터 그랬지."

"하지만 쉰다섯 살이었지."

새터스웨이트가 나지막이 말했다.

"그게 어쨌다는 건가?"

"그 나이쯤 되면 남자는 젊은 여자에게 미치거든. 평생 바람 한 번 피운 적이 없는 남자들마저 말이야."

"이런 제기랄! 새터스웨이트, 얼마 있으면 나도 쉰다섯이 된단 말이네."

"알고 있네."

새터스웨이트의 부드러운 눈빛과 마주치자 찰스 경은 시선을 내리깔았다.

그는 얼굴을 붉히고 있었다.

집사의 방

"엘리스의 방을 조사해 보면 어떨까?"

수줍어하는 찰스 경을 감상하면서 새터스웨이트가 말했다.

찰스 경은 반색하며 기뻐했다.

"정말 좋은 생각이야. 나도 막 그러자고 할 참이었지."

"물론 경찰이 이미 샅샅이 뒤졌겠지만 말일세."

"경찰은……."

아리스티드 듀발은 냉소적으로 손을 내저었다. 방금 보인 창피한 모습을 빨리 잊고 싶은지, 그는 새로운 열정을 발휘해 자신의 역할에 몰두했다.

"경찰은 죄다 얼간이들이야. 경찰이 엘리스의 방에서 뭘 찾았겠나? 엘리스가 범인이라는 증거야. 하지만 우리는 그가 결백하다는 증거를 찾아야 하네. 그 둘은 완전히 다른 일이지."

"자네는 엘리스가 결백하다고 믿나?"

"배빙턴 목사에 대한 우리 짐작이 옳다면 엘리스는 틀림없이 결백해."

"그렇지. 게다가⋯⋯."

새터스웨이트는 무슨 말을 하려다가 입을 다물었다. 하마터면 그는 엘리스가 상습 전과자인데 이런 사실을 바솔로뮤 경에게 들켜 그를 살해한 것이라면 사건이 너무 뻔하고 재미없다고 말할 뻔했다. 하지만 그 순간 그는 바솔로뮤 경이 찰스 카트라이트의 친구였음을 떠올리고 가까스로 말을 멈추었다. 그는 자신이 그토록 무정하다는 사실에 스스로 깜짝 놀랐다.

얼핏 보기에도 엘리스의 방에는 건질 만한 게 별로 없었다. 서랍과 옷장에 들어 있는 옷들은 가지런히 정돈되어 있었다. 모두 훌륭하게 재단된 맞춤옷들로, 각기 다른 상표가 붙어 있었다. 엘리스는 여러 지역을 돌아다니며 다양한 양복점에서 옷을 맞춘 것 같았다. 속옷 역시 말끔하게 개켜져 있었으며, 반짝반짝 빛나게 닦아 놓은 부츠도 한쪽에 얌전히 세워져 있었다.

새터스웨이트는 부츠 한 짝을 집어 들고 중얼거렸다.

"사이즈 9로군."

하지만 이번 사건에는 발자국이 남아 있지 않아서 구두 사이즈는 아무 도움이 되지 않았다.

엘리스는 집사 복장 그대로 사라진 게 확실해 보였다. 새터스웨이트는 찰스 경에게 이 점을 지적하며 참으로 이상하다고 말했다.

"조금이라도 지각 있는 사람이라면 평상복으로 갈아입었을 텐데 말일세."

"정말 이상하군. 터무니없는 소리긴 하지만, 마치 그자가 아무 데도 가지 않은 것처럼 보인다고나 할까? 아, 물론 그럴 리는 없겠지."

그들은 계속해서 방을 뒤졌다. 편지도 서류도 아무것도 없었다. 단지 티눈 치료법과 어떤 공작 영애의 결혼 소식이 실린 신문 기사 쪼가리뿐이었다.

사이드테이블 위에는 지저분한 압지철과 싸구려 잉크병이 놓여 있었다. 하지만 펜은 보이지 않았다.

찰스 경이 압지철을 들어 거울에 비춰 보았지만 이렇다 할 수확은 없었다. 한 장에 뭔가가 잔뜩 쓰여 있었지만 아무 의미 없이 뒤죽박죽 쉰인 단어들에 불과했다. 잉크를 보니 꽤 오래된 것 같았다.

"여기 와서 편지를 쓴 적이 아예 없거나, 아니면 압지를 한 번도 사용하지 않았나 보군. 얼룩이 아주 오래돼 보여. 이것 좀 보게."

새터스웨이트가 만족스러운 얼굴로 간신히 알아볼 수 있는 'L. 베이커'라는 글자를 가리켰다.

"엘리스는 이 압지철을 한 번도 사용하지 않은 것 같네그려."

찰스 경이 느릿느릿한 말투로 말했다.

"좀 이상하지 않나?"

"뭐가?"

"사람들은 편지를 쓰기 마련이잖아?"

"범죄자가 아니라면 그렇겠지."

"흠, 자네 말이 맞아. 뭔가 찔리는 게 있지 않고서는 그렇게 달아 날 리 없지. 확실한 건 그자가 톨리를 살해하지 않았다는 것이네."

그들은 마룻바닥을 살펴보고 카펫을 들춰 보고 침대 밑을 훑어보 았다. 벽난로 옆에 난 잉크 자국을 빼고 별다른 것이 없었다. 집사의 방은 실망스러울 정도로 아무런 단서도 찾을 수 없었다.

두 사람은 다소 찜찜한 기분으로 방을 나왔다. 아마추어 탐정의 열정이 점차 사그라들고 있었다. 현실은 탐정소설과 영 딴판이었던 것이다.

두 사람은 레키 부인과 비어트리스 처치를 의식하는 듯한 다른 하녀들과 이야기를 나누어 보았지만 별다른 수확은 없었다.

마침내 두 사람은 바솔로뮤 경의 저택에서 나왔다. 정문 앞에 세 워 둔 새터스웨이트의 자동차로 가기 위해 정원을 가로질러 대문을 향해 걸어가는데 느닷없이 찰스 경이 말했다.

"새터스웨이트, 뭐 생각나는 거 없나……? 정말 없어?"

새터스웨이트는 곰곰이 생각했다. 그는 서둘러 대답하고 싶지 않 았다. 특히 지금처럼 아무 생각도 나지 않을 때에는 더욱 그랬다. 그 모든 조사와 탐색이 시간 낭비에 불과했다고 고백하는 것은 달갑지 않았다. 그는 하녀들이 들려준 이야기를 하나씩 곱씹어 보았지만, 그들이 준 정보는 하나같이 쓸모없는 것들뿐이었다.

찰스 경이 요약한 대로, 윌스 양은 여기저기 기웃거리며 염탐하 고 다녔고, 서트클리프 양은 매우 상심했으며, 데이크리스 부인은 전혀 감정의 동요를 보이지 않았고, 데이크리스 대위는 술에 취해 있었다. 프레디 데이크리스의 방종한 행위가 죄책감을 씻어 버리기 위한 수단인지도 모른다는 점을 제외하면 특별히 주목할 만한 것은 없었다. 하지만 새터스웨이트는 프레디 데이크리스가 술에 취하는 일이 잦다는 것을 알고 있었다.

찰스 경이 다시 재촉하듯 물었다.

"어때?"

새터스웨이트는 마지못해 솔직히 대답했다.

"아무 생각도 안 나는군. 단지 신문 기사로 짐작해 보건대, 엘리스가 티눈 때문에 고생하고 있었을지도 모른다는 것뿐일세."

찰스 경이 뻐딱한 미소를 지었다.

"오, 상당히 논리적인 추리군. 그래서 그걸로 알 수 있는 사실은 뭔가?"

새터스웨이트는 아무것도 없다고 대답했다.

"하지만 한 가지 더……."

그는 입을 열었다가 곧 말을 멈췄다.

"뭔가? 말해 보게. 뭐든 도움이 될 테니까."

"바솔로뮤 경이 집사를 대하는 태도가 좀 이상하다는 생각이 들더군. 하녀가 한 말 기억나나? 왠지 그 사람답지가 않았어."

찰스 경이 힘주어 말했다.

"정말 톨리답지 않더군. 난 톨리를 잘 아네. 자네보다 훨씬 잘 알지. 그 친구는 그런 우스갯소리를 할 사람이 아니야. 그래, 뭔가 특별한 이유가 있지 않는 한 그런 식으로 농담할 리가 없네. 자네 말이 옳아, 새터스웨이트. 그 점을 곰곰이 생각해 봐야겠군. 그럼 여기서 어떤 결론을 낼 수 있을까?"

"그것이……."

새터스웨이트는 말을 하려 했지만 이내 찰스 경이 진지하게 질문한 것이 아니라 단지 수사적인 표현을 한 데 불과하다는 사실을 깨달았다. 찰스 경은 새터스웨이트의 생각을 듣고 싶은 게 아니었다. 그는 자신의 의견을 말하고 싶어 안달이 나 있었다.

"그 일이 언제 일어났는지 기억하나? 엘리스가 톨리에게 전화 메시지를 전해 줬을 때였네. 난 톨리가 어울리지 않게 우스갯소리를 한 까닭이 바로 그 전화 메시지와 관계 있는 것 같네. 내가 하녀에게 그 메시지가 무슨 내용이었는지 물었던 거 기억나나?"

새터스웨이트는 고개를 끄덕였다. 그는 자신도 그 대화에 확실히 관심을 기울이고 있었음을 보여 주기 위해 이렇게 대답했다.

"물론이지. 드 러시브리저 부인이라는 사람이 요양원에 도착했다는 내용이었지. 그다지 중요한 이야기처럼 들리지는 않던데."

"물론 얼핏 듣기에는 그렇지만 우리 추리가 옳다면 그 메시지에는 다른 중요한 의미가 담겨 있었을 거야."

"그, 그렇군."

새터스웨이트는 미심쩍다는 표정으로 말했다.

"틀림없어. 우리는 그게 뭔지 밝혀 내야 하네. 내 생각에는 일종의 암호 같아. 겉보기에는 평범한 내용 같지만 실제로는 완전히 다른 뜻인 거지. 만일 톨리가 혼자 배빙턴 목사의 죽음에 관한 조사를 하고 있었다면 분명히 그것과 관련이 있을 거야. 그래, 어쩌면 진상을 알아내기 위해 사립 탐정을 고용했는지도 모르지. 자기의 의심이 사실로 밝혀지면 다른 사람들에게 들키지 않게 전화로 특정한 문구를 말하라고 약속해 두었는지도 몰라. 그러면 왜 그 친구가 그렇게 기분이 좋았는지 설명할 수 있지 않나? 엘리스에게 이름을 제대로 받아 적었냐고 물은 이유도 짐작이 가고. 톨리는 그런 사람이 존재하지 않는다는 걸 알고 있었던 거야. 가능성이 희박하다고 생각했던 일이 실제로 일어나면 평소와 다른 행동을 보이는 것도 당연하지 않나?"

"드 러시브리저 부인이라는 사람이 실존하지 않는다고 생각하는 건가?"

"글쎄, 정말 그런지는 이제부터 조사해 봐야겠지."

"어떻게?"

"지금 당장 요양원에 가서 간호원장에게 물어 보는 거야."

"우릴 이상하게 생각할 텐데."

찰스 경이 웃음을 터뜨렸다.

"나한테 맡기라고."

두 사람은 차도에서 곧장 방향을 틀어 요양원 쪽으로 걸어갔다.

새터스웨이트가 물었다.

"자네는 어떤가, 카트라이트? 저택에 갔을 때, 뭐 짚이는 거라도 있었나?"

"그래, 뭔가 있긴 했네. 빌어먹을, 한데 그게 뭔지 도무지 생각이 안 난다는 거야."

새터스웨이트는 놀란 표정으로 그를 멍하니 쳐다보았다.

찰스 경은 얼굴을 찡그렸다.

"이걸 어떻게 설명해야 할지 모르겠군. 뭔가, 분명히 뭔가 이상하다는 느낌이 스쳐가긴 했는데……. 그땐 자세히 생각할 겨를이 없었다네. 그래서 일단 접어 두었지."

"그게 뭔지 생각이 안 난단 말이로군?"

"그래. 그저 문득 '뭔가 이상한데?'라는 생각만 했을 뿐이라서 말이야."

"하녀들을 만나고 있을 때 말인가? 어떤 하녀와 이야기를 할 때 그랬지?"

"기억나지 않는군. 이런 건 생각하면 할수록 더 뱅뱅 돌기만 할 뿐이라네. 그냥 가만히 있으면 언젠가 저절로 생각나겠지."

마침내 요양원이 모습을 드러냈다. 커다란 흰색의 현대식 건물이었다. 주차장 주위에는 울타리가 쳐 있었다. 그들은 커다란 대문을 지나 현관 벨을 누른 다음, 간호원장을 만나고 싶다고 말했다.

간호원장은 키가 큰 중년 여성으로 지적이고 유능한 인상을 풍겼다. 그녀는 찰스 경의 이름을 듣자, 그가 바솔로뮤 경의 친구라는 사실을 기억해 냈다.

찰스 경은 그 동안 해외에 있었는데 돌아오자마자 절친한 친구가 죽었으며, 그것도 살해당했을지 모른다는 소식을 듣고 큰 충격을 받아 더 자세한 이야기를 듣고 싶어 찾아왔노라고 말했다. 간호원장은 바솔로뮤 경이 돌아가셔서 얼마나 애석한지, 그리고 그가 얼마나 훌륭한 의사였는지에 대해 따뜻하고 감동적인 어조로 말했다.

찰스 경이 앞으로 요양원이 어떻게 되겠냐고 묻자, 그녀는 바솔로뮤 경과 동업하던 두 명의 동업자가 있는데, 두 사람 모두 유능한 의사로 한 명은 요양원에 거주하며 환자를 돌보고 있어서 걱정 없다고 말했다.

찰스 경이 말했다.

"바솔로뮤 경은 이 요양원을 자랑스럽게 여겼습니다."

"네, 박사님의 치료법이 상당한 성공을 거두었지요."

"대부분 신경증 환자들인가요?"

"그렇습니다."

"그러고 보니 내가 몬테카를로에서 만난 한 친구가 이 요양원에 입원했다는 얘기를 들은 것 같은데, 이름이 기억나지 않는군요. 좀 희한한 이름인데…… 러시브리저? 아니, 러시브리거였던가? 대충 그런 이름입니다."

"드 러시브리저 부인 말씀이신가요?"

"맞습니다! 지금 여기 있나요?"

"네, 하지만 면회는 안 될 것 같네요. 적어도 당분간 안 될 거예요. 상당히 엄중한 안정 치료를 받고 있거든요. 편지도, 유쾌한 방문객도 안 된답니다."

간호원장은 장난기 어린 미소를 지었다.

"그 정도로 안 좋나요?"

"환자는 아주 불안정한 상태예요. 심각한 신경쇠약에 간헐적으로 기억상실 증세까지 보이고 있지요. 하지만 금세 회복될 거예요."

간호원장이 안심하라는 듯 미소를 지었다.

"어디 보자, 톨리…… 그러니까 바솔로뮤 경이 그녀에 대해 뭐라고 했던 것 같은데? 맞아, 그 부인은 톨리와 가까운 친구 사이 아니었습니까?"

"그런 것 같지 않던데요, 찰스 경. 박사님은 그런 말씀을 하신 적이 없어요. 러시브리저 부인은 겨우 얼마 전에 서인도 제도에서 귀국했거든요. 그게, 좀 재미있는 일이 있었답니다. 부인 이름이 워낙 기억하기 힘들잖아요. 물론 여기서 일하는 하녀가 좀 둔한 탓도 있지만요. 처음에 그 부인이 오셨을 때, 그 애가 저한테 와서 이렇게 말하는 거예요. '웨스트인디아(서인도) 부인이 오셨습니다.' 러시브리저라는 이름이 그쪽 사람 이름처럼 들린다는 건 저도 인정해요. 하지만 그 부인이 정말로 서인도 제도에서 오셨다니, 정말 신기하지 않아요?"

"재미있는 일화군요. 혹시 부군도 함께 왔나요?"

"아뇨. 부군은 아직 거기 머무르고 있다는군요."

"아, 그렇군요. 저런, 내가 다른 사람과 착각했나 봅니다. 그럼 그분은 병세가 독특해서 바솔로뮤 박사가 특별히 관심을 기울인 환자인가 보죠?"

"사실 기억상실증은 흔히 볼 수 있는 증상이에요. 하지만 의사들은 늘 흥미를 느끼죠. 증상이 다양하게 나타나니까요. 똑같은 경우는 하나도 없을 정도죠."

"그것 참 신기하군요. 어쨌든 감사합니다. 정말 즐거운 대화였습니다. 톨리가 당신을 얼마나 높이 평가했는지 나도 압니다. 간호원장님 이야기를 자주 했지요."

찰스 경은 거짓 칭찬으로 대화를 마무리했다.

간호원장이 새침하게 얼굴을 붉히며 말했다.

"오, 그 말을 들으니 몹시 기쁘네요. 박사님은 정말 훌륭한 분이셨어요. 그런 분을 잃은 건 우리 모두에게 엄청난 손실이에요. 저희들이 얼마나 놀랐는지 모르실 거예요. 어찌나 놀랐는지 넋이 반은 나갔죠. 세상에, 살인이라니! 도대체 누가 스트레인지 박사님 같은 분을 살해한단 말이에요? 도무지 믿을 수가 없어요. 그 집사가 어떻게 그럴 수가……. 경찰이 빨리 범인을 잡았으면 좋겠어요. 더구나 뚜렷한 동기도 없다면서요?"

찰스 경은 서글픈 얼굴로 고개를 끄덕였다. 두 사람은 요양원을 나와 도로를 따라 새터스웨이트의 차가 대기하고 있는 곳까지 걸어갔다.

찰스 경이 간호원장과 대화를 나누는 동안 옆에서 가만히 앉아 있었던 새터스웨이트는 그에 대한 보복으로 저택의 수위에게 올리버 맨더스의 자동차 사고에 관한 질문을 엄청나게 퍼부어 댔다.

수위는 약간 굼떠 보이는 중년 남자였다.

"바로 저기가 사고난 곳입죠. 벽이 부서진 데 말입니다. 젊은 신사 분이 자동차를 타고 있더군요. 제가 사고를 직접 본 건 아닙니다.

하지만 소리를 들었습죠. 커다란 소리가 나기에 무슨 일인가 하고 나와 봤더니만 그 젊은 신사 분이 저기, 바로 그 자리에 서 있지 뭡니까? 지금 저 신사 분이 서 계신 바로 저기에요. 어디 다친 것 같지는 않았습니다. 그저 애타는 얼굴로 자동차를 바라보고 섰더라고요. 그럴 만도 한 것이 차가 완전히 뭉개져 버렸거든요. 여기가 누구 집이냐고 묻기에 바솔로뮤 스트레인지 경의 저택이라고 대답했습죠. 그랬더니 운이 좋다면서 집 안으로 들어갔습니다. 아주 침착해 보이더구먼요."

어쩌다가 그런 사고가 일어났는지 모르지만, 가끔 그런 식으로 일이 잘못되기도 한다고 수위는 말했다.

새터스웨이트는 생각에 잠겨 중얼거렸다.

"거참 이상한 사고로군."

그는 고개를 들어 곧게 뻗은 넓은 도로를 바라보았다. 굴곡도 없고, 위험한 교차로도 없었다. 도로를 달리던 자동차가 갑자기 3미터 높이의 벽을 들이받을 만한 원인은 도무지 찾을 수 없었다. 참으로 희한한 사고였다.

찰스 경이 호기심 어린 표정으로 물었다.

"무슨 생각을 하나, 새터스웨이트?"

"아무것도 아닐세. 아무것도 아니야."

"정말 이상하군."

찰스 경도 혼란스럽다는 듯 사고가 일어난 장소를 멀뚱히 바라보았다.

그들은 차를 타고 저택을 떠났다.

새터스웨이트는 골똘히 생각에 잠겼다. 드 러시브리저 부인에 관한 찰스 경의 가설은 틀렸다. 전화 메시지는 암호가 아니고, 실제로 그런 사람이 존재하고 있었다. 혹시 그 여자 자신이 어떤 의미가 있는 건 아니었을까? 사건의 목격자라든가, 아니면 단순히 의학적으로 흥미 있는 환자라 바솔로뮤 경이 그토록 쾌활하게 굴었는지도 모른다. 설마 그 여자가 매력적인 여성인 것은 아니겠지? 사랑에 빠진 55세의 남자는 성격이 완전히 바뀌곤 하니까 말이다. (새터스웨이트는 그런 경우를 많이 봤다.) 전에 없이 밝고 명랑해진다거나…….

그는 문득 정신이 들었다.

찰스 경이 그에게 몸을 기울이고 말했다.

"새터스웨이트, 다시 돌아가도 괜찮겠지?"

찰스 경은 대답도 기다리지 않고 통화관에 대고 운전사에게 방향을 바꾸라고 지시했다. 자동차가 천천히 속력을 줄이더니 이윽고 멈춰 섰다. 운전사가 방향을 돌렸다. 잠시 후, 그들은 반대쪽 차선을 달려갔다.

새터스웨이트가 물었다.

"무슨 일인가?"

"생각났네. 내가 이상한 느낌을 받았다는 것 말일세. 그건 바로 집사의 방에 있는 잉크 자국이었어."

잉크 자국

"잉크 자국? 도대체 무슨 뜻인가, 카트라이트?"

새터스웨이트는 깜짝 놀라 찰스 경을 쳐다보았다.

"그게 있었던 건 기억나나?"

"그래, 잉크 자국이 있었던 건 기억하네."

"그 위치도?"

"글쎄, 정확하게는 모르겠네만."

"벽난로 바로 옆, 벽 아래쪽이었네."

"그래그래, 이제야 기억나는군."

"그 자국이 어쩌다 생긴 것 같나?"

"별로 큰 자국은 아니었지. 그러니 잉크병이 엎질러진 건 아니야. 만년필을 떨어뜨린 게 아닌가 싶네. 그 방에는 펜이 없었으니까. 그러니 뭘 쓰려면 만년필을 가지고 다녔을 거야. 물론 그자가 뭘 썼다는 증거는 없지만."

새터스웨이트는 자신도 집사의 방을 주의 깊게 살펴봤다는 걸 이젠 친구도 알아차렸겠지 생각했다.

"있잖은가, 새터스웨이트. 잉크 자국이 있잖아."

"그렇다고 꼭 뭔가를 썼으리라는 법은 없어. 그저 펜을 떨어뜨린 것인지도 모르잖나."

"잉크 자국이 남았다는 건 만년필 뚜껑이 열려 있었다는 뜻이지."

"자네 말이 맞는 것 같군. 하지만 그게 왜 이상한지 난 도통 모르겠네."

"이상한 게 아닌지도 모르지. 돌아가서 내 눈으로 확인하기 전까지는 알 수 없네."

몇 분 뒤, 두 사람은 저택 안으로 들어갔다. 어쩐 일로 다시 돌아왔냐는 질문에, 찰스 경은 집사의 방에 연필을 두고 갔노라는 어설픈 변명을 늘어놓았다.

"자, 그럼……."

찰스 경이 호들갑스러운 레키 부인의 호의를 솜씨 좋게 차단하며 방문을 닫았다.

"내가 아무것도 아닌 일에 난리를 떤 건지, 아니면 정말로 뭔가 있는지 알아볼까?"

새터스웨이트는 전자가 확실하다고 생각했지만, 예의상 차마 그렇게 말할 수 없었다. 그는 침대에 걸터앉아 찰스 경을 지켜보았다.

찰스 경이 발끝으로 잉크 자국을 가리키며 말했다.

"저기 자국이 있군. 탁자 맞은편 벽이야. 어쩌다 저기 펜이 떨어졌을까?"

"펜이야 아무 데서나 떨어뜨릴 수 있지."

"물론 저쪽 벽을 향해 펜을 집어던졌을 수도 있네. 하지만 펜을 그렇게 험하게 다뤘다간……. 하긴 또 모를 일이군. 만년필이라는 물건은 워낙 말썽을 자주 부리니까. 뭘 쓰려고 하면 꼭 잉크가 말라붙어서 나오지 않는단 말이야. 어쩌면 그런 건지도 몰라. 엘리스가 성질을 부린 거지. '빌어먹을 물건!' 하면서 저쪽으로 집어던진 거야."

"그것말고도 가능성은 많네. 단순히 벽난로 위에 올려 두었는데 굴러 떨어진 건지도 모르지."

찰스 경은 연필로 실험을 해 보았다. 벽난로 선반에서 연필을 굴리자, 연필은 잉크 자국에서 최소한 30센티미터는 떨어진 곳에 떨어졌다가 벽난로 안쪽으로 굴러갔다.

"그래, 자네 의견은 뭔가?"

"지금 생각 중이네."

새터스웨이트는 침대에 앉아 재미있는 연극을 관람했다.

찰스 경은 여러 가지 가설을 실험해 보았다. 난로 쪽으로 걸어가며 손에서 연필을 떨어뜨려 보기도 하고, 침대 귀퉁이에 앉아 글을 쓰는 척하다가 떨어뜨리기도 했다. 잉크 자국이 있는 바로 그 지점에 연필을 떨어뜨리려면 벽에 딱 붙어 서거나 기대앉아야 하는 아주 불편한 자세여야만 했다.

"이건 불가능해!"

찰스 경이 큰 소리로 외쳤다. 그는 서성거리며 벽과 잉크 자국, 그리고 작은 가스 벽난로를 살펴보았다.

그는 생각에 잠겨 말했다.

"혹시 종이를 태우고 있었던 건 아닐까? 하지만 가스 난로에다 종이를 태우는 사람은 없지……."

순간, 찰스 경이 갑자기 숨을 헉 들이켰다.

잠시 후 새터스웨이트는 찰스 경의 명연기를 보았다.

찰스 카트라이트는 집사 엘리스가 되어 있었다. 그는 필기용 탁자 앞에 앉아 무언가를 열심히 끼적거렸다. 그러면서 불안한 듯 가끔 눈을 들어 사방을 힐끔거렸다. 갑자기 그가 무슨 소리를 들은 듯 흠칫 놀랐다. 그 모습이 어찌나 실감나는지 새터스웨이트는 그가 무슨 소리를 들었는지 알 수 있을 것 같았다. 복도를 지나는 누군가의 발소리가 틀림없었다. 그렇다. 그는 양심에 찔리는 구석이 있어서 평범한 발소리에도 소스라치게 놀란 것이다. 그가 의자에서 벌떡 일어섰다. 한 손에는 방금까지 뭔가 끼적이던 종이를, 다른 한 손에는 펜을 쥐고 있었다. 그는 황급히 벽난로 쪽으로 다가갔다. 바짝 긴장한 얼굴을 반쯤 돌리고 귀를 쫑긋 세운 채, 그는 난로 밑에 종이를 쑤셔 넣으려고 했다. 두 손으로 종이를 밀어 넣으려고 한 손에 쥐고 있던 펜까지 내팽개쳐 버렸다. 연극 속의 '펜', 즉 찰스 경이 손에 쥐고 있던 연필은 정확하게 잉크 자국이 있는 위치에 떨어졌다.

"브라보!"

새터스웨이트가 박수를 치며 찬사를 보냈다. 훌륭한 연기였다. 마치 엘리스 본인이 눈앞에 있다는 착각을 불러일으킬 만큼 훌륭했다. 찰스 경이 다시 현실의 본인으로 돌아와 의기양양한 목소리로 말했다.

"봤나? 만일 그자가 경찰이 오는 소리를 들었거나, 아니면 경찰이 왔다고 생각하고 방금까지 쓰던 걸 숨기려고 했다면, 대체 어디다 숨기겠나? 서랍이나 매트리스 속은 아니야. 경찰이 방을 뒤진다면 금방 들통 날 테니까. 마룻바닥은 뜯어 낼 시간도 없었을 테고. 결국 난로 뒤에 숨기는 수밖에 없었을 테지."

"우리가 할 일은 정말로 저 뒤에 무언가가 숨겨져 있는지 확인하는 거로군."

"그렇지! 물론 아무것도 없을 수도 있네. 그자가 나중에 다시 빼냈을지도 모르고. 하지만 우리로서는 기대해 보는 수밖에."

찰스 경은 코트를 벗고 셔츠 소매를 걷은 뒤, 마룻바닥에 엎드려 난로 밑의 틈새를 들여다보았다.

"저 아래 뭐가 있는데? 하얀 게 보여. 저걸 어떻게 꺼내지? 여자들이 사용하는 모자 핀이라도 있어야겠는걸."

새터스웨이트가 서글픈 어조로 말했다.

"요즘 여자들은 모자 핀을 사용하지 않아. 주머니칼은 어떨까?"

하지만 주머니칼은 소용이 없었다.

결국 새터스웨이트가 비어트리스에게 뜨개바늘을 빌려왔다. 비어트리스는 두 남자가 그걸 어디다 쓰려는지 궁금했지만 예의에 어긋나는 것 같아 차마 물어 보지 못했다.

뜨개바늘은 쓸모가 있었다. 찰스 경은 난로 밑의 틈에 급하게 쑤셔 넣은 구깃구깃한 종이들을 끄집어냈다.

두근거리는 가슴을 쓸며 찰스 경과 새터스웨이트는 구겨진 종이들을 판판하게 폈다. 그것들은 모두 편지의 초안이었는데, 작고 깨끗한 글씨체로 씌어 있었다.

우선 이 편지의 필자는 쓸데없는 말썽을 일으키고 싶지 않으며, 오늘 밤 그가 목격했다고 생각하는 일 역시 단순한 오해에 불과할지도 모릅니다. 하지만…….

그러곤 내용이 마음에 안 들었는지 처음부터 새로 글을 쓰기 시작했다.

집사 존 엘리스가 삼가 인사 올립니다. 그는 자신이 알고 있는 정보를 가지고 경찰을 찾아가기 전, 오늘 밤 일어난 사건과 관련하여 당신을 잠깐 뵙고 싶어 합니다…….

그래도 만족스럽지 않았는지, 그는 다시 한 번 시도했다.

집사 존 엘리스는 박사님의 죽음과 관련하여 몇 가지 정보를 알고 있습니다. 그는 이 정보를 아직 경찰에게 알리지 않았으며…….

그 다음부터는 아예 삼인칭 화법을 집어던졌다.

나는 지금 돈이 급히 필요하오. 1000파운드만 있어도 충분할 것이오. 경찰에게 유용한 몇 가지 정보를 알고 있소. 하지만 일을 쓸데없이 복잡하게 만들고 싶지 않으니…….

마지막 편지는 그보다 더 노골적이었다.

나는 의사가 어떻게 죽었는지 알고 있소. 경찰에는 아무 말도 하지 않았소. 적어도 아직까지는. 나를 만나고 싶다면…….

이 편지는 다른 것들과 조금 다른 방식으로 끝났다. '싶다면' 다음부터 글씨를 마구 휘갈겨 놓았고, 마지막 세 단어는 알아보기도 힘들 만큼 얼룩투성이였다. 이 대목을 쓰던 도중 엘리스가 무슨 소리를 듣고 깜짝 놀란 게 틀림없었다. 그리고 황급히 종이를 꾸겨 난로 아래에 숨긴 것이다.

새터스웨이트가 숨을 깊이 들이마셨다.

"축하하네, 카트라이트. 잉크 자국에 대한 자네의 예감이 맞았군. 잘했어. 정말 훌륭하네. 이제 사건을 정리해 보세."

그는 잠시 생각을 가다듬었다.

"엘리스는 우리 생각대로 악당이었네. 살인범은 아니지만 범인이 누군지 알고 있었어. 그래서 그 사람에게 협박 편지를 보내려고 했던 거야."

"그인지 그녀인지 모르지만 말이지. 그걸 알 수 없어서 안타깝군. 어째서 이자는 친애하는 선생님이라든가 부인이라고 쓰지 않은 거지? 그랬다면 일이 훨씬 쉬웠을 텐데. 엘리스는 꽤나 예술적 기질이 풍부한 친구였나 보네. 협박 편지를 쓰는 데 이리도 공을 들인 걸 보면 말이야. 딱 한 가지 단서만 더 남겨 줬더라면 금상첨화였을 텐데. 이 편지를 누구한데 보내는 건지 알 수 있게 말이야."

"너무 실망하지 말게. 그래도 진전이 있었잖나. 자네는 이 방에서 엘리스가 결백하다는 증거를 찾고 싶다고 했지? 자, 보게. 우리가 찾았네. 이 편지를 보면 그가 범인이 아니라는 걸 알 수 있지. 적어도 살인범은 아니야. 물론 협박 편지나 보내는 협잡꾼이긴 하지만, 바솔로뮤 스트레인지 경을 살해하지는 않았어. 그건 다른 누군가의 짓일세. 바로 배빙턴 목사를 살해한 사람 말이야. 이젠 경찰도 우리 의견에 귀를 기울일 걸세."

"경찰에게 이 편지 이야기를 하려고?"

목소리에서 불만스러운 기색이 느껴졌다.

"달리 방법이 없잖나?"

찰스 경이 침대에 걸터앉았다. 깊은 생각에 잠긴 듯 미간에 주름살이 잡혔다.

"그게 말일세, 뭐라고 해야 할지 모르겠군. 지금 우리는 다른 사람들은 아무도 모르는 사실을 알고 있네. 경찰은 엘리스를 찾고 있지. 그들은 그가 살인범이라고 생각해. 세상 사람들 모두 그를 범인으로 믿고 있고. 그러니 진짜 살인범은 지금쯤 안심하고 있을 걸세. 그 사람은 아직 마음을 완전히 놓지 않았을지 몰라도 상당히 태연하게 지내고 있을 거야. 그런 사람을 굳이 불안하게 만들 필요가 어디 있나? 우리한테는 오히려 절호의 기회가 아니냔 말이야. 배빙턴 목사와 다른 초대 손님들 사이의 관계를 밝혀 낼 기회라고. 그 사람들은 아직까지 이번 사건과 배빙턴 목사의 죽음이 관계 있다고 생각지 못하고 있네. 그러니 아무것도 의심하지 않을 거야. 이런 기회를 놓칠 수는 없지."

"무슨 말인지 알겠네. 그리고 내 생각도 그래. 이건 절호의 기회지. 하지만 그 기회를 우리가 이용할 수는 없네. 우리가 알아낸 사실을 당장 경찰에 알리는 건 시민의 도리야. 우리가 이런 사실을 경찰에 숨길 권리는 없어."

찰스 경은 난감한 표정으로 새터스웨이트를 쳐다보았다.

"자넨 모범 시민의 귀감이로군. 물론 자네 말은 하나같이 옳다네. 하지만 난 자네처럼 훌륭한 시민이 아니라서 말이야. 이런 걸 하루이틀쯤 비밀로 한다고 해도 거리낄 게 없어. 하루 이틀 정도도 안되겠나? 휴우, 내가 포기하지. 정의의 전당에 맡기기로 하세."

"자네도 알다시피 존슨은 내 친구라네. 그리고 우리를 참 잘 대해 주지 않았나? 경찰이 어떤 방향으로 수사하고 있는지도 알려 주고, 필요한 정보도 아낌없이 제공해 주었어."

찰스 경이 한숨을 내쉬었다.

"자네 말이 맞아. 반박의 여지가 없군. 하지만 이것만은 확실하네.

나 말고 아무도 난로 밑을 뒤져 볼 생각을 하지 못했다는 것 말이야. 머저리 같은 경찰들은 아무도 그런 생각을 하지 못했지. 자네 뜻대로 하게. 그건 그렇고 새터스웨이트, 엘리스가 지금 어디 있을 것 같나?"

"내 생각엔 자기가 원하는 걸 얻었을 것 같군. 범인이 돈을 주면서 자취를 감춰 달라고 했고, 그래서 사라져 버린 거야. 감쪽같이."

"그래. 타당한 얘기로군."

그는 온몸을 부르르 떨었다.

"난 이 방이 마음에 들지 않네, 새터스웨이트. 빨리 여기서 나가자고."

계획

다음 날 저녁, 찰스 카트라이트 경과 새터스웨이트는 런던으로 돌아갔다.

존슨 서장과의 만남은 무척 조심스럽게 진행되었다. 크로스필드 경정은 평범한 '신사'들이 그와 그의 부하들이 놓친 단서를 발견한 데 대해 마냥 반기는 눈치만은 아니었다. 그는 못마땅한 기색을 가까스로 억누르며 말했다.

"정말 감탄했습니다. 솔직히 말해 나도 난로 밑을 뒤져 볼 생각은 못 했지요. 두 분이 어떻게 그런 곳을 살펴볼 생각을 했는지 신기할 뿐입니다."

두 사람은 어떻게 작은 잉크 자국에서 그런 결론을 얻게 되었는지 설명하지 않았다. 찰스 경이 둘러댄 말은 '그저 열심히 찾다 보니'였다.

"힘드셨겠습니다. 하지만 두 분이 알아낸 사실이 제게는 그다지 놀랍지 않군요. 아시다시피 엘리스가 살인범이 아니라 해도 그는 분명히 다른 이유가 있어서 사라진 게 확실했으니까요. 난 줄곧 엘리스가 전문 협박범이 아닐까 생각했지요."

두 사람의 발견으로 수사에 새로운 진전이 이루어졌다. 존슨 서장은 루머스 경찰에게 연락을 취하기로 했다. 스티븐 배빙턴 목사의 사망 사건을 재조사하기 위해서였다.

"목사의 사인이 니코틴 중독으로 밝혀지면 크로스필드도 두 사건이 연결되어 있다는 걸 인정하겠지."

런던을 향해 달리는 자동차 안에서 찰스 경이 말했다.

그는 아직도 자신이 발견한 정보를 경찰에게 넘겨준 것이 못마땅해 툴툴거렸다.

새터스웨이트는 적어도 그 정보가 사람들에게 알려지거나 언론에 공개된 건 아니라며 찰스 경을 달랬다.

"범인은 전혀 눈치채지 못할 걸세. 엘리스에 대한 수배도 계속될 거고."

찰스 경은 결국 새터스웨이트의 말을 받아들였다.

런던에 도착할 때쯤 되자, 찰스 경은 새터스웨이트에게 에그 리튼 고어 양을 함께 만나러 가겠냐고 물었다. 그녀가 보낸 편지에는 벨그레이브 스퀘어의 주소가 적혀 있었다. 그는 그녀가 아직도 거기 머무르기를 바랐다.

새터스웨이트는 찰스 경의 제안을 정중히 받아들였다. 사실은 그 자신도 에그를 몹시 만나고 싶었다.

런던에 도착하자마자 찰스 경이 에그에게 전화를 걸었다.

에그는 아직 런던에 머무르고 있었다. 그녀의 어머니와 함께 친척 집에 묵고 있었는데, 루머스에는 일주일 후에 돌아갈 예정이었다. 에그는 기꺼이 두 사람과 같이 저녁 식사를 하겠다고 말했다.

찰스 경은 자신의 호화로운 아파트를 둘러보며 말했다.

"여기로 초대하기는 좀 그렇군. 그녀의 어머니가 허락하지 않을 테니까. 물론 밀레이 양을 부를 수도 있지만…… 그러고 싶지는 않아. 솔직히 말해 밀레이 양은 전혀 내 취향이 아니거든. 어찌나 유능한지 옆에 있으면 열등감이 느껴진단 말이야."

새터스웨이트는 자신의 집에서 식사를 하자고 제안했다. 하지만 저녁 식사는 결국 버클리에서 하기로 결정했다. 식사가 끝난 뒤에는 에그가 좋아하는 곳 어디든지 자리를 옮길 수 있을 것이다.

에그를 보자마자 새터스웨이트는 그녀가 수척해졌다는 걸 알 수 있었다. 눈은 더욱 커다래졌고 열에 들떠 있었으며, 턱은 더 단호해 보였다. 얼굴은 창백하고 눈 주위에는 검은 그림자가 드리워져 있었다. 하지만 그녀의 매력은 그 어느 때보다도 더욱 두드러져 보였으며, 어린아이 같은 열정 또한 강렬했다.

에그는 찰스 경에게 말했다.

"오실 줄 알았어요."

그녀의 목소리는 사실상 이렇게 속삭이고 있었다.

"당신이 오셨으니 모든 일이 다 잘 될 거예요."

새터스웨이트는 속으로 생각했다.

'아니야. 그녀는 찰스 경이 정말로 올 거라고 확신하지 못했어. 자신이 없었지. 조바심이 났을 거야. 죽을 만큼 속이 탔겠지.'

그리고 그는 궁금했다.

'찰스 경은 그걸 모르는 건가? 배우들이란 원래 자존심이 강한 편이긴 하지만, 저 어린 아가씨가 자기를 사랑한다는 걸 정말 모르는 걸까?'

그건 정말이지 기묘한 상황이었다. 찰스 경이 에그에게 푹 빠져 있다는 데에는 의심의 여지가 없었다. 그녀 또한 그를 사랑하고 있었다. 그리고 두 사람 사이의 연결 고리, 이 두 사람을 긴밀하게 엮어 주는 것은 바로 범죄였다. 흉악하고 끔찍한 이중 범죄 말이다.

저녁 식사는 조용했다. 찰스 경은 해외에서 무슨 일을 하고 지냈는지 이야기했고, 에그는 루머스의 근황을 늘어놓았다. 새터스웨이트는 대화가 끊길 기미가 보일 때마다 두 사람을 격려하며 대화를 이어 나갔다. 저녁 식사를 마친 후 세 사람은 새터스웨이트의 집으로 향했다.

새터스웨이트의 집은 첼시 임뱅크먼트에 있었다. 널찍한 그의 집은 아름다운 예술품들로 가득했다. 그림, 조각, 중국 도자기, 선사시대 토기, 상아, 치펀데일과 헤플화이트 가구와 미니어처 등 전체적으로 원숙하고 지적인 분위기가 물씬 풍겼다.

하지만 에그 리튼 고어의 눈에는 아무것도 들어오지 않았다. 그녀는 의자에 이브닝코트를 벗어 던지고 말했다.

"그래서 결국 어떻게 됐다는 건지 이제 모조리 말씀해 주세요."

찰스 경이 새터스웨이트와 같이 요크셔에서 어떤 모험을 했는지 이야기하는 동안 에그는 잔뜩 호기심을 갖고 귀를 기울였다. 그가 협박 편지를 발견했다는 장면에서는 깜짝 놀라 숨을 들이키기까지 했다.

"그 뒤에 무슨 일이 있었는지, 우리가 할 수 있는 건 지금으로서는 추측뿐입니다. 아마도 엘리스는 입을 다무는 조건으로 돈을 받고 자취를 감췄겠지요."

마침내 찰스 경이 이야기를 마쳤다.

그러나 에그는 고개를 저었다.

"오, 그런 게 아니에요. 정말 모르시겠어요? 엘리스는 죽었어요."

두 남자는 소스라치게 놀랐다. 에그는 다시 한 번 같은 말을 되풀이했다.

"그럼요. 죽은 게 틀림없어요. 그래서 그렇게 아무 흔적도 남기지 않고 사라질 수 있었던 거예요. 그는 너무 많은 걸 알았기 때문에 살해당했어요. 엘리스가 바로 세 번째 피해자라고요."

두 남자는 이제껏 그런 가능성을 고려해 본 적이 없었지만, 에그의 생각이 틀렸다고 일축할 수는 없었다.

찰스 경이 말했다.

"확실히 엘리스가 죽었을 가능성은 있어요. 그렇다면 그의 시체는 어디 있겠습니까? 집사는 적어도 몸무게가 70킬로그램은 나갈 텐데?"

"시체가 어디 있는지는 저도 모르죠. 숨길 장소야 많으니까요."

새터스웨이트가 중얼거렸다.

"아니, 없어요. 거의 없다고요."

에그가 대꾸했다.

"많다니까요. 어디 보자, 예를 들면 다락방이 있죠. 사람들이 쓰지 않아 안 올라가는 다락방이 얼마나 많다고요. 다락방에 있는 트렁크에 숨겼는지도 몰라요."

찰스 경이 말했다.

"설마 그랬을 것 같지는 않군요. 물론 가능성을 배제할 수 없지요. 적어도 한동안 들키지 않을 테니까요."

불쾌하다고 해서 화제를 피하는 건 에그의 성향이 아니었다. 그녀는 찰스 경이 마음속에 담아 둔 말을 직설적으로 표현했다.

"냄새는 위로 올라가지 아래로 내려오지 않아요. 시체를 다락방에 숨기면 지하실에 숨길 때보다 오랫동안 발각되지 않고 버틸 수 있죠. 한동안 다들 죽은 쥐려니 생각할 거고요."

"당신 생각이 옳다면 살인범은 남자가 틀림없겠군요. 여자라면 시체를 다락방까지 옮기지 못할 테니까요. 사실 그런 건 남자도 꽤 힘든 일일 겁니다."

"글쎄요, 다른 가능성도 많아요. 그 집에는 비밀 통로가 있다면서요? 서트클리프 양이 말해 줬어요. 바솔로뮤 경이 언젠가 저한테 보여 주겠다고 말씀하신 적도 있고요. 살인범이 엘리스에게 돈을 준 다음, 집 밖으로 빠져 나가는 통로를 알려 줬는지도 몰라요. 길을 안

내하는 척 비밀 통로로 데려가서 거기서 죽여 버린 거죠. 그건 여자라도 할 수 있어요. 뒤에서 칼로 찌르거나 하면 되니까요. 그러고 나서 시체를 거기 내버려 두고 집으로 돌아오면 아무도 모르죠."

찰스 경은 의심스럽다는 듯 고개를 저었지만 더 이상 에그의 의견에 이의를 달지 않았다.

솔직히 엘리스의 방에서 협박 편지를 발견했을 때, 새터스웨이트도 에그와 똑같은 생각을 떠올렸다. 찰스 경이 그 방에서 몸을 부르르 떨던 것도 기억났다. 그렇다면 그도 엘리스가 죽었을지 모른다는 생각을 했을 것이다.

새터스웨이트는 속으로 생각했다.

'엘리스마저 죽었다면 우린 엄청나게 위험한 인간을 상대하고 있는 셈이야. 그래, 엄청나게 위험한 인간…….'

별안간 공포심이 밀려와 등골이 오싹해졌다.

세 차례나 살인을 저지른 사람이면 한 사람 더 죽인다 해도 전혀 주저하지 않겠지.

그들은 셋 다 위험에 처해 있었다. 찰스 경, 에그, 그리고 그 자신……. 만일 그들이 너무 많이 알아냈다면…….

생각에 잠겨 있던 새터스웨이트는 찰스 경의 목소리에 화들짝 깨어났다.

"에그, 당신 편지 중에서 이해가 잘 안 가는 대목이 있었어요. 당신은 올리버 맨더스가 위험에 처해 있다고 했죠? 경찰이 의심한다고 말이죠. 난 왜 경찰이 그를 의심하는지 이해가 안 갑니다."

새터스웨이트가 보기에 에그는 살짝 당황한 것 같았다. 얼굴이 약간 붉어진 것 같기도 했다.

새터스웨이트는 속으로 중얼거렸다.

'이 상황을 어떻게 빠져 나가는지 솜씨를 볼까, 아가씨?'

"제가 바보 짓을 했어요. 착각한 거예요. 전 올리버가 그날 파티에 오게 된 사연이, 그러니까 그게 거짓말인지도 모른다고 생각했어요. 그래서 경찰이 그를 의심한다고 생각했고요."

찰스 경은 에그의 변명을 순순히 받아들였다.

"그렇군. 알겠어요."

새터스웨이트가 입을 열었다.

"그게 거짓말이었나요?"

에그는 새터스웨이트를 물끄러미 바라보았다.

"네? 그게 무슨 뜻이죠?"

"그 사고는 정말 이상했지요. 그 변명이 가짜라면 아가씨가 알아챘을 것 같아서 말입니다."

에그는 고개를 저었다.

"전 모르겠어요. 그런 생각은 해 본 적이 없어요. 하지만 진짜 사고가 난 게 아니라면 올리버가 왜 그런 거짓말을 했겠어요?"

"그럴 만한 이유가 있었는지도 모르지. 나름대로 타당한 이유 말이죠."

찰스 경은 얼굴 가득 미소를 지은 채 그녀를 바라보았다.

에그의 얼굴이 새빨개졌다.

"오, 아니에요. 그런 게 아니에요."

찰스 경은 한숨을 내쉬었다. 새터스웨이트는 찰스 경이 에그의 홍조 띤 얼굴을 잘못 이해했다는 생각이 들었다.

잠시 후 찰스 경이 다시 입을 열었을 때 그는 더욱 서글프고 더 늙어 버린 듯 보였다.

"그 젊은 친구가 위험에 처한 게 아니라면 내가 굳이 끼어들 이유가 있나요?"

에그가 재빨리 다가서서 그의 코트 소맷자락을 붙잡았다.

"설마 다시 떠나실 건 아니죠? 포기하시는 건 아니죠? 선생님은 진실을 밝혀 내실 거예요. 진실 말이에요. 당신말고 어느 누구도 진실을 밝혀 낼 수 없어요. 오직 당신만이 할 수 있다고요. 네, 반드시 해내고야 말 거예요."

그녀는 무척 진지했다. 그녀의 젊음과 활기가 방 안을 파도처럼 휩쓸고 지나갔다.

"당신은 날 믿는 겁니까?"

찰스 경이 물었다. 그는 마음속 깊이 감동하고 있었다.

"그럼요, 그럼요. 우리는 진실을 밝혀 낼 거예요. 당신과 나, 우리 둘이서요."

"그리고 새터스웨이트도."

"아, 물론 새터스웨이트 씨도 함께죠."

에그는 무심하게 내뱉었다.

새터스웨이트는 슬그머니 미소를 지었다. 에그가 그를 끼워 주든

말든, 그는 여기서 물러날 생각이 없었다. 그는 수수께끼 같은 사건을 좋아했고, 인간의 본성을 관찰하기 좋아했으며, 연인들에게 관대했다. 이번 사건은 그의 세 가지 취향에 완벽하게 맞아떨어졌다.

찰스 경이 의자에 앉았다. 그는 조금 전과 완전히 다른 사람이 되어 있었다. 그는 계획을 짜고 명령을 내리는 총사령관이었다.

"무엇보다 먼저 현 상황을 분명하게 정리해야 합니다. 우리는 배빙턴 목사와 바솔로뮤 스트레인지를 동일 인물이 살해했다고 믿고 있지요. 그렇지 않습니까?"

"그래요."

"그렇지."

"다음으로, 첫 번째 살인 사건 때문에 두 번째 살인 사건이 일어났다고 생각합니까? 내 말은 바솔로뮤 스트레인지가 첫 번째 살인 사건의 진상을 폭로하려고 했거나 혹은 범인을 의심했기 때문에 살해되었냐는 겁니다."

"그래요."

"그래."

에그와 새터스웨이트가 동시에 대답했다.

"그렇다면 우리가 조사해야 할 것은 두 번째가 아니라 첫 번째 사건이로군요."

에그가 고개를 끄덕였다.

"내 생각에는 첫 번째 살인의 동기를 밝혀 내기 전에는 살인범을 찾을 수 없을 것 같군요. 문제는 그 동기를 찾기가 보통 어려운 게 아니라는 거예요. 배빙턴 목사는 따스하고 유쾌하며 온화한, 나이 많은 목사였어요. 이 세상에 적이라고는 아무도 없는 사람이었단 말입니다. 그런데도 그는 살해당했죠. 그렇다면 거기에는 분명 그럴 만한 이유가 있을 거예요. 우리는 바로 그 이유를 찾아야 하는 겁니다."

찰스 경은 잠시 말을 멈췄다가 평상시 목소리로 말했다.

"그럼 그 부분에 집중해 봅시다. 살인을 하는 이유는 뭐가 있죠? 첫째, 이득이 있을 테고."

"복수요."

에그가 말했다.

"살인광. 이 경우에 치정은 해당되지 않을 것 같고……. 하지만 공포심은 가능성이 있네."

새터스웨이트가 말했다.

찰스 경은 고개를 끄덕이며 종이에 기록했다.

"이 정도면 대충 다 나온 것 같군. 먼저 이득. 배빙턴 목사가 죽으면 이득을 보는 사람이 있을까? 그는 돈이 많았을까? 아니면 돈이 생길 가능성이라도?"

"둘 다 아닐걸요."

"내 생각도 그래요. 하지만 그래도 배빙턴 부인에게 물어 보는 게 좋겠죠. 그 다음은 복수로군. 배빙턴 목사가 다른 사람을 해친 적이 있을까? 혹시 젊은 시절에 그런 건 아닐까? 다른 남자가 좋아하던 여자와 결혼했다거나……. 그것도 조사해 봐야겠군.

그리고 살인광이 한 짓이라는 가정에 대해서 말인데, 난 배빙턴 목사와 톨리가 어떤 미치광이에게 살해당했다고는 믿지 않아요. 아무리 미치광이라도 범죄를 저지를 때에는 나름대로 논리를 따르기 마련이니까. 말하자면 의사나 목사를 죽이라는 신성한 사명을 부여받았다고 떠들어 대는 미친 놈은 있을 수 있어도, 의사와 목사를 둘 다 죽여야 한다고 믿는 사람은 없다는 뜻이죠. 범인이 살인광이라는 가설은 지워 버려도 좋을 것 같군요. 그렇다면 남은 건 공포인데…….

　　솔직히 내가 보기에는 이게 가장 가능성이 커 보입니다. 배빙턴 목사가 어떤 사람에 관한 무언가를 알고 있었다거나 누군가를 알아봤던 거죠. 그리고 그걸 말하기 전에 살해당한 거고."

　　"하지만 배빙턴 목사 같은 사람이 그날 밤 파티에 참석한 사람들에게 해가 될 만한 사실을 알고 있었을 것 같진 않은걸."

　　"어쩌면 자신이 알고 있다는 걸 자기 스스로 몰랐을지도 모르지."

　　찰스 경은 그 말의 의미를 조금 더 정확하게 설명하려고 애썼다.

　　"정확하게 설명하기가 힘들군. 예를 들어 배빙턴 목사가 어떤 특정한 시간에 특정한 장소에서 누군가를 봤다고 치세. 물론 그가 알기로 그 사람이 거기 있으면 안 될 이유는 없어. 한데 그 사람은 그 시간에 200킬로미터는 떨어진 다른 장소에 있었다는 가짜 알리바이를 마련해 두었단 말이야. 그렇다면 배빙턴 목사가 언제 무심코 그 사실을 입 밖에 낼지 모르니 불안하지 않겠나?"

　　"무슨 말씀인지 알겠어요. 말하자면 이런 거군요. 런던에서 어떤 사람이 살인을 저질렀어요. 목사님은 우연히 그 사람을 패딩턴 역에서 보게 되었고요. 그런데 그 사람은 그 시간에 리즈에 있었다는 알리바이를 만들어 놓았어요. 그럼 목사님은 그 사람의 계획을 완전히 무너뜨릴 수 있죠."

"바로 그거예요. 물론 이건 그냥 예를 든 것에 불과해요. 가능성은 많으니까요. 예전에 다른 이름으로 알던 사람을 봤을 수도 있고 말입니다."

"어쩌면 결혼과 관계가 있는지도 몰라요. 목사님들은 결혼식을 주재하니까, 그 중 누가 중혼죄를 저질렀을지도 모르죠."

"아니면 누군가의 탄생이나 죽음과 관련이 있는지도 모르겠군."

새터스웨이트의 말을 듣고 에그가 얼굴을 찡그렸다.

"이래선 범위가 너무 넓어요. 다른 방법을 써야겠어요. 그 자리에 있었던 사람들부터 시작할까요? 맞아, 명단을 만들죠. 찰스 경 파티에는 누가 있었고, 바솔로뮤 경 파티 때는 누가 있었죠?"

찰스 경이 에그에게 연필과 종이를 건네주었다.

"데이크리스 부부가 양쪽 다 있었죠. 또 시들어 빠진 양배추 같은 여자랑…… 이름이 뭐였죠? 맞아, 윌스. 그리고 서트클리프 양."

"앤젤라는 제외해도 돼요. 오랫동안 알아 온 사이니까."

찰스 경의 말에 에그가 얼굴을 찌푸렸다.

"그러면 안 돼요. 아는 사람이라고 명단에서 뺄 수는 없다고요. 이런 문제는 냉정하게 접근해야 한단 말이에요. 그리고 전 앤젤라 서트클리프가 어떤 사람인지 전혀 몰라요. 제가 보기엔 그 여자도 다른 사람들이랑 똑같이 그런 짓을 저질렀을 가능성이 다분하던데요. 아니, 오히려 더하죠. 여배우란 과거가 복잡하기 마련이니까. 제 생각엔 그 여자가 제일 수상해요."

그녀는 금방이라도 대들 것처럼 찰스 경을 쏘아보았다. 그녀의 눈에서 불꽃이 튀는 것 같았다.

"그렇다면 올리버 맨더스도 빠뜨릴 수 없지요."

"올리버가 범인일 리가 없잖아요? 배빙턴 목사님이랑 어렸을 때부터 알던 사이인데요."

"그 친구도 양쪽 장소에 모두 있었습니다. 게다가 바솔로뮤 경의 집에 온 경위도 수상하단 말이죠."

"좋아요."

에그가 말했다. 그러더니 잠시 후 덧붙였다.

"그렇다면 저와 우리 어머니도 써 넣어야겠네요. 그럼 용의자는 모두 일곱 명이에요."

"그럴 필요까지⋯⋯."

"철저히 정석대로 하든가, 아니면 차라리 안 하는 게 나아요."

에그의 눈동자가 번쩍였다.

새터스웨이트는 분위기를 바꾸려고 휴식을 제안했다. 그는 종을 울려 하녀에게 음료수를 가져오라고 시켰다.

찰스 경은 구석으로 터덜터덜 걸어가더니 흑인 두상을 감상했다. 에그는 새터스웨이트에게 다가와 팔짱을 끼었다.

"화를 내다니, 바보처럼. 전 정말 바보예요. 하지만 도대체 왜 그 여자를 빼라는 거예요? 왜 그렇게 계속 우기시는 거죠? 맙소사, 전 또 왜 이렇게 한심하게 질투를 할까요?"

새터스웨이트는 미소를 지으며 에그의 손등을 토닥토닥 두드렸다.

"질투로는 아무것도 얻을 수 없어요. 설사 질투가 난다고 해도 그걸 드러내면 안 되지. 그건 그렇고, 아가씨는 정말 맨더스가 의심받고 있다고 생각했던 겁니까?"

에그가 방긋 웃었다. 어린아이 같은 순수한 웃음이었다.

"그럴 리가 없잖아요. 저분이 경계하실까 봐 편지에 그렇게 썼던 것뿐이에요."

그녀는 고개를 돌렸다. 찰스 경은 여전히 샐쭉한 표정으로 흑인 조각상을 바라보고 있었다.

"선생님도 아시겠지만, 전 제발 저분이 제가 올리버를 좋아한다고 오해하지 말았으면 해요. 사실이 아니니까요. 아, 정말이지 모든 게 너무 어려워요. 또 저렇게 '착하지, 아가' 하는 태도로 돌아갔잖아요. 전 어린애가 아니에요. 전 그런 걸 원하는 게 아니라고요."

새터스웨이트가 조용히 충고했다.

"인내심을 가져요. 결국 다 잘 될 거예요."

"전 기다릴 수 없어요. 모든 걸 지금 당장, 될 수 있으면 빨리 갖고 싶다고요."

새터스웨이트가 웃음을 터뜨리자 찰스 경이 다가왔다.

그들은 음료를 홀짝이며 앞으로의 계획을 세웠다. 찰스 경은 크로우스 네스트로 돌아가야 했다. 아직 그 집을 사겠다는 구매자가 나타나지 않았기 때문이다. 에그와 그녀의 어머니는 예정보다 빨리 로즈 코티지로 돌아갈 것이다. 배빙턴 부인은 여전히 루머스에 살고 있었다. 그들은 우선 그녀에게 정보를 얻은 다음, 그 결과에 따라 다음 행동을 하기로 했다.

"우린 해낼 거예요. 반드시 성공할 거예요. 전 알아요."

에그는 찰스 경에게 몸을 바싹 기울였다. 그녀는 눈을 반짝이며 손에 들고 있던 잔을 찰스 경의 잔에 살짝 부딪쳤다.

"우리의 성공을 위해!"

그녀의 눈동자를 들여다보며 찰스 경은 천천히, 매우 천천히 잔을 입술로 가져갔다.

"성공을 위해. 그리고 미래를 위해……."

제3막

배빙턴 부인

배빙턴 부인은 항구에서 그다지 멀지 않은 작은 오두막집으로 이사한 터였다. 그녀는 일본에서 여동생이 돌아오길 기다리고 있었다. 남편이 죽은 뒤 앞날에 대한 어떤 계획도 없이 막연히 동생만 기다리던 중 마침 그 오두막이 비어 6개월 동안 빌린 것이다.

그녀는 남편의 갑작스러운 죽음에 당황한 나머지 루머스를 떠날 생각도 못하고 있었다. 스티븐 배빙턴은 자그마치 17년 동안 루머스의 세인트페트로치 목사관에서 죽 살아왔다. 대체로 행복하고 평화로운 17년이었다. 아들 로빈이 죽었을 때만 빼고 말이다. 살아남은 자식들 가운데 에드워드는 실론 섬에, 로이드는 남아프리카에, 그리고 스티븐은 앙골라에서 장교로 복무하고 있었다. 그들은 자주 애정 넘치는 편지를 보내곤 했지만 어머니에게 살 곳을 마련해 주거나 함께 살 형편은 못 되었다.

마거릿 배빙턴은 몹시 외로웠다.

그러나 그녀는 방구석에 앉아 추억이나 곱씹을 생각은 추호도 없었다. 배빙턴 부인은 여전히 교구 활동에 열성적으로 참여했다. 새로운 교구 목사는 아직 미혼이었고, 그녀는 많은 시간을 오두막에 딸린 작은 정원에서 보냈다. 그녀에게 꽃은 인생의 일부였다.

어느 날 오후 평소처럼 정원에서 일하고 있을 때였다. 문소리가 나서 돌아보니 찰스 카트라이트 경과 에그 리튼 고어가 서 있었다.

마거릿은 에그를 보고 놀라지 않았다. 에그와 그녀의 어머니가 곧 돌아오리라는 것을 알고 있었기 때문이다. 그녀가 놀란 것은 찰스 경 때문이었다. 그가 루머스를 영원히 떠났다는 소문이 파다했던 것이다. 신문에 찰스 경이 남프랑스에서 머무르고 있다는 기사가 난 적도 있고, 크로우스 네스트의 앞뜰에는 '판매함'이라고 적힌 팻말이 세워져 있었다. 그래서 찰스 경이 돌아오리라고 예상한 사람은 없었는데, 그가 돌아온 것이다.

배빙턴 부인은 헝클어진 머리카락을 땀방울이 맺힌 이마 뒤로 대충 넘긴 다음 난처한 표정으로 흙투성이 손을 내려다보았다.

"손이 이래서 악수도 못 하겠네요. 사실 장갑을 끼어야 하는데 말이에요. 가끔 장갑을 끼고 일할 때도 있긴 한데 일을 하다 보면 늘 벗게 돼요. 장갑을 끼면 감각이 무뎌져서요."

그녀는 손님을 집 안으로 안내했다. 작은 응접실은 아늑하고, 곳곳에 사진과 국화 화분이 놓여 있었다.

"찰스 경을 보고 깜짝 놀랐어요. 난 당신이 크로우스 네스트를 완전히 포기한 줄 알았거든요."

찰스 경이 솔직하게 대답했다.

"나도 그런 줄만 알았습니다. 하지만 때로는 운명의 힘을 거스를 수가 없지요, 배빙턴 부인."

배빙턴 부인은 아무 말도 하지 않았다. 그녀가 에그 쪽으로 고개를 돌리자 에그가 선수를 쳤다.

"배빙턴 부인, 저희는 단순히 안부 인사를 드리러 온 게 아니에요. 찰스 경과 제가 심각하게 드릴 말씀이 있어요. 그런데 그게…… 부인한테 조금 가슴 아픈 이야기가 될지도 몰라요."

배빙턴 부인은 에그와 찰스 경을 번갈아 쳐다보았다. 부인의 얼굴이 창백해지며 불안한 표정이 떠올랐다.

"혹시 경찰에게 연락을 받으셨나요?"

찰스 경이 묻자 배빙턴 부인은 고개를 숙였다.

"그렇군요. 그렇다면 말을 꺼내기가 조금 더 수월해지겠군요."

"그것 때문에 오신 건가요? 시체 발굴 명령 때문에?"

"그렇습니다. 대단히 힘드실 줄로 압니다만……."

연민이 섞인 찰스 경의 목소리에 배빙턴 부인은 마음이 조금 누그러졌다.

"생각하시는 것만큼 괴로운 건 아니에요. 어떤 사람들은 고인의 무덤을 파헤친다는 말을 들으면 끔찍하다고 도리질을 치겠죠. 하지만 난 아니에요. 중요한 건 육신이 아니니까요. 내 남편은 지금 다른 곳에서 평화롭게 쉬고 있을 거예요. 아무도 그의 휴식을 방해할 수 없는 곳에서요. 난 그것 때문에 괴로운 게 아니에요. 내가 놀란 건 남편의 죽음이 자연사가 아닐지도 모른다는 생각 때문이랍니다. 그건 불가능해요. 말 그대로 불가능하다고요."

"부인이 그렇게 생각하시는 것도 무리가 아닙니다. 나도, 아니 우리도 그랬으니까요. 처음에는 말입니다."

"처음에는 그랬다니, 그게 무슨 뜻이죠, 찰스 경?"

"목사님이 돌아가신 그날 밤, 난 순간적으로 의심이 들었습니다. 하지만 그런 일이 일어날 리가 없다는 생각에 그냥 묻어 두었지요."

"저도 그랬어요."

배빙턴 부인이 의아한 눈빛으로 에그를 바라보았다.

"너도 그랬다고? 너도 누군가가 우리 남편을 죽였다고 생각했단 말이냐?"

그녀의 목소리에는 어떻게 그럴 수가 있느냐는 불신감이 역력했다. 두 사람은 앞으로 어떻게 이야기를 이어 나가야 할지 난감했다.

마침내 찰스 경이 입을 열었다.

"배빙턴 부인, 아시다시피 나는 해외에 나갔습니다. 남프랑스에 있을 때 신문에서 내 친구 바솔로뮤 스트레인지 경이 부인의 남편과 똑같은 상황에서 죽었다는 기사를 읽게 되었지요. 리튼 고어 양에게 편지도 받았고요."

에그가 고개를 끄덕였다.

"저도 그때 거기 있었어요. 바솔로뮤 경이랑 같이 있었다고요. 배빙턴 부인, 그건 정말 똑같았어요. 완전히 똑같았다고요. 바솔로뮤

경은 포트와인을 마시고 있었는데 갑자기 안색이 변하더니…… 그
러더니…… 정말이지 똑같았어요. 박사님은 2~3분도 안 돼서 돌아
가셨죠."

배빙턴 부인은 천천히 고개를 가로저었다.

"난 이해가 안 돼요. 스티븐이? 그리고 바솔로뮤 경이? 그렇게 친
절하고 똑똑한 의사 분을? 도대체 누가 그 두 사람을 해치려고 하겠
어요? 잘못 생각하신 거예요."

"바솔로뮤 경은 독살된 것으로 판명되었습니다."

찰스 경이 말했다.

"그렇다면 분명히 미친 사람 짓일 거예요."

"배빙턴 부인, 난 이 일을 끝까지 파헤치고 싶습니다. 진실을 알
고 싶어요. 이젠 시간이 없습니다. 시체를 발굴했다는 소식을 들으
면 범인이 경계하게 될 테니까요. 단도직입적으로 말해, 난 목사님
의 부검 결과를 짐작하고 있습니다. 사인은 니코틴 중독일 겁니다.
부인이나 목사님은 니코틴 원액의 용도를 알고 있습니까?"

"난 우리 집 장미에 항상 니코틴 용액을 뿌려요. 그게 독이라고는
꿈에도 생각 못 했어요."

"어젯밤 내내 니코틴에 대해 조사해 봤는데, 두 사건 모두 니코틴
원액을 사용한 것 같습니다. 니코틴 독살은 아주 드문 경우입니다."

배빙턴 부인은 고개를 저었다.

"난 니코틴 중독에 대해선 아무것도 몰라요. 안다면 애연가들이
그것 때문에 고생한다는 것 정도죠."

"목사님께서 담배를 피웠습니까?"

"네."

"배빙턴 부인, 부인은 누군가가 남편을 살해했을지도 모른다는 말에 깜짝 놀라셨는데, 그렇다면 목사님에게 적이나 원한을 가진 사람이 없었다는 뜻입니까?"

"그럼요. 스티븐에게 원한을 품은 사람은 한 명도 없었어요. 모두가 그이를 좋아한걸요. 물론 대드는 정도야 몇 번 있었죠."

그녀는 물기 어린 눈으로 미소를 지었다.

"아시다시피 그이는 나이가 많았잖아요. 혁신이라든가, 급진적인 변화를 두려워하기도 했고요. 하지만 다들 그이를 좋아했어요. 당신도 스티븐을 싫어하지 않았을 거예요, 찰스 경."

"배빙턴 부인, 목사님이 재산을 많이 남기진 않았나요?"

"아무것도 남기지 않았어요. 그이는 돈을 모으는 데는 소질이 없었어요. 돈이 생기면 사람들에게 다 나눠 주곤 했어요. 그래서 내가 잔소리도 많이 했고요."

"혹시 어디선가 돈이 들어올 예정도 없었나요? 유산을 상속받는다거나?"

"없었어요. 스티븐은 친척이 별로 없어요. 노섬버랜드에 사는 목사와 결혼한 여동생이 하나 있긴 한데 그 사람들도 가난해요. 숙부님과 숙모님들도 모두 돌아가셨고요."

"배빙턴 목사님이 돌아가셔서 득을 볼 사람은 없겠군요."

"네, 없어요."

"그렇다면 다시 원한을 가진 사람들로 돌아가 보죠. 목사님께 적이 없다고 하셨는데, 젊은 시절에는 있었을지도 모르잖습니까?"

배빙턴 부인은 미심쩍은 표정이었다.

"그랬을 것 같진 않아요. 스티븐은 사람들과 부딪치는 성격이 아니거든요. 누구하고든 잘 지냈죠."

찰스 경은 약간 불안한 듯 헛기침을 했다.

"멜로드라마 같은 상상인지도 모르겠지만, 목사님이 부인과 약혼했을 때 말입니다. 그러니까 예를 들어 부인을 마음에 두고 있던 다른 구혼자가 원한을 품었을 수도 있지 않을까요?"

그 순간 배빙턴 부인의 눈이 번쩍 빛났다.

"스티븐은 우리 아버지 밑에 있던 부목사였어요. 내가 학교에서 집으로 돌아왔을 때 처음으로 본 젊은 남자였고요. 난 스티븐과 사랑에 빠졌고, 그도 나를 사랑했죠. 우린 4년 동안 약혼한 상태로 지내다가 스티븐이 켄트에 집을 마련한 후에야 결혼할 수 있었어요. 우리의 러브 스토리는 그렇게 단순했답니다, 찰스 경. 그리고 아주 행복한 이야기기도 하고요."

찰스 경은 고개를 수그렸다. 배빙턴 부인은 소박하지만 대항할 수 없는 위엄을 지니고 있었다.

이번에는 에그가 질문을 던졌다.

"배빙턴 부인, 파티에 참석한 찰스 경의 손님 중에 혹시 목사님이 전부터 알던 사람이 있었나요?"

배빙턴 부인은 어리둥절한 표정으로 대답했다.

"너와 너희 어머니가 있었잖니, 얘야. 그리고 올리버 맨더스도."

"그건 알아요. 하지만 다른 사람은요?"

"우린 5년 전에 앤젤라 서트클리프가 나오는 연극을 본 적이 있었어. 그래서 나와 스티븐은 그녀를 실제로 만날 수 있다는 생각에 무척 들떠 있었단다."

"그전에는 실제로 만난 적이 없고요?"

"없어. 배우를 직접 만난 건 그때가 처음인걸. 찰스 경은 빼고 말이다."

배빙턴 부인이 찰스 경을 쳐다보며 덧붙였다.

"우리 마을에 찰스 경이 오신 건 정말 굉장한 일이었답니다. 찰스 경은 그게 우리에게 얼마나 멋진 일이었는지 모르실 거예요. 우리 삶에 낭만을 불어넣어 주셨죠."

"데이크리스 부부도 모르는 사람이었나요?"

"키가 작은 남자랑, 화려한 옷을 입었던 여자 말이냐?"

"네."

"전혀 모르는 사이였다. 다른 아가씨도 마찬가지였고. 그 연극을 쓴다는 사람 말이다. 딱하게도 파티에 잘 어울리지 못하는 모양이더라."

"그 사람들 중에 전부터 알고 지내신 사람이 한 명도 없다는 게 확실한가요?"

"그래, 아무도 없었다. 그리고 스티븐도 마찬가지였을 거야. 우린 뭐든지 같이 하잖니?"

에그는 끈질기게 물었다.

"목사님이 사람들에 관해 무슨 말씀을 하지 않으셨나요? 파티에 가기 전이라든가, 아니면 파티장에 도착했을 때 누군가에 대해 뭐라고 말씀하시지 않았나요?"

"파티 전에는 별 말 없었어. 그저 즐거운 파티가 될 거라는 말밖에는. 그리고 저택에 도착했을 때에는 그럴 시간도 없었으니까……."

배빙턴 부인의 얼굴이 갑자기 일그러졌다.

찰스 경이 재빨리 끼어들었다.

"괴로운 기억을 끄집어내서 정말 죄송합니다, 부인. 하지만 우린 분명 뭔가가 있다고 느끼고 있습니다. 그걸 찾길 바랄 뿐이지요. 그렇게 갑작스럽게 끔찍한 살인을 한 데에는 분명 어떤 이유가 있을 겁니다."

"그건 나도 알아요. 진짜 살인이라면 당연히 이유가 있겠죠. 하지만 난 모르겠어요. 상상도 안 가요. 도대체 무엇 때문에 그런 짓을 했을까요?"

방 안에 침묵이 흘렀다.

한참 뒤에 찰스 경이 말했다.

"목사님의 경력을 간단히 말해 주시겠습니까?"

배빙턴 부인은 날짜에 관한 한 비상한 기억력을 지니고 있었다. 찰스 경은 부인의 이야기 중에서 중요한 부분만 받아 적었다.

스티븐 배빙턴, 1868년 데번 이슬링턴에서 출생. 세인트폴 스쿨과 옥스퍼드에서 교육을 받고 부제(副祭)로 임명되어 1891년 혹스턴 교구에 발령됨. 1892년 서품을 하사받음. 1894년부터 1899년까지 서리 에슬링턴에서 버논 로리머 목사의 부목사로 지냄. 1899년 마거릿 로리머와 결혼, 켄트의 길링에서 거주. 1916년 루머스의 세인트패트로크로 이주함.

"이 정도면 뭔가 나올 것 같군요. 가장 가능성이 높은 건 배빙턴 목사님이 길링의 세인트메리에서 교구 목사로 일했던 시절입니다. 그 전은 너무 옛날 일이라 우리 집 파티 손님들하고는 별 관련이 없을 것 같군요."

배빙턴 부인이 몸을 부르르 떨었다.

"정말 그렇게 생각하시나요? 그 사람들 중 한 명이……."

"어떻게 생각해야 할지 나도 모르겠습니다. 바솔로뮤 경이 뭔가를 봤거나 알아낸 게 분명합니다. 그래서 목사님처럼 살해되었지요. 이 다섯 명의 사람들은……."

"일곱 명이에요."

에그가 재빨리 정정했다.

"일곱 명의 사람들은 두 번째 사건이 일어났을 때에도 현장에 있었습니다. 그 중 한 명이 범인인 게 확실합니다."

"하지만 왜요? 왜 그랬을까요? 도대체 왜 스티븐을 죽인 거죠?"

"우리도 그걸 밝혀 내려는 겁니다."

레이디 메리 리튼 고어

새터스웨이트는 찰스 경과 함께 크로우스 네스트에 내려와 있었다. 찰스 경이 에그 리튼 고어와 배빙턴 부인을 방문하러 간 동안, 새터스웨이트는 레이디 메리와 차를 마셨다.

레이디 메리는 새터스웨이트를 꽤 좋아했다. 그녀는 누구에게나 친절한 성격이지만 자신이 좋아하고 좋아하지 않는 사람에 대해서는 명확한 구분을 짓는 사람이었다.

새터스웨이트는 드레스덴 찻잔에 따른 중국차를 홀짝거리고, 작은 샌드위치를 우물거리며 잡담을 나누었다. 지난번에 만났을 때 두 사람은 서로 공통된 친구나 아는 사람이 많다는 사실을 확인했다. 오늘의 대화도 처음에는 지난번과 비슷한 화제로 시작했지만 시간이 지날수록 점점 더 친밀한 수준까지 깊어져 갔다.

새터스웨이트는 다정다감한 사람이었다. 그는 다른 사람의 고민을 귀 기울여 들었고, 중간에 끼어들거나 자신의 생각을 강요하지 않았다. 심지어 지난번 방문 때 레이디 메리는 딸의 미래에 대한 고민을 털어놓기까지 했다. 그녀는 새터스웨이트를 수년 동안 사귄 절친한 친구처럼 생각했다.

"에그는 너무 고집이 세요. 뭔가에 한번 빠지면 딴 건 돌아보지도 않는다니까요. 새터스웨이트 씨, 저는 그 애가 이런 골치 아픈 일에 끼어드는 게 마음에 들지 않는답니다. 이런 말을 들으면 에그는 날 비웃겠지만, 그런 건 숙녀답지 못하잖아요."

레이디 메리는 얼굴을 약간 붉혔다. 깊고 부드러운 갈색 눈동자가 어린아이처럼 순진해 보였다.

"무슨 뜻인지 압니다. 나도 솔직히 비슷한 심정이랍니다. 고리타분한 늙은이의 편견이라는 건 알지만, 그래도 어쩔 수 없지요. 그렇다 해도……."

새터스웨이트가 반짝이는 눈으로 그녀를 바라보며 말했다.

"요즘처럼 개화된 시대에 젊은 아가씨들이 집 안에 얌전히 앉아 뜨개질이나 하면서 살인과 범죄 이야기를 들으면 겁에 질리길 바랄 수는 없잖습니까?"

"난 살인에 대한 건 생각하기도 싫어요. 살아 생전 내가 이런 일에 휘말리게 될 거라고는 생각해 본 적도 없어요. 정말 끔찍한 일이에요. 가엾은 바솔로뮤 경……."

그녀는 몸서리를 쳤다.

"바솔로뮤 경과 잘 아는 사이는 아니었지요?"

새터스웨이트는 과감하게 질문을 던져 보았다.

"겨우 두 번 만났죠. 그분을 처음 만난 건 한 1년 전쯤인데, 찰스 경과 주말을 보내러 여기 내려오셨을 때예요. 그리고 두 번째는 배빙턴 목사님이 돌아가신 그날 밤이었고요. 그래서 그분의 초대장을 받았을 때 깜짝 놀랐답니다. 하지만 에그가 좋아할 것 같아서 가겠다고 답변을 보냈어요. 그 애는 가엾게도 그런 초대를 받을 기회가 별로 없거든요. 그리고 요즘 이상하게 침울해하는 것 같았고요. 마치 아무것에도 흥미가 없는 것 같았어요. 그래서 성대한 하우스파티에 참석하면 기운이 날 거라고 생각했죠."

새터스웨이트가 고개를 끄덕였다.

"올리버 맨더스에 대해 말씀해 주십시오. 왠지 그 젊은 친구한테 관심이 가서요."

"똑똑한 젊은이예요. 물론 여러 가지로 많이 힘들었겠지만……."

그녀는 얼굴을 붉히더니 새터스웨이트가 궁금하다는 눈길로 쳐다보자 입을 열었다.

"그게 말이지요, 그 애의 아버지는 그 애 어머니와 결혼을 하지 않았거든요."

"그래요? 난 전혀 몰랐는데요."

"이 근처 사람들은 다 아는 사실이랍니다. 그게 아니면 차마 내가 입에 올리지도 않았죠. 올리버의 할머니 되는 맨더스 부인은 던보인의 플리머스 거리에 있는 대저택에 살았어요. 남편은 거기서 변호사를 했고, 아들은 시티에 있는 회사에서 일했는데 엄청나게 성공했죠. 돈도 많이 벌어 부자가 되었고요. 딸은 아주 예쁘장한 아가씨였는데 어쩌다가 그만 유부남에게 홀딱 반해 버렸지요. 정말로 나쁜 사람이에요. 어쨌든 나중에는 커다란 스캔들이 일어나서 둘이 같이 도망을 쳤어요. 그런데 그 남자 부인이 이혼을 안 해 줬대요. 여자는 올리버가 태어난 지 얼마 안 돼서 죽어 버렸고요. 그래서 런던에 있는 삼촌이 그 애를 데려다 키웠죠. 그 부부는 애가 없었어요. 올리버는 삼촌과 할머니 댁을 오가면서 자랐어요. 여름 방학이 되면 여기에 내려와 지냈고요."

그녀는 잠깐 멈췄다가 이야기를 계속했다.

"난 언제나 그 애가 가여웠어요. 지금도 그렇고요. 평소에 그렇게 오만하게 구는 것도 일부러 그러는 것 같아요."

"이해가 가는군요. 흔히 볼 수 있는 일이죠. 늘 자기 생각만 하고 잘난 체하는 사람들은 사실 열등감을 가진 경우가 많거든요."

"정말 이상해요."

"열등감이란 매우 특이한 것이랍니다. 예를 들어 크리펜*은 분명히 열등감에 시달렸어요. 그리고 수많은 범죄 사건의 이면에도 열등감이 도사리고 있습니다. 그런 사람들은 자기 자신이 얼마나 대단한지 남들한테 보여 주고 싶은 욕망에 사로잡혀 그런 짓을 저지르지요."

"제가 보기엔 정말 이상해요."

---

* 1862~1910, 아내를 독살하여 처형된, 영국에 살던 미국인 의사.

레이디 메리가 중얼거렸다.

그녀는 약간 몸을 떨고 있는 듯했다. 새터스웨이트는 다정한 눈빛으로 그녀를 바라보았다. 그는 그녀의 우아한 자태가 마음에 들었다. 부드럽게 흘러내리는 어깨선과 담갈색 눈동자, 화장기 없는 순수한 얼굴…….

그는 속으로 생각했다.

'젊었을 때는 상당한 미인이었을 거야.'

눈부시게 화려한 미인은 아니었을 것이다. 그래, 장미꽃이 아니라 제비꽃, 그 사랑스러움을 몰래 감추고 있는 수수하고 귀여운 제비꽃에 가까우리라.

그의 생각이 천천히 젊은 시절을 향해 흘러가기 시작했다…….

문득 정신을 차려 보니 그는 레이디 메리에게 자신의 연애담을 이야기하고 있었다. 솔직히 말하면 유일한 연애 경험이었다. 요즘 사람에게는 별것 아닌 듯 보일지 몰라도 그에게는 매우 각별한 이야기였다.

그는 그 아가씨에 대해 이야기했다. 그녀가 얼마나 아름다웠는지, 그리고 그녀와 큐 왕립 식물원에 블루벨을 보러 간 이야기를 했다. 그날 그는 그녀에게 청혼할 생각이었다. 그는 그녀가 자신의 감정에 기꺼이 화답해 주리라고 상상했다. 하지만 두 사람이 나란히 서서 블루벨을 감상하고 있을 때, 그녀가 예기치 않은 비밀을 털어놓았다. 그녀는 다른 남자를 사랑하고 있었다. 그는 자신의 감정을 가슴속 깊이 묻어 두고 믿음직한 친구로 남기로 결심했다.

그것은 뜨겁고 열렬한 로맨스는 아니었다. 하지만 색 바랜 무명천과 에그셸 자기*가 어우러진 레이디 메리의 응접실에서 꺼내기에는 무척 잘 어울리는 이야깃거리였다.

새터스웨이트의 이야기가 끝나자 레이디 메리가 자신의 삶과 결혼 생활에 대해 털어놓았다. 그녀는 그리 행복하지는 않았다고 말했다.

"난 정말 어리석은 아이였답니다. 잘 아시겠지만 젊은 여자들은 모두 어리석죠. 뭐든 자기가 옳고, 자기가 제일 잘 알고 있다고 믿으니까요. 사람들은 '여성의 직감'에 대해 말하는데, 난 그런 게 있다고 믿지 않아요. 적어도 어떤 부류의 남자는 조심해야 한다고 일러주는 그런 종류의 직감은 없는 것 같아요. 어쨌든 젊은 여자 애들한테는 그런 게 없지요. 부모는 딸에게 경고하지만 아무런 소용도 없죠. 듣지 않거든요. 이렇게 말해도 될지 모르지만, 여자 애들은 이른바 나쁜 남자들한테 더 끌리는 것 같아요. 자기의 사랑으로 남자를 바꿀 수 있다고 착각하는 거예요."

새터스웨이트는 부드럽게 고개를 끄덕였다.

"젊을 때는 아무것도 모르지요. 충분히 알게 되었을 때는 이미 늦고요."

그녀는 한숨을 내쉬었다.

"다 내 잘못이었어요. 우리 부모님은 내가 로널드와 결혼하는 걸

---

* 15세기 중국에서 유래한 아주 얇은 도자기.

반대했어요. 좋은 집안 출신이지만 평판이 안 좋았거든요. 아버지는 그이가 파렴치한이라고까지 말씀하셨어요. 하지만 난 믿지 않았어요. 난 그이가 완전히 새로운 사람이 될 수 있으리라 믿었죠."

잠시 동안 그녀는 아무 말 없이 과거의 추억 속에 젖어 있었다.

"로널드는 대단히 매력적인 남자였어요. 하지만 아버지 말씀이 다 옳았어요. 얼마 지나지 않아 나도 깨달았죠. 판에 박힌 표현 같지만 정말 가슴이 찢어지는 것 같았어요. 그는 내 가슴을 찢어 놓았어요. 난 늘 다음에는 또 무슨 일이 생길까 두려움에 떨며 살아야 했답니다."

다른 사람의 삶에 깊은 연민을 느끼는 새터스웨이트는 조심스럽게 위로의 말을 중얼거렸다.

"새터스웨이트 씨, 이렇게 말하면 못된 여자처럼 들리겠지만, 난 그이가 폐렴에 걸려 죽었을 때 일종의 안도감마저 들었어요. 그를 사랑하지 않아서가 아니에요. 난 마지막 순간까지 그를 사랑했어요. 하지만 더 이상 그에게 환상을 품지는 않았죠. 그리고 에그가 있었어요……."

그녀의 목소리가 부드러워졌다.

"에그는 얼마나 재미있는 애였는지 몰라요. 꼭 자그마한 오뚝이 같았지요. 일어나려다 넘어지고, 일어나려다 넘어지고. 마치 달걀처럼요. 그래서 에그라고 부르게 된 거예요."

레이디 메리는 잠시 쉬었다가 말을 이었다.

"그나마 지난 몇 년 동안 읽은 책들이 제게 커다란 위안이 되었답니다. 사람 심리를 다룬 책들인데, 스스로를 통제하지 못하는 사람도 참 여러 종류가 있더군요. 마음이 뒤틀린 사람들 말이에요. 때로는 매우 훌륭한 가문에서도 그런 사람들이 나와요. 로널드도 어렸을 때 학교에서 돈을 훔치곤 했대요. 돈이 필요하지도 않으면서 말이에요. 지금은 그이 스스로도 어쩔 수 없었겠구나 생각해요. 그는 천성적으로 그런 사람이었던 거죠."

레이디 메리는 작은 손수건을 아주 천천히 꺼내 눈가를 닦았다. 그녀는 변명하듯 말했다.

"그건 이제까지 제가 알던 것과 완전히 다른 내용이었어요. 난 사람은 누구나 무엇이 옳고 무엇이 그른지 안다고 배워 왔으니까요. 하지만 왠지 모르게, 난 늘 그렇지만은 않다는 걸 깨달았죠."

새터스웨이트가 부드럽게 말했다.

"인간의 마음이란 참으로 수수께끼 같지요. 그런데도 우리는 그것을 이해하기 위해 노력합니다. 세상에는 진짜 미치지 않더라도 소위 자제력이 부족한 사람들이 존재하지요. 나나 당신은 '난 누군가가 미워. 그 사람이 죽어 버렸으면 좋겠어.'라고 말한다 하더라도 그런 생각은 금세 사라져 버립니다. 저절로 자제력이 발휘되지요. 하지만 어떤 사람들은 거기서 끝나지 않고 그 생각에 사로잡혀 버립니다. 그런 일이 실제로 일어난다면 얼마나 좋을까 하는 생각말고는 아무것도 못 하게 되는 거지요."

"나한텐 너무 어려운 이야기 같네요."

"미안합니다. 너무 딱딱한 이야기를 꺼냈군요."

"요즘 젊은 사람들은 자제력이 너무 부족하다는 뜻인가요? 사실 저도 가끔 그런 걱정을 한답니다."

"아, 아닙니다. 그런 뜻이 아니에요. 자제력이 조금쯤 부족하다는 건 오히려 좋은 일일 수도 있습니다. 부인은 리튼, 아니 에그 양을 말씀하고 계신 것 같군요."

"그냥 에그라고 부르세요."

레이디 메리가 미소 지으며 말했다.

"그러지요. 에그 양이라고 하면 좀 우스꽝스럽게 들려서요."

"에그는 너무 충동적이에요. 게다가 한번 마음을 먹으면 말릴 길이 없답니다. 아까도 말씀드렸지만, 난 에그가 이번 일에 끼어드는 게 싫어요. 하지만 내 말은 들으려고도 안 하겠죠?"

레이디 메리의 걱정스러운 말투에 새터스웨이트는 싱긋 웃으며 속으로 생각했다.

'부인은 에그가 지금 사건이 아니라 남자를 쫓아다니고 있다는 걸, 남녀 사이의 평범하고 오래된 게임을 하고 있다는 걸 알고 있을까? 아니, 레이디 메리는 그런 생각만으로도 몸서리를 칠 거야.'

"에그는 배빙턴 목사님도 독살된 거라고 말하더군요. 새터스웨이트 씨도 그렇게 생각하세요? 아니면 그저 모든 게 에그의 쓸데없는 공상인가요?"

"부검이 끝나면 확실히 알 수 있을 겁니다."

레이디 메리가 몸을 부르르 떨었다.

"그럼 정말로 시체를 파내는 건가요? 가엾은 배빙턴 부인, 얼마나 슬플까? 여자로서 그보다 더한 고통이 있을까요?"

"부인은 배빙턴 목사님 부부와 가까운 사이였지요?"

"예, 우린 아주 친한 사이였어요. 목사님 부부는 정말 좋은 분들이에요."

"혹시 목사님께 원한을 가진 사람을 아십니까?"

"아뇨."

"그런 사람에 대해 목사님이 말씀하신 적도 없고요?"

"전혀요."

"두 분 사이는 좋았나요?"

"그분들은 완벽한 한 쌍이었죠. 자식들하고도 사이가 좋았고요. 물론 가난하고, 배빙턴 목사님이 류머티즘을 앓긴 했지만, 그것말고는 아무런 고민도 없었어요."

"올리버 맨더스는 목사님과 사이가 좋았습니까?"

레이디 메리는 조금 머뭇거렸다.

"글쎄요, 두 사람은 그리 잘 지내지 못했어요. 배빙턴 목사님 부부는 올리버를 가엾게 여겼고, 올리버는 여름 방학 때마다 목사관에 가서 배빙턴 목사님네 아이들과 놀곤 했죠. 하지만 사이가 그리 좋았던 것 같지는 않아요. 올리버는 애들 사이에서 인기가 있을 만한 성격이 아니었어요. 자기 용돈이나 과자, 아니면 런던에서 있었던 일을 자랑하면서 뻐기곤 했거든요. 남자 애들은 그런 데 상당히 민감하잖아요. 올리버가 어른이 된 후에는 목사관 사람들과 자주 만나지 않은 것 같아요. 사실 올리버가 배빙턴 목사님에게 대들며 무례하게 군 적도 있답니다. 바로 여기, 우리 집에서요. 벌써 2년 전 일이네요."

"무슨 일이 있었나요?"

"올리버가 기독교에 대한 공격을 퍼부었어요. 그런데도 배빙턴 목사님은 꾹 참으면서 끝까지 조용조용 말씀하셨어요. 그러자 올리버가 화를 내더군요. 그 앤 이렇게 말했어요. '당신들 소위 독실한 기독교 신자라는 인간들은 우리 부모님이 결혼을 안 했다고 해서 날 경멸하지요? 날 죄악의 씨앗이라고 부르죠? 하지만 난 목사나 온갖 위선자들이 뭐라고 떠들든 자기 신념대로 행동하는 사람들을 존경합니다.' 배빙턴 목사님은 아무 말도 안 하셨어요. 그러자 올리버는 계속 떠들더군요. '대답도 안 하는군요. 세상을 이 모양 이 꼴로 망쳐 놓은 건 다 교회의 빌어먹을 미신과 관습들이에요. 이 세상 교회란 교회는 깡그리 쓸어 버려야 해요.' 그때 배빙턴 목사님이 웃으며 말씀하셨어요. '그리고 성직자들도 말이지?' 배빙턴 목사님이 아무렇지도 않게 웃으니까 올리버는 더 화가 난 것 같았어요. 그 애가 이러더군요. '난 교회가 상징하는 모든 걸 경멸합니다. 독선과 배제, 그리고 위선. 그 위선적인 태도 따위는 집어치우라고요!' 그러자 배빙턴 목사님이 또 미소를 지으셨어요. 아주 다정하게 웃으면서 이렇게 말씀하셨지요. '하지만 젊은이, 자네가 설사 세상 모든 교회를 쓸어 버린다 해도 하느님은 여전히 남아 계실 거네.'"

"맨더스가 뭐라고 하던가요?"

"그땐 올리버도 당황하는 것 같았어요. 그러더니 금방 정신을 차리고 평소처럼 기운 없고 냉소적인 태도로 돌아가 이렇게 말했어요. '목사님, 제가 표현을 좀 잘못한 것 같군요. 목사님 세대 분들은 이런 생각을 쉽게 받아들이지 못하겠죠.'"

"레이디 메리, 부인은 맨더스를 좋아하지 않나 보군요?"

"가엾게 여기고 있어요."

레이디 메리가 변명하듯 말했다.

"하지만 그 청년이 에그와 결혼하는 건 원치 않으시죠?"

"오, 그건 싫어요."

"어째서죠?"

"그 앤 다정하지 않거든요. 그리고…….''

"그리고?"

"그 애한테는 뭔가 이상한 게 느껴져요. 내가 이해할 수 없는 뭔가가요. 어딘지 차갑고…….''

새터스웨이트는 잠시 그녀를 지그시 바라보다가 이윽고 입을 열었다.

"바솔로뮤 경은 맨더스를 어떻게 생각했습니까? 혹시 그에 관해 이야기를 나눈 적이 있나요?"

"그러고 보니 생각나네요. 그분은 올리버가 참 흥미로운 연구 대상이라고 말씀하셨어요. 그분 요양원에서 지금 치료 중인 어떤 환자를 연상시킨다면서요. 내가 올리버는 대단히 튼튼하고 건강해 보인다고 했더니, 그분이 그러시더군요. '네, 건강 상태는 좋은 것 같습니다. 하지만 금방이라도 쓰러질 것처럼 위태위태하군요.'"

레이디 메리는 잠깐 말을 멈췄다가 다시 입을 열었다.

"바솔로뮤 경은 아주 유능한 신경과 의사였던 것 같아요."

"동료들 사이에서도 명성이 자자했던 것 같더군요."

"난 그분이 좋았어요."

"바솔로뮤 경이 배빙턴 목사의 죽음에 관해 무슨 말을 하지는 않
았나요?"

"아뇨."

"전혀? 한 마디도 안 했습니까?"

"네, 전혀요."

"그분과 가까운 사이가 아니었으니 잘 모르실 수도 있지만, 바솔
로뮤 경이 뭔가 다른 생각을 하고 있다는 느낌은 못 받았습니까?"

"그분은 기분이 무척 좋아 보였어요. 자기만 아는 농담거리라도
있는 양 마냥 즐거워하고 계셨는걸요. 저녁 식사 때에는 내게 깜짝
놀랄 일이 있다고 말씀하셨죠."

"오, 그랬습니까? 그런 말을 했단 말이죠?"

집으로 돌아가는 길에 새터스웨이트는 그 말을 곰곰이 생각해 보
았다.

바솔로뮤 경이 말한, 손님들을 깜짝 놀라게 할 일이 도대체 무엇
이었을까?

그의 태도가 말해 주듯 재미있고 유쾌한 일이었을까? 아니면 은
밀하면서도 확고한 목적이 웃는 얼굴 뒤에 숨어 있었던 것은 아닐
까? 혹시 누가 그것을 눈치챈 것일까?

에르퀼 푸아로의 재등장

"자, 무슨 진전이 있었나?"

찰스 경이 말했다.

그것은 전시 회의였다. 찰스 경과 새터스웨이트, 에그 리튼 고어는 선실에 앉아 있었다. 벽난로에서 불길이 활활 타올랐고, 창 밖에서는 세찬 바람이 울부짖었다.

새터스웨이트와 에그가 동시에 대답했다.

"아니."

"네."

찰스 경은 두 사람을 번갈아 쳐다보았다. 새터스웨이트는 우아한 몸짓으로 숙녀에게 먼저 말할 기회를 양보했다.

에그는 잠깐 동안 생각을 가다듬고 나서 입을 열었다.

"우린 앞으로 나아가고 있어요. 아무것도 찾아 내지 못했기 때문에 진전이 있는 거예요. 말도 안 되는 소리처럼 들릴지 모르겠지만 그게 아니에요. 제 말은, 우리가 내놓은 막연한 몇 가지 생각들에 대한 가능성이 완전히 사라졌다는 뜻이에요."

"가능성을 지워 버림으로써 진전이 있었다는 뜻이로군."

찰스 경이 말했다.

"네, 바로 그거예요."

새터스웨이트가 헛기침을 했다. 그는 내용을 정리하는 것을 좋아했다.

"이득이 동기라는 가정은 완전히 배제할 수 있을 것 같네. 추리소설식으로 말해 배빙턴 목사의 죽음으로 이득을 본 사람은 아무도 없는 것 같으니까. 복수 역시 해당하지 않을 것 같아. 배빙턴 목사의 따뜻하고 온화한 성격은 차치하고 그 사람이 적을 만들 정도로 중요한 인물이라고 생각되지 않는군. 그러니 아무래도 마지막 가설에 중점을 둬야 할 것 같아. 두려움 말이네. 배빙턴 목사가 죽음으로써 누군가가 안심할 수 있게 된 거야."

"잘 요약해 주셨어요."

새터스웨이트는 약간 우쭐한 기분이 들었다. 찰스 경은 조금 못마땅한 기색이었다. 주연은 항상 그의 몫이지, 새터스웨이트의 역할이 아니기 때문이다.

"문제는 지금부터 우리가 무엇을 해야 하느냐는 거예요. 어떤 행동을 취해야 할까요? 사람들을 한 명씩 조사해야 할까요? 아니면 변장하고 미행을 해요?"

"사랑스러운 에그, 난 늘 무대에서 턱수염을 붙이고 늙은이를 연기했지만, 이번만큼은 그러지 않을 거예요."

"그럼 무엇을······."

에그는 입을 열었지만 말을 끝마치지 못했다. 문이 열리고 템플이 들어왔다.

"에르퀼 푸아로 씨가 오셨습니다."

무슈 푸아로가 환한 얼굴로 성큼성큼 들어와 깜짝 놀란 표정을 짓고 있는 세 사람에게 인사를 건넸다.

그가 눈을 반짝이며 물었다.

"저도 회의에 참석해도 될까요? 회의가 맞죠?"

"이런, 반갑습니다, 무슈 푸아로."

찰스 경이 충격에서 벗어나 정신을 가다듬고 정답게 악수를 나눈 다음, 커다란 안락의자를 권했다.

"어떻게 이렇게 갑작스레 찾아오신 겁니까?"

"런던에 온 김에 친절한 새터스웨이트 씨를 뵈러 갔지요. 그런데 콘월에 가셨다고 하더군요. 어디로 가셨을지 짐작이 가더군요. 그래서 루머스행 첫 기차를 타고 이렇게 달려온 겁니다."

"네, 그건 알겠어요. 그런데 어쩐 일로 오신 거예요?"

에그는 곧 자신의 무례한 말투를 깨닫고 살짝 얼굴을 붉히며 말을 덧붙였다.

"그러니까, 혹시 여기까지 오신 특별한 이유라도 있나 해서요."

"제가 여기 온 건 실수를 인정하기 위해서입니다."

푸아로는 미소 띤 얼굴로 찰스 경을 바라보더니 과장된 동작으로 손을 내밀었다.

"무슈, 당신은 바로 이 방에서 배빙턴 목사의 죽음이 이상하다고 말했습니다. 전 그것을 당신의 연극적인 천성 때문으로 여겼지요. 저는 속으로 이렇게 생각했습니다. '이 사람은 훌륭한 배우야. 모든 일을 극적으로 받아들이지.' 하고 말입니다. 그렇습니다. 솔직히 말하면 전 그렇게 선량한 노신사가 자연사 아닌 다른 이유로 죽었다고는 생각할 수 없었습니다. 심지어 지금 이 순간에도 저는 그가 어떻게 독살되었는지 모르고 동기 또한 짐작도 가지 않습니다. 아무리 봐도 당치 않은 일처럼 여겨지기만 해요. 그러나 그 후에 또다른 사건이 일어났습니다. 비슷한 상황에서 비슷한 사건이 일어난 거죠. 이건 우연의 일치일 리가 없습니다. 두 사건은 분명 서로 관련이 있어요. 그래서 찰스 경, 전 당신에게 사과하러 온 겁니다. 이 에르퀼 푸아로가 잘못 생각했습니다. 부탁컨대, 저를 이 회의에 끼워 주십시오."

찰스 경이 당혹스러운 듯 헛기침을 몇 번 했다. 그는 조금 부끄러운 듯했다.

"그렇게 말씀해 주시다니, 감사합니다, 무슈 푸아로. 하지만 정말로 괜찮습니까? 이 일에 시간을 많이 빼앗길 텐데요. 나는……."

찰스 경은 뭐라고 해야 할지 몰라 잠시 말을 멈추었다. 그는 새터스웨이트를 바라보았다.

"감사합니다. 정말 친절하시군요."

새터스웨이트가 대신 말을 꺼냈다.

"아니, 절대로 친절한 게 아닙니다. 다만 호기심이 생겼을 뿐이지요. 그리고 제 자존심에 상처를 입었기 때문이기도 합니다. 전 제 실수를 꼭 바로잡고 말 겁니다. 시간에 대해선 걱정하지 않으셔도 됩니다. 시간 따윈 아무것도 아니니까요. 어차피 여행이란 게 뭡니까? 언어는 서로 다를지 몰라도 인간의 본성이란 어딜 가나 똑같답니다. 아, 물론 여러분이 절 원치 않는다면, 혹시 저를 참견쟁이라고 생각한다면……."

두 남자가 동시에 말했다.

"오, 아닙니다. 전혀……."

"천만에요."

푸아로는 에그 쪽으로 시선을 돌렸다.

"마드무아젤은요?"

에그는 잠깐 동안 말이 없었다. 세 사람 모두 에그의 생각을 알 수 있었다. 에그는 푸아로의 도움을 원치 않는 게 틀림없었다.

새터스웨이트는 그 이유를 알 것 같았다. 이것은 찰스 카트라이트와 에그 리튼 고어, 두 사람만의 개인적인 게임이었다. 새터스웨이트는 무시해도 좋은 제3자라는 쌍방의 이해 하에 참석이 허락된 인물이었다.

그렇지만 에르퀼 푸아로는 달랐다. 그는 주역을 맡을 사람이었다. 어쩌면 찰스 경을 밀어 낼지도 모른다. 그렇게 되면 에그의 계획은 완전히 무산된다.

새터스웨이트는 에그가 얼마나 난처한 상황에 빠졌는지 공감하며 그녀를 잠자코 지켜보았다. 다른 남자들은 이해하지 못할 테지만 여성적인 감성을 지닌 새터스웨이트만은 그녀의 딜레마를 이해할 수 있었다. 에그는 자신의 행복을 손에 넣기 위해 분투 중이었다.

과연 그녀는 뭐라고 대답할까?

무슨 말을 할 수 있을까?

그녀는 과연 마음속 생각을 어떤 말로 표현할까?

'꺼져요. 꺼지란 말이에요. 당신 때문에 모조리 엉망이 되어 버렸잖아. 난 당신이 필요 없다고!'

충분히 예상할 수 있는 말이었다. 하지만 에그 리튼 고어는 자신이 할 수 있는 유일한 대답을 했다. 그녀는 미소를 띠며 말했다.

"그럼요. 도와 주시면 정말 감사하죠."

요약

"좋습니다. 우린 이제 동지가 된 겁니다. 괜찮다면 현재의 진행 상황을 좀 설명해 주시겠습니까?"

푸아로는 새터스웨이트의 설명에 열심히 귀를 기울였다. 새터스웨이트는 그들이 영국으로 돌아온 후 어떤 일들을 했는지 차근차근 설명해 주었다. 새터스웨이트는 훌륭한 이야기꾼이었다. 그는 마치 그림을 그리듯 그때의 분위기를 그대로 재현하는 재능을 가지고 있었다. 저택과 하인들, 경찰서장에 대한 묘사는 더할 나위 없이 훌륭했다. 찰스 경이 난로 바닥에서 편지를 발견했다는 대목에 이르자, 푸아로는 찬탄을 금치 못했다.

그는 흥분해서 감탄사를 내질렀다.

"아, 메 세 마그니피크, 사!(정말 대단합니다. 훌륭해요!) 그런 추리력과 재구성력을 갖고 있었다니, 정말 놀랍습니다. 찰스 경은 배우가 아니었으면 뛰어난 탐정이 되었을 겁니다!"

찰스 경은 칭찬을 겸허하게 받아들였다. 물론 찰스 경만이 보일 수 있는 종류의 겸허함이었다. 그는 지금껏 오랜 세월 동안 연기에 대한 찬사를 받을 때마다 은근한 자의식을 드러내 왔던 것이다.

푸아로가 새터스웨이트를 쳐다보며 말했다.

"당신의 관찰력도 탁월합니다. 특히 바솔로뮤 경이 그답지 않게 집사에게 친근감을 표현했다는 대목이 인상적이군요."

"그게 드 러시브리저 부인과 관련이 있을까요?"

찰스 경이 조바심을 내며 물었다.

"그럴 수도 있지요. 하지만 그건 여러 가지 가능성을 암시하는군요. 그렇지 않나요?"

니 비 그 '니 터 가시 섯늘 을 짐작할 수 있는 사람은 아무도 없었다. 그래서 나머지 사람들은 그럴지도 모르겠다고 저마다 조그맣게 중얼거렸다.

다음으로 찰스 경이 이야기를 이었다. 그는 자신과 에그가 배빙턴 부인을 방문했지만 그다지 성과가 없었다고 말했다.

"여기까지입니다. 우리가 그 동안 뭘 했는지 아시겠지요? 이제 좋은 생각이 떠오릅니까?"

찰스 경은 소년처럼 눈을 반짝이며 몸을 기울였다.

푸아로는 한동안 잠자코 앉아 있었다. 나머지 세 사람은 물끄러미 그를 지켜보았다.

이윽고 푸아로가 입을 열었다.

"마드무아젤, 바솔로뮤 경이 어떤 종류의 와인 잔을 사용했는지 기억합니까?"

에그가 신경질적으로 고개를 내저은 순간 찰스 경이 끼어들었다.

"내가 압니다."

그는 자리에서 일어나 찬장 쪽으로 다가가더니 무거운 유리잔을 꺼냈다.

"전형적인 포트와인 잔과는 조금 모양새가 다릅니다. 약간 둥근 편이죠. 바솔로뮤 경이 라머스필드에 장이 열렸을 때 산 겁니다. 한 세트를 온전히 가져왔죠. 내 마음에도 꼭 든 데다가 그 친구가 혼자 쓰기에는 좀 많아서 그 중 몇 개를 내게 주었습니다. 꽤 좋은 물건 이지요?"

푸아로가 잔을 받아들고 이리저리 돌려보며 말했다.

"그렇군요. 섬세하게 만들어진 잔입니다. 이런 종류일 거라고 생각했습니다."

"왜요?"

에그가 물었다.

푸아로는 그저 미소만 지을 뿐 대답은 하지 않고 말을 돌렸다.

"그렇습니다. 바솔로뮤 스트레인지 경의 죽음은 간단히 설명할 수 있습니다. 하지만 배빙턴 목사님의 죽음은 훨씬 어렵군요. 두 사건이 반대로 일어났더라면 나았을 것을!"

"반대라니, 그게 무슨 뜻입니까?"

새터스웨이트가 물었다.

"생각해 보십시오. 바솔로뮤 경은 저명한 의사였습니다. 저명한 의사가 죽은 데에는 갖가지 이유가 있을 수 있지요. 많은 비밀을 알고 있으니까요. 아주 중요한 비밀을 말입니다. 의사는 권력을 가지고 있습니다. 한 환자가 정신질환 증세를 보인다고 합시다. 의사의 말 한 마디면 그는 세상과 격리됩니다. 제정신이 아닌 사람에겐 살인 충동이 엄청난 유혹인 셈이죠! 아니면 의사가 환자의 갑작스러운 죽음에 의심을 품을 수도 있습니다. 아, 그래요. 의사가 죽었다면 수많은 동기를 찾아 낼 수 있습니다.

반대로 생각해 봅시다. 바솔로뮤 스트레인지 경이 먼저 사망하고 그 다음에 배빙턴 목사님이 죽었다면 어떻게 됐을까요? 그렇다면 배빙턴 목사님이 뭔가를 목격했을지도 모릅니다. 첫 번째 사건에 의혹을 품었을 수도 있고요."

그는 한숨을 내쉬더니 다시 말을 이었다.

"하지만 사건이란 원하는 대로 일어나지는 않는 법이지요. 우리는 사건을 있는 그대로 받아들여야 합니다. 방금 이야기한 건 그저 한 가지 생각일 뿐입니다. 제 생각에 스티븐 배빙턴 목사님의 죽음은 사고가 아닌 것 같습니다. 그러니까 독이 진짜로 있다면 원래 바솔로뮤 스트레인지 경을 노리고 독을 탄 건데 실수로 다른 사람이 죽게 된 거지요."

"그거 참 기발한 의견이군요!"

찰스 경이 소리쳤다. 하지만 기뻐한 것도 잠시, 그의 얼굴이 곧 어두워졌다.

"하지만 그것도 불가능합니다. 배빙턴 목사님은 방에 들어온 지 5분도 안 돼 죽었습니다. 그 사이에 입에 댄 거라고는 칵테일뿐이었는데, 칵테일 안에는 아무것도 들어 있지 않았지요……."

푸아로가 그의 말을 가로막았다.

"그건 저도 알고 있습니다. 그렇지만 우선 그 칵테일 안에 무언가가 들어 있었다고 가정해 봅시다. 바솔로뮤 스트레인지 경을 겨냥한 독이 든 잔을 배빙턴 목사님이 실수로 마실 수 있지 않을까요?"

찰스 경은 고개를 저었다.

"톨리를 조금이라도 아는 사람이라면 그 친구를 칵테일로 독살하려고 하지는 않았을 겁니다."

"어째서입니까?"

"톨리는 칵테일을 마시지 않으니까요."

"절대로 말입니까?"

"절대로."

푸아로는 곤혹스럽다는 몸짓을 했다.

"아, 이 사건은 정말이지 온통 어긋나기만 하는군요. 도무지 말이 안 돼요."

찰스 경이 말을 이었다.

"게다가 어떤 잔을 실수로 잘못 마셨다는 것도 말이 안 됩니다. 템플이 잔을 올려놓은 쟁반을 돌렸기 때문에 모두들 자기가 원하는 잔을 집었거든요."

"맞습니다. 카드와는 다르니까요. 특정한 칵테일 잔을 집어 들게 할 수는 없지요. 그럼 템플이라는 하녀에 대해 말씀해 주십시오. 방금 절 안내한 아가씨인가요?"

"그렇습니다. 일한 지 3~4년쯤 됐습니다. 똑똑하고 일솜씨도 좋은 무난한 아이입니다. 어디 출신인지는 모르겠군요. 밀레이 양은 알고 있을 겁니다."

"밀레이 양이라면 찰스 경의 비서 아닙니까? 키가 크고 꼭 근위병 같은 여자 말이지요?"

찰스 경이 맞장구를 쳤다.

"확실히 근위병같이 딱딱하긴 하지요."

"전에도 찰스 경과 정찬을 함께 한 적이 몇 번 있습니다만, 그녀를 본 건 그날이 처음인 것 같군요."

"원래 밀레이 양은 손님들과 함께 식사하지 않습니다. 단지 그날 파티 인원이 열세 명이다 보니 그렇게 됐지요."

찰스 경이 상황을 설명하자, 푸아로는 주의 깊게 귀를 기울였다.

"그렇다면 밀레이 양 자신이 제안한 거군요."

그는 한동안 조용히 생각에 잠겼다가 입을 열었다.

"아까 그 객실 하녀, 템플이라는 아가씨와 이야기해 봐도 괜찮을까요?"

"물론입니다."

찰스 경이 벨을 눌렀다. 곧장 응답이 왔다.

"부르셨습니까?"

템플은 서른두셋 가량 된 키가 큰 여자였다. 한눈에 보기에도 영리하고 똘똘해 보이는 인상이었다. 단정하게 빗어 넘긴 머리카락은 매끄럽게 윤이 났지만 예쁜 얼굴은 아니었다. 그녀는 차분하고 유능해 보였다.

"푸아로 씨가 몇 가지 물어 볼 게 있다는군."

찰스 경의 말에 템플이 푸아로에게 시선을 돌렸다.

"우리는 배빙턴 목사님이 돌아가신 날 밤에 있었던 일을 이야기하던 중이었습니다. 그날을 기억하나요?"

"그럼요, 선생님."

"칵테일을 정확하게 어떤 식으로 대접했는지 우리에게 설명해 주겠습니까?"

"네?"

"그러니까 칵테일에 대해 알고 싶어서요. 당신이 만들었나요?"

"아뇨. 찰스 경께서 칵테일을 직접 만드는 걸 좋아하셔서 전 재료만 가져갔습니다. 베르무트와 진 같은 거요."

"그건 어디다 두었습니까?"

"저기 있는 탁자 위에요."

그녀는 벽에 붙여 놓은 탁자를 손으로 가리키며 말을 이었다.

"그리고 쟁반은 여기 있었고요. 찰스 경께서 칵테일을 만든 다음 잔에 따르셨어요. 그런 다음 제가 쟁반을 들고 손님들 사이를 돌며 잔을 나누어 드렸지요."

"당신이 모든 칵테일 잔을 손님들에게 건네주었습니까?"

"찰스 경께서 하나를 리튼 고어 양께 드렸습니다. 두 분이 말씀을 나누던 중이었어요. 그리고 본인 잔도 가져가셨고요. 새터스웨이트 씨께서 오셔서 다른 여성 분께 드린다고 잔을 가져가셨어요. 아마 윌스 양이었던 것 같네요."

그녀의 시선이 잠시 새터스웨이트에게 머물렀다.

"맞습니다."

새터스웨이트가 말했다.

"다른 분들은 제가 직접 드렸습니다. 바솔로뮤 경을 제외하고 모든 손님들이 한 잔씩 드셨지요."

"템플 양, 그때 어떻게 했는지 지금 여기서 한 번만 보여 주지 않겠습니까? 이 자리에 없는 사람들은 저 쿠션으로 대신하기로 하죠. 전 여기 서 있었고, 서트클리프 양은 저기 있었지요."

새터스웨이트의 도움에 힘입어 그날 밤 상황이 재현되었다. 새터스웨이트는 언제나 관찰자였다. 그는 그때 누가 어디에 있었는지 제법 잘 기억하고 있었다. 템플이 쟁반을 들고 돌아다니는 시늉을 했다. 그녀는 제일 먼저 데이크리스 부인에게 갔다가 서트클리프 양과 푸아로를 거쳐, 마지막으로 함께 앉아 있던 배빙턴 목사와 레이디 메리, 새터스웨이트에게 갔다.

이것은 새터스웨이트의 기억과 완벽하게 일치했다.

마침내 템플이 물러갔다.

푸아로가 외쳤다.

"하! 도무지 말이 안 되는군요. 칵테일 잔을 마지막으로 다룬 사람은 템플이었습니다. 그렇지만 잔에 독을 넣기란 불가능했어요. 게

다가 특정한 사람이 특정한 칵테일 잔을 집어 들게 할 수도 없었습니다."

찰스 경이 말했다.

"대개 본능적으로 가장 가까운 잔을 집어 들지 않습니까?"

"물론 쟁반을 누군가에게 가장 먼저 내민다면 그럴 가능성도 있습니다. 하지만 그건 불확실한 방법입니다. 잔들이 워낙 붙어 있어서 어느 것이 특별히 더 가깝게 느껴지지도 않았을 테고요. 아니, 아닙니다. 범인이 그렇게 위험하고 불확실한 방법을 사용했을 리가 없어요. 새터스웨이트 씨, 배빙턴 목사님이 칵테일 잔을 내려놓았습니까, 아니면 계속 손에 들고 있었습니까?"

"이 탁자에 내려놓았습니다."

"그때 탁자 근처에 다가온 사람은 없었나요?"

"없습니다. 배빙턴 목사님과 가장 가까이 있었던 사람은 바로 난데, 난 그 잔에 손가락 하나 대지 않았습니다. 그걸 본 사람이 없다는 건 둘째 치고 말입니다."

새터스웨이트가 조금 딱딱한 어조로 말하자, 푸아로는 서둘러 사과했다.

"아이고, 전 당신을 의심하는 게 아닙니다. 그럴 리가 있나요! 전 그저 제가 아는 사실을 확인하고 싶었을 뿐입니다. 분석 결과 칵테일 잔 안에는 칵테일을 제외하고 다른 성분은 없었습니다. 그와 별도로 누가 그 안에 무엇을 집어 넣을 수 있었을 것 같지도 않고요. 두 가지 실험 결과 같은 결론이 나온 셈입니다. 하지만 배빙턴 목사님은 다른 음식을 먹거나 마시지 않았습니다. 만일 그분도 니코틴 원액으로 독살됐다면 상당히 빠른 시간 안에 사망했을 겁니다. 자, 그럼 어떤 결론이 나오는지 아시겠습니까?"

"전혀 모르겠군요. 빌어먹을……."

찰스 경이 내뱉었다.

"전 말하지 않을 겁니다. 아니, 말할 수가 없어요. 너무나 끔찍한 생각이라, 제발 사실이 아니길 바라고, 또 그렇게 믿고 있습니다. 아니, 그게 사실일 리가 없습니다. 바솔로뮤 경의 죽음이 증명해 주고 있으니까요. 하지만……."

푸아로는 이맛살을 찌푸린 채 깊은 생각에 잠겼다. 다른 사람들은 호기심 어린 눈초리로 그를 지켜보았다.

푸아로가 고개를 들었다.

"제 말이 무슨 뜻인지 모르겠습니까? 배빙턴 부인은 멜포트 애비에 없었습니다. 따라서 배빙턴 부인은 결백합니다."

"배빙턴 부인이라고요? 그분을 의심한 사람은 아무도 없는데요."

푸아로는 인자한 미소를 지었다.

"없다고요? 그것 참 재미있군요. 전 제일 먼저 그 생각이 떠오르던데. 그 불쌍한 목사님이 칵테일을 마시고 죽은 게 아니라면 파티에 참석하기 바로 직전에 독을 먹었을 겁니다. 어떤 방법이 있을까요? 캡슐? 뭔지 모르지만 여하튼 소화가 잘 되지 않는 방법을 썼겠죠. 그런 식으로 독을 먹일 수 있는 사람은 누구일까요? 아내뿐입니다. 다른 이들은 아무도 모르는 동기를 가질 수 있는 사람이 누구입니까? 그 역시 아내입니다."

에그가 화를 버럭 내며 소리쳤다.

"하지만 두 분은 사이가 정말 좋았단 말이에요! 아무것도 모르면서 그러세요!"

푸아로는 에그에게 상냥한 미소를 보냈다.

"네, 전 모릅니다. 하지만 그것이야말로 제 장점이지요. 당신은 알지만, 전 모릅니다. 저는 아무런 선입견 없이 사실 그대로만 바라봅니다. 그리고 마드무아젤, 제가 하나 알려 드릴까요? 저는 충실한 남편에게 아내가 살해당한 경우를 다섯 건 봤습니다. 반대로 충실한 아내에게 남편이 살해당한 경우는 스물두 건이나 되지요. 여자들은 본심을 품기는 솜씨가 남자보다 훨씬 뛰어나답니다."

"정말 끔찍한 말만 하시네요. 목사님 부부는 달라요. 어떻게 그런 극악무도한 생각을 할 수 있죠?"

"살인이란 극악무도한 거랍니다, 마드무아젤."

푸아로의 목소리에 엄숙함이 깃들었다.

잠시 후 그는 다시 밝은 어조로 말을 이었다.

"그렇지만 오직 사실만을 보는 저 역시도 배빙턴 부인은 그런 짓을 하지 않았다고 생각합니다. 방금 말했지만 그녀는 멜포트 애비에 없었지요. 찰스 경이 앞서 말했듯이, 이번 사건의 범인은 양쪽 장소에 모두 있었던 사람이 틀림없습니다. 명단에 적힌 일곱 명 중 한 명인 겁니다."

방 안에 침묵이 깔렸다.

"이제 우린 어떻게 해야 합니까?"

새터스웨이트가 물었다.

"여러분은 이미 계획을 세우지 않았나요?"

찰스 경이 헛기침을 했다.

"우리가 할 수 있는 유일한 방법은 소거법으로 한 사람씩 줄여 가는 겁니다. 내 생각은 명단에 있는 사람들을 한 명씩 조사해서 그 사람이 결백하다는 게 밝혀지면 용의자에서 제외하는 겁니다. 그러니까 어떤 사람과 배빙턴 목사가 어떤 식으로든 관계가 있다는 가정 하에 수단과 방법을 가리지 않고 두 사람이 어떤 관계인지 찾아내는 거지요. 아무것도 발견하지 못하면 다음 사람으로 넘어가고요."

"심리학적으로 아주 좋은 방법이군요. 구체적으로 어떻게 하실 겁니까?"

"그건 시간이 없어서 아직 상의하지 못했습니다. 그러니 도움을 주면 감사하겠습니다. 만일 당신이……."

푸아로가 손을 들어 찰스 경의 말을 가로막았다.

"친구들, 제게 적극적인 역할을 맡으라고 하지는 말아 주십시오. 전 문제를 해결하는 가장 좋은 방법은 바로 머리를 쓰는 거라고 믿어 왔습니다. 그러니 소위 '고문' 역할에 만족하렵니다. 찰스 경이 아주 잘하고 계시니까 여러분은 지금까지 해 온 대로 수사를 진행하시지요."

새터스웨이트는 속으로 생각했다.

'그럼 난? 언제나 조명을 받는 건 당신들 같은 주연 배우들이지!'

"하지만 여러분은 때때로 전문가의 조언을 필요로 하게 될지도 모릅니다. 그렇게 되면 그때 제가 그 역할을 맡지요. 이러면 어떻겠습니까, 마드무아젤?"

푸아로는 에그를 향해 미소를 지었다.

"훌륭해요! 선생님은 경험이 많으시니까 큰 도움이 될 거예요."

에그의 얼굴에 안도감이 비쳤다. 그녀는 손목 시계를 힐끗 보더니 깜짝 놀라 외쳤다.

"전 그만 집에 가야겠어요. 지금쯤 어머니가 난리를 치고 계실 거예요."

"내가 태워다 줄게요."

찰스 경은 에그와 함께 방을 나섰다.

역할 분담

"마침내 물고기가 낚였군요."

에르퀼 푸아로가 말했다.

두 남녀가 방금 나간 문을 바라보던 새터스웨이트가 화들짝 놀라 푸아로를 쳐다보았다.

푸아로의 입가에 장난기 어린 미소가 걸려 있었다.

"부인하지 마십시오. 당신은 그날 몬테카를로에서 저한테 미끼를 던진 겁니다. 그렇지요? 신문 기사를 보여 주면서 제 흥미를 자극했지요. 제가 이 일에 자진해서 달려들게 말입니다."

새터스웨이트는 솔직히 시인했다.

"사실 그랬지요. 하지만 난 실패한 줄 알았습니다."

"아니, 실패하지 않았습니다. 당신은 사람의 마음을 아주 예리하게 꿰뚫어 보는 능력이 있습니다. 전 무료함에 시달리고 있었어요.

그때 우리 옆에서 장난치던 어린애의 말을 빌리자면 '할 일이 아무 것도 없었지요.' 당신은 그 심리적 순간에 절 건드린 겁니다. 심리적 순간이라는 말이 나와서 말인데, 얼마나 많은 범죄가 바로 그런 순간에 일어나는지 모를 겁니다. 범죄와 심리학은 매우 밀접한 관계를 맺고 있답니다. 그 이야기는 나중에 기회가 닿으면 하기로 하고 지금은 그것보다 우리 일로 돌아가기로 하죠. 이건 정말 난해한 사건입니다. 아주 혼란스러워요."

"어떤 사건 말입니까? 첫 번째 살인 사건이요, 아니면 두 번째 살인 사건이요?"

"사건은 하나뿐입니다. 당신이 첫 번째 살인과 두 번째 살인이라고 부르는 것은 실은 한 범죄의 반쪽씩입니다. 두 번째 반쪽은 단순합니다. 동기도, 수단도……."

새터스웨이트가 끼어들었다.

"두 사건 모두 범행 방식을 밝혀 내기가 똑같이 어렵지 않나요? 와인에는 아무것도 들어 있지 않았고, 모두 같은 음식을 먹었으니까요."

"아닙니다. 상당히 다르지요. 첫 번째 사건의 경우에는 그 누구도 배빙턴 목사님을 독살할 수 없을 것처럼 보입니다. 찰스 경이라면 손님 중 한 명을 죽일 수도 있습니다. 하지만 그렇다 하더라도 어느 특정한 사람을 살해하는 것은 불가능하지요. 템플이 쟁반에 놓여 있던 마지막 잔에 독을 집어 넣었을 수도 있습니다. 그렇지만 배빙턴 목사님은 마지막 잔을 마시지 않았어요. 배빙턴 목사님을 살해하는 건 불가능해 보여서 어쩌면 사건 자체가 일어나지 않은 게 아닌가 하는 생각마저 듭니다. 그가 자연사했을지도 모른다는 거죠. 하지만 그건 곧 알게 되겠지요. 그러나 두 번째 사건의 경우는 완전히 다릅니다. 그 자리에 있던 손님들 중 누구라도, 집사나 하녀조차도 바솔로뮤 경을 독살할 수 있었습니다. 그건 전혀 어렵지 않아요."

"난 전혀……."

새터스웨이트가 입을 열었지만 푸아로는 계속해서 말을 이었다.

"언젠가 간단한 실험으로 증명해 보이겠습니다. 그건 나중으로 미루고 지금은 다른 문제에 신경을 써야 합니다. 이건 정말 중대한 문제입니다. 새터스웨이트 씨, 당신은 누구보다도 따뜻한 가슴과 예리한 이해력을 갖고 계시니 잘 아시겠지요. 저는 이 사건에서 중요한 역할을 맡아서는 안 된다고 생각합니다."

"그러니까 당신 말은……."

새터스웨이트가 미소를 지으며 말을 꺼내자 푸아로가 가로챘다.

"찰스 경이 주연을 맡아야 한다는 거지요! 그는 그런 역할에 익숙합니다. 더구나 그걸 바라는 사람도 있는 것 같고 말이에요. 제 말이 맞지요? 제가 이 사건에 너무 깊이 개입하면 아가씨가 별로 좋아하지 않겠지요?"

"눈치가 빠르시군요, 무슈 푸아로."

"아, 한눈에 봐도 알겠던데요! 전 아주 너그러운 사람입니다. 연인들이 잘 되도록 도와 주고 싶지 방해하고 싶지 않아요. 그 점에 있어서 당신과 저는 찰스 카트라이트 경의 영광과 명예를 위해 손을 잡아야 합니다. 그렇지요? 이 사건이 해결되고 나면……."

새터스웨이트가 조심스럽게 말했다.

"만약에 말이지요……."

"해결되고말고요! 전 실패하지 않습니다."

새터스웨이트가 푸아로의 얼굴을 유심히 살피며 물었다.

"절대로요?"

푸아로가 엄숙한 목소리로 말했다.

"물론 저도 미흡했던 시절이 있지요. 이해가 느려서 시간을 끌고, 바로 그 자리에서 사실을 사실로 받아들이지 못하던 때가 있긴 합니다만……."

"하지만 한 번도 실패하지 않았단 말입니까?"

새터스웨이트는 끈덕지게 물고 늘어졌다. 순수한 호기심 때문이었다. 그는 정말로 궁금했다.

"딱 한 번 있었습니다. 아주 오래 전 벨기에에서 있었던 일인데, 그 이야기는 꺼내지 맙시다."

얄궂은 호기심이 충족되자 새터스웨이트는 서둘러 화제를 돌렸다.

"흠, 그랬군요. 방금 '사건이 해결되고 나면'이라고 말씀하셨죠?"

"찰스 경이 사건을 해결해야죠. 그게 가장 중요한 부분입니다. 전 그저 톱니바퀴의 작은 부품 정도로 만족합니다. 간혹, 정말로 어쩌다가 한 마디 정도만 할 뿐이지요. 작은 힌트를 던져 주는 것말고 아무 일도 안 할 겁니다. 전 영광을 바라는 것도, 명성을 원하는 것도 아닙니다. 필요한 명성은 다 얻었거든요."

새터스웨이트는 깊은 관심을 가지고 푸아로를 찬찬히 살펴보았다. 그는 이 작달막한 사내의 순수한 자부심과 엄청난 자기 만족이 우스웠다. 그러나 그것을 터무니없는 허풍에 불과하다고 폄하하는 실수를 저지르지는 않았다. 영국인은 대개 자신의 능력이 뛰어나다 하더라도 스스로를 낮추고 겸손하게 굴며, 자신이 서툰 것에 대해서도 만족하는 법이다. 하지만 라틴계 사람들은 자신의 능력을 훨씬 더 솔직하게 표현하는 경향이 있다. 똑똑한 이들은 굳이 그 사실을 감출 필요성을 못 느낀다.

"정말 궁금하군요. 그럼 당신은 이번 사건에서 무엇을 얻고 싶은 겁니까? 사냥감을 뒤쫓는 흥분인가요?"

푸아로는 고개를 저었다.

"그런 게 아닙니다. 확실히 저는 사냥개처럼 냄새를 쫓고, 거기에 흥분하지요. 한번 냄새를 맡으면 손을 뗄 수가 없어요. 그래요, 그건 사실입니다. 하지만 그 이상의 것이 있어요. 뭐라고 설명해야 할지 모르겠군요. 진실을 향한 열정이라고나 할까? 이 세상에서 진실만큼 호기심을 자극하고 또 흥미로우면서도 아름다운 건 없답니다."

푸아로의 말이 끝나고 방 안에 한참 동안 침묵이 흘렀다.

잠시 후 푸아로는 새터스웨이트가 일곱 사람의 이름을 적은 종이를 들고 큰 소리로 읽었다.

"데이크리스 부인, 데이크리스 대위, 윌스 양, 서트클리프 양, 레이디 메리 리튼 고어, 리튼 고어 양, 올리버 맨더스."

푸아로가 말했다.

"그렇군요. 상당히 의미심장하지 않습니까?"

"뭐가 의미심장하단 말입니까?"

"이름을 적어 놓은 순서 말입니다."

"그게 어디가 이상하다는 건지 모르겠군요. 아무런 의미 없이 그냥 생각나는 대로 적은 것뿐인데요."

"그래서 의미심장하다는 겁니다. 명단이 데이크리스 부인으로 시작되는군요. 그걸로 보아 데이크리스 부인에게 가장 혐의를 두고 있는 모양입니다."

"전혀 그렇지 않습니다. 오히려 가장 혐의가 안 가는 사람일 수도 있잖습니까?"

"세 번째 가능성도 있겠군요. 가장 범인이기를 바라는 사람 말입니다."

새터스웨이트는 아니라는 말을 하려고 입을 열었지만, 재미있다는 표정으로 자신을 바라보는 푸아로의 초록색 눈동자와 마주치자 막상 다른 말을 내뱉고 말았다.

"글쎄요, 그럴지도 모르겠군요. 흠, 당신 말이 맞습니다. 어쩌면 무의식적으로 그런 생각을 하고 있었는지도 모르겠어요."

"물어 보고 싶은 게 있습니다, 새터스웨이트 씨."

"편하게 말씀하십시오."

"당신의 이야기로 미루어 보아, 찰스 경과 리튼 고어 양이 함께 배빙턴 부인을 만나러 갔던 것 같은데요."

"그렇습니다."

"당신은 함께 가지 않았습니까?"

"안 갔습니다. 세 명은 북적거릴 것 같아서요."

푸아로가 빙긋 웃었다.

"당신은 다른 곳을 들러 보고 싶었겠지요. 말하자면 다른 물고기를 노리고 있었던 겁니다. 그 동안 당신은 어디에 갔었습니까?"

"레이디 리튼 고어와 차를 마셨습니다."

새터스웨이트가 딱딱한 어조로 말했다.

"무슨 이야기를 나눴나요?"

"리튼 고어 부인은 친절하게도 자신의 결혼 생활에 대해 말씀해 주시더군요."

새터스웨이트는 레이디 메리의 이야기를 요약하여 들려주었다. 푸아로는 안됐다는 듯 고개를 끄덕였다.

"흔히 일어나는 일이죠. 꿈 많은 젊은 아가씨가 누구의 말도 듣지 않고 건달 같은 남자와 결혼하는 일 말입니다. 그것말고 다른 얘기는 하지 않았습니까? 예를 들어 올리버 맨더스에 관해서라든가."

"사실 그랬습니다."

"그 청년에 대해 무얼 알아냈나요?"

새터스웨이트는 레이디 메리가 들려준 이야기를 그대로 전해 주었다. 그런 다음 이렇게 덧붙였다.

"그런데 어째서 우리가 그 청년 이야기를 했을 거라고 생각했습니까?"

"당신은 그 때문에 부인을 만나러 갔으니까요. 아, 부인할 생각일랑 마십시오. 당신은 데이크리스 부인이나 그의 남편이 범인이길 바라고 있지만 속으로는 젊은 맨더스 군이 범인이라고 생각하고 있지요."

푸아로는 아니라며 항의하려는 새터스웨이트를 가로막고 말을 이었다.

"그렇습니다. 당신은 비밀스러운 사람이지요. 자기 생각을 혼자서만 간직하는 성격이에요. 네, 저도 압니다. 저도 그렇거든요."

"난 그를 의심하지 않습니다. 당치 않아요! 그저 그 청년에 대해 더 자세히 알고 싶었을 뿐이라고요."

"제 말이 바로 그겁니다. 당신은 직감적으로 그를 선택한 겁니다. 저 역시 그 젊은이에게 관심이 있답니다. 여기서 파티가 열린 날, 그에게 관심을 가지게 되었지요. 전 보고 말았거든요."

"뭘 말입니까?"

새터스웨이트가 다그치듯 물었다.

"적어도 두 사람이, 아니 그보다 더 많을지도 모르겠지만 각자 연기하는 모습을 말입니다. 그 중 한 명은 찰스 경이었지요. 그는 해군 장교 역할을 연기하고 있었습니다. 제 말이 맞지요? 그건 자연스러운 일입니다. 위대한 배우는 무대가 아니더라도 어디서나 연기를 하기 마련이니까요. 하지만 맨더스도 연기를 하고 있더군요. 따분하고 삶에 지친 청년 역을 연기하고 있었어요. 하지만 실제로 그는 따분해하지도 지치지도 않았습니다. 실제로는 매우 예민하고 활기가 넘쳐 있었죠. 그래서 전 그 청년을 주목하게 되었답니다."

"내가 올리버 맨더스에게 관심이 있다는 건 어떻게 알았습니까?"

"자잘한 단서들이 있었지요. 당신은 맨더스가 멜포트 애비에 오게 된 사고에 흥미를 느꼈습니다. 당신은 찰스 경과 리튼 고어 양과 함께 배빙턴 부인을 만나러 가지도 않았지요. 왜 그랬을까요? 아무도 모르게 자신의 생각을 조사해 보고 싶었기 때문입니다. 당신은 누군가에 관해 알아보기 위해 레이디 메리를 찾아갔습니다. 그게 누구일까요? 이 지역 사람임이 틀림없습니다. 그렇다면 올리버 맨더스밖에 없지요. 가장 결정적인 단서는 당신이 명단의 제일 마지막에 그의 이름을 적어 놓았다는 겁니다. 당신이 범인이 아니라고 가장 확신하는 사람은 레이디 메리와 마드무아젤 에그입니다. 그런데 당신은 그의 이름을 이 두 사람 다음에 적어 두었지요. 그는 당신이 생각하는 다크호스이며, 당신은 그 사실을 자기 혼자 비밀로 간직하고 싶었던 겁니다."

"맙소사. 내가 정말 그런 인간인가요?"

"프레시제멍!(그렇습니다!) 당신은 관찰력과 판단력이 대단히 날카롭습니다. 그러면서 자신의 생각을 속으로 담아 놓지요. 주변 사람들에 대한 당신의 판단은 일종의 개인 수집품과도 같습니다. 세상 사람들에게 섣불리 공개하는 법이 없거든요."

"내 생각으로는……."

새터스웨이트가 말을 꺼낸 순간 찰스 경이 돌아왔다.

찰스 경은 경쾌한 걸음걸이로 방 안에 들어왔다.

"아아, 정말 거친 밤이군."

그는 위스키소다를 잔에 부었다.

푸아로와 새터스웨이트는 둘 다 술을 거절했다.

"그럼, 계획을 짜 보도록 합시다. 새터스웨이트, 명단은 어디 있나? 아, 고맙네. 푸아로 고문 선생님, 일을 어떻게 나눠야 할까요?"

"당신은 어떻게 생각합니까?"

"글쎄요, 명단에 있는 용의자들을 몇 명씩 나눠서 맡는 게 어떻겠습니까? 역할 분담이라고 할까? 흠, 제일 먼저 데이크리스 부인이 있군요. 에그가 이 부인을 맡고 싶어 하던 눈치던데. 남자들은 그런 옷을 입은 여자를 제대로 조사할 수 없다면서 말이오. 직업적인 면으로 접근하는 것도 좋은 생각 같습니다. 새터스웨이트와 나는 다른 적당한 사람들을 맡도록 하지요. 다음은 데이크리스 대위로군. 내가 이 사람 경마 친구를 몇 명 압니다. 정보를 좀 주워들을 수 있겠지요. 그리고 앤젤라 서트클리프라……."

새터스웨이트가 말했다.

"그것도 자네 일인 것 같군. 잘 아는 사이 아닌가?"

그는 서글픈 미소를 지어 보였다.

"그래. 하지만 그렇기 때문에 다른 사람이 맡아 줬으면 좋겠는데. 첫째로 내가 노력하지 않았다는 비난은 받고 싶지 않고, 둘째로 그게…… 앤젤라는 내 친구란 말일세. 이해하겠지?"

"생각이 깊으시군요. 이해합니다, 이해하고말고요. 새터스웨이트 씨가 그녀를 맡는 게 좋겠습니다. 잘 해내실 겁니다."

"레이디 메리와 에그는 물론 해당 사항이 없고, 맨더스는 어떻게 할까요? 톨리가 죽은 날 그가 거기 있었던 건 우연한 일이긴 하지만, 그래도 조사는 해 봐야겠지요?"

"새터스웨이트 씨가 올리버 맨더스를 조사할 겁니다. 그런데 찰스 경, 한 사람을 빠뜨린 것 같군요. 뮤리얼 윌스 양 말입니다."

"아차. 그럼 새터스웨이트가 맨더스를 맡고 내가 윌스 양을 조사하도록 하지요. 그러면 되겠지요? 또다른 의견은 없습니까, 무슈 푸아로?"

"없습니다. 나중에 조사 결과를 듣고 싶을 따름입니다."

"당연하지요. 아, 이건 어떻습니까? 이 사람들의 사진이 있으면 길링에서 조사하는 데 도움이 되지 않겠습니까?"

"좋은 생각입니다. 그러고 보니 물어 볼 게 하나 있었는데……. 아, 그렇지. 당신 친구인 바솔로뮤 경 말입니다. 칵테일을 마시지 않는다고 했는데, 포트와인은 마셨나요?"

"그래요, 포트와인이라면 사족을 못 썼죠."

"바솔로뮤 경이 이상한 맛을 못 느꼈다는 게 의아해서 말입니다. 순수한 니코틴은 특유의 톡 쏘는 불쾌한 맛이 나거든요."

찰스 경이 말했다.

"잊으신 모양입니다만, 포트와인에는 니코틴이 들어 있지 않았습니다. 경찰이 잔의 내용물을 분석했잖습니까?"

"아, 그랬지. 바보 같긴. 미안합니다. 어쨌든 니코틴은 고약한 맛이 난단 말이지요."

찰스 경이 천천히 말했다.

"그러고 보니 생각나는 게 있군요. 톨리는 지난 봄에 심한 감기를 앓았습니다. 그래서 맛과 냄새에 많이 둔해졌지요."

푸아로가 생각에 잠긴 채 말했다.

"그랬군요. 이해가 됩니다. 덕분에 일이 간단해지는군요."

찰스 경이 창가로 걸어가더니 밖을 내다보았다.

"아직도 바람이 심하게 부는군요. 무슈 푸아로, 당신 짐을 가져오라고 사람을 보내도록 하지요. '장미와 왕관' 여관은 정열적인 예술가에게 잘 어울릴지 몰라도 당신은 편안하고 깨끗한 우리 집 침대가 더 좋을 겁니다."

"정말로 친절하십니다, 찰스 경."

"그런 것쯤이야 아무것도 아닙니다. 지금 당장 일러두도록 하지요."

찰스 경이 방을 나갔다.

푸아로가 새터스웨이트를 돌아보았다.

"제가 제안 하나 해도 되겠습니까?"

"말씀하시죠."

푸아로는 새터스웨이트에게 가까이 몸을 기울이고 낮은 목소리로 말했다.

"맨더스 군에게 일부러 사고를 낸 이유가 뭔지 물어 보세요. 경찰이 그를 의심한다고 해요. 그리고 뭐라고 답하는지 알아보십시오."

신시아 데이크리스

앰브로신 의상실의 실내는 매우 깔끔했다. 벽은 새하얀 색이었고, 두껍고 푹신푹신한 카펫은 어찌나 색깔이 옅은지 아예 색깔이 없는 듯 보일 정도였다. 가구도 마찬가지였다. 크롬빛으로 번쩍거리는 가구들이 여기저기 놓여 있고, 한쪽 벽에는 밝은 푸른색과 레몬 색의 거대한 기하학 무늬가 그려져 있었다. 이 방은 요즘 최고로 각광받는 실내장식가인 시드니 샌드포드의 솜씨였다.

에그 리튼 고어는 현대적으로 디자인된, 꼭 치과용 의자와 비슷한 안락의자에 앉아 아름다운 얼굴을 찌푸린 채 우왕좌왕하는 젊고 세련된 여자를 지켜보고 있었다. 에그는 지금 드레스에 거금을 아무렇지도 않게 퍼붓는 젊은 여자처럼 보이려고 애쓰는 중이었다.

에그 자신의 표현에 의하면, 여느 때와 다름없이 넋이 나갈 정도로 멋지게 차려입은 데이크리스 부인은 열심히 자기 일을 하고 있었다.

"이 드레스는 어떤가요? 여기 어깨 매듭이 무척 독특하죠? 허리 라인이 잘록하게 들어간 게 정말 감동적이죠. 하지만 저라면 적갈색이 아니라 요즘 유행하는 색으로 하겠어요. 바로 이것처럼요. 붉은 기가 살짝 도는 겨자색이죠. 빈 오디네어 옷은 어떻게 생각하세요? 좀 우스꽝스럽지 않나요? 너무 강하고 촌스럽잖아요? 요즘엔 그런 따분한 옷은 아무도 안 입는다고요."

에그는 용기를 내어 과감하게 털어놓았다.

"마음을 정하기가 무척 힘드네요. 아시다시피 전에는 이렇게 비싼 옷을 사 입을 수가 없었어요. 저희 집은 항상 가난했으니까요. 그래서 크로우스 네스트에서 부인을 처음 봤을 때 제가 얼마나 감탄했는지 모를 거예요. 전 이렇게 생각했죠. '이젠 나도 돈이 생겼으니까 데이크리스 부인에게 가서 조언을 구해야겠어.' 그날 부인은 정말 눈부시게 아름다웠어요."

"어머, 그렇게 봐 줘서 고마워요. 난 젊은 아가씨들에게 옷을 골라 주는 걸 좋아할 뿐이랍니다. 창창한 나이의 아가씨들은 절대 아무 옷이나 입으면 안 돼요. 무슨 뜻인지 알죠?"

에그는 심술궂게 생각했다.

'당신한테는 해당 안 되는 이야기겠지. 옷을 입을 때마다 여우처럼 머리를 굴릴 테니까.'

데이크리스 부인이 말을 이었다.

"아가씨는 개성이 강한 편이에요. 그러니까 평범한 옷은 안 어울

릴 거예요. 단순한 옷을 입어야 해요. 딱 눈에 스쳐 지나갈 정도로
만. 무슨 뜻인지 알죠? 몇 벌이나 필요해요?"

"이브닝드레스 네 벌과 일상복 두 벌, 그리고 운동용 옷도 두 벌
쯤 필요해요. 그 정도면 될 거예요."

안 그래도 사근사근했던 데이크리스 부인의 태도가 더욱 달콤해
졌다. 그녀가 에그의 전 재산이 정확하게 15파운드 12실링밖에 안
된다는 사실을 모르는 게 천만다행이었다. 더구나 에그는 그 돈으
로 12월까지 버텨야 했다.

드레스를 입은 아가씨들이 줄지어 에그를 지나쳤다. 옷에 관해
얘기하던 에그는 중간에 눈치를 보아 화제를 돌렸다.

"그 뒤로 크로우스 네스트에는 안 가셨나요?"

"갈 수가 없었어요. 도저히 기분이 내키지 않아서요. 게다가 난
늘 콘월이 예술가한테나 어울리는 곳이라고 생각했답니다. 난 예술
가들하고 잘 못 지내거든요. 몸매가 어쩜 그렇게들 엉망인지."

"정말 충격적인 일이었어요. 배빙턴 목사님은 정말로 좋은 분이
었어요."

"지금쯤 안식을 얻으셨겠죠."

"그러고 보니 배빙턴 목사님과 전부터 아는 사이라고 했죠?"

"그 노신사랑요? 내가요? 아뇨, 전혀 몰라요."

"목사님이 그렇게 말씀하셨는데. 콘월에서 알게 된 건 아니고, 길
링이었나? 그랬던 것 같아요."

데이크리스 부인의 눈이 멍하니 흐려졌다.

"그래요? 아니야. 마르셀, 프티트 스캉달을 가져와. 제니 모델 있잖아. 그 다음엔 파란색 파토를 가져오고."

에그가 다시 말을 꺼냈다.

"정말 끔찍하지 않아요? 바솔로뮤 경이 독살되었다니 말이에요."

"오, 세상에! 말도 안 나올 정도였죠! 그래도 그 사건이 나한텐 운 좋게 작용했어요. 별별 이상한 여자들이 다 찾아와서 옷을 주문하거든요. 단순히 날 보려고요. 이 파란색 파토 모델이라면 아가씨한테 완벽하게 어울릴 거예요. 이 프릴 좀 보세요. 아무 쓸모도 없어 보이죠? 한데 이런 게 전체적인 분위기를 돋보이게 해 준다니까요. 싱그러운 젊음에 발랄함을 더해 주죠. 그래요, 가엾은 바솔로뮤 경이 죽은 덕분에 무슨 횡재라도 한 것 같다니까요. 혹시 내가 범인일까 봐 구경들을 오나 봐요. 아예 내가 살인범인 척할까 봐요. 어머나, 저 뚱뚱한 여자가 날 쳐다보는 것 좀 봐요. 정말 놀랍네요. 자, 이 옷은 어때요?"

그때 거인처럼 커다란 미국 여자가 나타나 대화가 중단되었다. 보아하니 상당한 거물 고객 같았다.

미국 여자가 엄청나게 비싼 옷들을 닥치는 대로 주문하는 동안 에그는 탈출을 감행했다. 그녀는 옷을 파느라 정신 없는 데이크리스 부인 대신 젊은 점원에게 최후의 결정을 내리기 전에 다시 한 번 생각해 봐야겠다고 말하고 가까스로 가게를 빠져 나왔다.

브루턴 가로 들어서자 에그는 손목 시계를 힐끗 쳐다보았다. 12시 48분이었다. 잠시 후면 두 번째 계획을 실천에 옮길 시간이다.

그녀는 버클리 스퀘어까지 갔다가 그 길을 다시 천천히 되돌아왔다. 1시 정각에 그녀는 중국 오브제가 전시된 한 창문에 코를 바싹 붙인 채 조용히 기다렸다.

도리스 심스가 가게에서 나와 브루턴 가로 접어들었다. 그녀가 막 버클리 스퀘어에 도착하기 직전, 옆에서 누군가가 말을 걸었다.

"실례합니다. 잠시 이야기를 나눌 수 있을까요?"

에그였다. 도리스는 깜짝 놀라 그녀를 쳐다보았다.

"앰브로신에서 모델 일을 하고 계시죠? 아까 본 기억이 나요. 이런 말을 하면 실례될지 모르지만 몸매가 정말 훌륭하더군요. 제가 본 중에 최고였어요."

도리스 심스는 불쾌한 기분은 들지 않았다. 그저 조금 당황했을 뿐이다.

"칭찬 감사합니다."

"그리고 마음씨도 좋아 보이고요. 그래서 부탁 하나 하고 싶은데요. 혹시 리즈나 버클리에서 점심 식사 같이 하지 않을래요? 자세한 이야기는 그때 할게요."

도리스는 잠깐 주저하다가 그러자고 했다. 호기심이 일었을 뿐만 아니라 맛좋은 음식에 끌렸기 때문이다.

일단 테이블에 앉아 식사를 주문하자, 에그가 설명했다.

"우선 지금부터 하는 이야기는 비밀로 해 주셨으면 좋겠어요. 사실 난 일을 하고 있어요. 여자들이 할 수 있는 다양한 직업에 관한 글을 쓰죠. 그래서 말인데, 옷 만드는 일에 대한 도움말을 해 주시면 안 될까요?"

도리스는 약간 실망한 듯 보였지만, 이내 근무 시간이라든가 급여 수준, 좋은 점과 나쁜 점 등 여러 가지 정보를 자세히 알려 주었다. 에그는 간간이 수첩에 중요한 점을 받아 적었다.

"아, 도와 줘서 정말 고마워요. 이런 일엔 젬병이라서 난감했거든요. 처음 해 보는 일이라서요. 사실 나는 지금 찢어지게 가난한 형편이라, 이번 기사를 잘 쓰면 사정이 조금 나아질 거 같아요."

에그는 솔직하게 털어놓았다.

"아까 앰브로신에 비싼 옷을 사러 간 척하느라 얼마나 가슴이 조마조마했는지 몰라요. 가진 돈이라고는 겨우 몇 파운드뿐인데, 그나마 그걸로 크리스마스 때까지 버텨야 하거든요. 데이크리스 부인이 알면 약이 올라 팔짝팔짝 뛰겠죠?"

도리스가 킬킬거렸다.

"아마 그럴걸요."

"나 어땠어요? 진짜로 돈이 많아 보이던가요?"

"연기를 아주 잘하던데요, 리튼 고어 양. 부인은 당신이 옷을 많이 살 거라고 생각하는 것 같았어요."

"저런, 실망했겠네요."

도리스가 다시 웃기 시작했다. 점심 식사는 맛있었고, 그녀는 에그에게 호감을 느꼈다.

그녀는 속으로 생각했다.

'어쩌면 사교계에서 꽤 유명한 아가씨인지도 몰라. 하지만 잘난

척하지 않아서 좋은걸. 말하는 것도 거리낌 없고.'

호의적인 관계가 성립되자 에그는 도리스의 고용주에 관한 이야기를 손쉽게 풀어 나갈 수 있었다.

"데이크리스 부인은 성질이 사나울 것 같아요. 정말 그런가요?"

"점원 중에서 그 여잘 좋아하는 사람은 아무도 없어요. 진짜로요. 하지만 확실히 똑똑하긴 해요. 사업 수완도 상당하고요. 무작정 의상실을 차렸다가 친구들한테 공짜로 옷을 뿌리는 바람에 망해 버리는, 그런 머리 빈 보통 사교계 여자들하고는 다르죠. 데이크리스 부인은 냉혹하고 엄격해요. 하지만 공정한 것도 사실이지요. 그리고 안목과 센스 하나는 타고난 것 같아요. 이쪽 일에 대해선 모르는 게 없고, 어떤 사람에게 어떤 스타일이 잘 어울리는지도 금방 알아차리죠."

"돈도 많이 벌겠네요?"

도리스의 눈빛이 약간 날카로워졌다.

"그건 내가 뭐라고 말할 수 없는 부분이네요."

"그렇겠죠. 미안해요, 계속하세요."

"하지만 굳이 알고 싶다면 말해 드리죠, 뭐. 사실 언제 망할지 모르는 상태예요. 지난번에는 유대인 남자가 부인을 만나러 왔더라고요. 그때말고도 한두 차례 더 왔었죠. 내 생각인데, 언젠가는 사업이 번창할 거라며 돈을 계속 빌렸는데 일이 제대로 풀리지 않아 빚더미에 앉게 된 것 같아요. 솔직히 말해 가끔 부인이 안쓰러울 지경이라니까요. 상당히 절박한 상태인가 봐요. 화장을 지우면 어떤 얼굴을 하고 있을지, 원. 요즘엔 밤잠도 제대로 못 자는 것 같아요."

"남편은 어떤 사람인가요?"

"이상한 인간이죠. 형편없는 작자 같아요. 물론 자주 보지 못했지만요. 같이 일하는 애들은 아니라고 하는데, 난 데이크리스 부인이 아직도 남편한테 미련을 갖고 있다고 생각해요. 그리고 지저분한 소문들도 돌았는데요."

"이를테면요?"

"글쎄요, 내 입으로 그런 이야길 하고 싶진 않네요. 난 그런 여자가 아니라서요."

"어머, 당연하죠. 아까 무슨 이야길 하다 말았죠?"

"일하는 애들 사이에 도는 소문이 있었어요. 젊은 남자가 하나 있었는데, 돈은 많고 좀 멍청했대요. 그렇다고 바보 천치는 아니었고요. 무슨 뜻인지 알죠? 그 중간 정도였다나 봐요. 그런데 부인이 그 남자를 이용해 먹었대요. 그 남자가 계속 있었으면 사업이 잘 되었을지도 몰라요. 그 정도로 멍청했다니까요. 그런데 갑자기 바닷가로 요양을 떠나 버린 거예요."

"누가 시킨 건가요? 의사가?"

"네, 할리 가에 있는 어떤 의사래요. 들기로는 전에 요크셔에서 살해된 그 의사인 것 같아요. 누가 독살했다면서요?"

"바솔로뮤 스트레인지 경 말인가요?"

"맞아요. 그런 이름이었어요. 부인도 그 파티에 참석했다고 하더군요. 그래서 우리끼리 우스갯소리로 혹시 부인이 그 의사한테 복수한 거 아니냐고 그랬어요. 물론 웃자고 했던 소리예요."

"알아요. 그냥 쉬는 시간에 깔깔대면서 하는 소리였겠죠. 나도 이해해요. 솔직히 내가 보기에도 데이크리스 부인은 살인을 저지를 수 있을 것 같거든요. 차갑고 아무런 감정도 없어 보이잖아요?"

"정말 얼마나 쌀쌀맞은지 몰라요. 성질은 또 어찌나 고약한지! 한 번 화가 나면 가까이 갈 수도 없다니까요. 사람들 말로는 남편도 그 여자를 무서워한대요. 그럴 만하죠."

"데이크리스 부인이 배빙턴이라는 사람이나 켄트에 있는 길링이라는 마을에 대해 말하는 걸 들은 적이 있나요?"

"글쎄요, 기억이 안 나네요."

도리스가 시계를 쳐다보더니 화들짝 놀라 소리쳤다.

"맙소사, 난 그만 가 봐야겠어요. 이러다 늦겠어요."

"안녕히 가세요. 자세한 이야기 고마웠어요."

"나도 즐거웠어요. 안녕히 계세요, 리튼 고어 양. 그리고 기사도 잘 쓰시고요. 나도 꼭 찾아서 읽어 볼게요."

'헛수고 말아요, 아가씨.'

에그는 속으로 중얼거리며 웨이터에게 계산서를 부탁했다.

그녀는 기사를 쓰는 척 끼적거린 부분에 가로줄을 긋고 다시 이렇게 휘갈겨 썼다.

신시아 데이크리스. 경제적 곤경에 처해 있는 것으로 보임. '성질이 고약하다.'는 평이 있음. 그녀와 바람을 피웠다는 스캔들이 있는 젊은 남자(부자)가 바솔로뮤 스트레인지 경의 지시로 요양을 감. 길링에 대한 얘기나 배빙턴 목사가 그녀와 아는 사이였다는 언급에 아무 반응을 보이지 않음.

"별로 건진 게 없네."
에그가 혼잣말을 중얼거렸다.
"바솔로뮤 경을 살해할 동기가 있긴 하지만 너무 희박해. 무슈 푸아로라면 여기서 뭔가를 알아낼 수도 있겠지만, 난 안 되겠어."

데이크리스 대위

에그의 그날 일정은 아직 끝나지 않았다. 다음 목적지는 데이크리스 부부가 살고 있는 세인트 존 하우스였다. 세인트 존 하우스는 호화로운 고급 아파트들이 모여 있는 신시가지에 자리잡고 있었다. 고가의 창틀과 외국 장군들처럼 반짝거리는 제복을 입은 짐꾼들이 자주 눈에 띄는 곳이었다.

에그는 건물 안으로 들어가지 않고 건물 맞은편 인도를 왔다 갔다 하며 한참 동안 서성거렸다. 한 시간쯤 그러고 있으려니 못해도 몇 킬로미터는 넘게 걸은 것 같았다. 5시 30분쯤이었다.

택시 한 대가 건물 앞에 멈춰 서자 데이크리스 대위가 내렸다. 에그는 3분 정도 기다렸다가 길을 건너 아파트 안으로 들어갔다.

에그는 3호실의 현관 벨을 눌렀다. 데이크리스가 직접 문을 열어주었다. 그는 막 오버코트를 벗는 중이었다.

"안녕하세요? 저 기억하세요? 콘월에서 뵀는데…… 요크셔에서
도 만났죠?"

"아, 물론 기억하고 있어요. 두 번 다 사람이 죽었잖아요. 들어오
시죠, 리튼 고어 양."

"부인을 만나러 왔는데 지금 계시나요?"

"신시아는 아직 부르턴 가 의상실에 있어요."

"저도 알아요. 오늘 거기 갔었거든요. 지금쯤 퇴근하셨을 줄 알았
죠. 그리고 제가 여기 찾아와도 언짢아하시지 않을 거라고 생각했
어요. 물론 제가…… 아, 혹시 제가 방해가 되었나요?"

에그는 말을 멈추고 애원하는 듯한 표정으로 데이크리스를 쳐다
보았다.

프레디 데이크리스는 속으로 중얼거렸다.

'꽤 예쁘장한 아가씨구먼. 아니, 끝내주게 예쁜걸.'

그는 소리 내어 말했다.

"신시아는 6시나 돼야 집에 올 거요. 난 방금 뉴베리에서 돌아오
는 길이죠. 오늘은 더럽게 운이 안 좋아서 일찍 떴어요. 시간이 되면
세븐티투 클럽에 가서 칵테일이나 한잔하지 않겠소?"

에그는 데이크리스가 벌써 한잔했다는 느낌을 받았지만 그 제안
을 받아들였다.

어둠침침한 지하 클럽에 앉아 에그가 마티니를 홀짝이며 말했다.

"엄청 재미있네요. 전 이런 덴 처음이에요."

프레디 데이크리스는 너그러운 웃음을 지어 보였다. 그는 젊고

예쁜 여자들을 좋아했다. 그가 좋아하는 다른 것들만큼은 아니지만, 그래도 상당히 좋아하는 편이었다.

"당황스러웠지요? 요크셔에서 있었던 일 말이죠. 의사가 독살되다니 참 웃기지 않습니까? 내 말 무슨 뜻인지 알죠? 반대잖아요, 반대. 원래 남한테 독을 먹이는 건 의사들인데 말입니다."

데이크리스는 말을 해 놓고 혼자 웃음을 터뜨렸다.

그는 핑크 진을 한 잔 더 주문했다.

"재미있는 생각이네요. 전 그런 식으로 생각해 본 적이 없어요."

"물론 농담입니다."

"정말 이상하죠? 우리가 만날 때마다 사람이 죽었잖아요."

데이크리스 대위가 맞장구를 쳤다.

"이상하긴 하죠. 그 배우 집에서 죽은 그 늙은 목사 말입니다. 그 많은 사람 중에 목사가 죽은 것도 난 이상합니다."

"네, 그렇게 갑작스레 돌아가신 것도 이상하고요."

데이크리스가 불쑥 내뱉었다.

"기분이 더럽죠. 소름이 쫙 끼친다니까. 가는 곳마다 사람이 죽어나자빠지니 말이지. 다음에 '내 차례'일지도 모른다는 생각을 하면 온몸이 오싹해져요."

"혹시 전에 배빙턴 씨를 만난 적이 있지 않았나요? 길링에서 말이에요."

"거기가 어딘지도 모릅니다. 그 노인네는 파티에서 처음 봤어요. 그 사람이 스트레인지와 똑같은 꼴로 죽다니, 정말 이상한 일 아니에요? 정말 이상해. 설마 그 사람도 살해된 건 아니겠지?"

"글쎄요. 선생님은 어떻게 생각하세요?"

데이크리스는 고개를 내저으며 딱 잘라 말했다.

"그럴 리가 있나. 세상에 목사를 죽이고 싶어 하는 사람이 어딨겠어요? 의사는 다르지만."

"네, 의사는 다르죠."

"당연하지. 다 그만한 이유가 있으니까. 의사는 거지 같은 참견쟁이들이야. 사람을 내버려 두지 않는다니까. 내 말 이해해요?"

혀가 살짝 꼬인 목소리였다. 데이크리스는 에그에게 가까이 몸을 기울였다.

"아뇨."

"그 작자들은 사람 목숨을 가지고 놀지. 자기 맘대로 할 수 있는 권한이 너무 많단 말이야. 그렇게 커다란 힘을 줘도 되는 거야?"

"무슨 뜻인지 잘 모르겠어요."

"아가씨, 내 말 잘 들어요. 그 작자들은 사람들을 가둔다고. 지옥에다 처박아 넣는다니까. 제기랄, 잔인한 자식들. 아무 데도 못 가게 가둬 놓고 술은 입도 못 대게 한단 말이야. 아무리 불쌍하게 빌어도 눈 하나 깜짝 안 해. 당신이 얼마나 고통스러워하든 신경도 안 쓰지. 그게 바로 의사란 작자들이야. 내 말 새겨들어요. 난 다 아니까."

그는 고통스러운 듯 얼굴에 경련을 일으켰다. 작게 수축된 동공이 그녀의 얼굴을 빠르게 스치고 지나갔다.

"그건 지옥이야, 아가씨. 지옥이라고. 그런데 그 자식들은 그걸 치료라고 부르지! 자기가 무슨 고귀한 일이라도 하는 것처럼 거들먹거리면서! 돼지 새끼들!"

에그가 조심스럽게 말을 꺼냈다.

"설마 바솔로뮤 스트레인지 경이……."

데이크리스 대위가 그녀의 말을 가로막았다.

"바솔로뮤 스트레인지 경이라고? 바솔로뮤 돌팔이 경이겠지. 그 작자의 요양원에서 무슨 일이 벌어지고 있는지 알 게 뭐야. 사람들 말로야 신경쇠약 환자들이 간다고 하지. 그런 곳은 한번 들어가면 다시는 못 나와. 그러면서 당신한테는 자유 의지가 부족하다고 헛소리를 한단 말이야! 자유 의지라고? 그 사람들은 그저 당신이 무서워서 가둬 놓고 있는 것뿐이라고!"

그는 아예 온몸을 부들부들 떨었다. 그러더니 갑자기 풀죽은 표정으로 입을 다물었다가 사과하듯 말했다.

"난 지금 엉망진창이에요. 완전히 엉망진창이야."

데이크리스는 웨이터를 불렀다. 에그에게도 한 잔 더 마시라고 했지만 에그가 거절하자 자기 술만 시켰다.

그는 잔을 죽 들이키고 말했다.

"이제 좀 낫구먼. 제정신이 돌아오는 것 같아. 취하면 나중에 골치 아픈 일이 생기거든요. 신시아를 화나게 하면 안 되지. 신시아가 말하지 말라고 했는데……."

그는 고개를 두어 번 끄덕였다.

"경찰한테 말하지 말아요. 어쩌면 내가 스트레인지를 없애 버렸다고 생각할지 모르니까. 당신도 그게 살인이라는 거 알잖아요? 우리 중에서 누군가가 그를 살해한 거야. 오호, 이거 재미있는데. 과연 누굴까? 흠, 그게 문제로군."

"어쩌면 당신은 아실지도 모르겠네요."

"그게 무슨 소립니까? 내가 어떻게 알겠어요?"

그는 화난 얼굴로 의심스럽다는 듯 그녀를 뚫어지게 쳐다보았다.

"난 아무것도 몰라요. 미리 말해 두는데, 난 그 자식의 젠장맞을 '치료'를 받을 생각이 없었어요. 신시아가 뭐라고 하든 간에 난 절대 그럴 생각이 없었다고. 그놈은 꿍꿍이가 있었어. 둘 다 꿍꿍이가 있었지. 하지만 날 속이지 못해."

그는 허리를 꼿꼿하게 세웠다.

"난 강인한 남자입니다, 리튼 고어 양."

"그럼요, 저도 그렇게 생각해요. 저기요, 혹시 요양원에 있는 드러시브리저 부인에 대해 아시는 게 있나요?"

"러시브리저? 스트레인지가 그 여자에 대해 뭐라고 한 것 같긴 한데, 그게 뭐였더라? 으음, 모르겠네."

그는 한숨을 내쉬더니 고개를 흔들었다.

"기억력이 점점 떨어지고 있어요. 남은 건 이제 사방에 우글거리는 적들뿐이야. 지금도 날 감시하고 있을 거야."

그는 불안한 눈빛으로 주위를 둘러보았다. 그러더니 에그에게 몸을 기울이고 말했다.

"그 여자는 대체 내 방에서 뭘 한 걸까?"

"어떤 여자요?"

"토끼같이 생긴 여자 말이에요. 희곡을 쓴다던 여자. 그 남자가 죽은 다음 날 아침이었어요. 아침 식사를 하고 내 방으로 올라가는데 그 여자가 내 방에서 나와 복도 끝에 숨겨진 문으로 들어가지 뭐요. 하인들 숙소로 이어지는 문 말이에요. 이상하지 않아요? 그 여자가 내 방에서 뭘 했을까? 거기서 뭘 찾으려고 한 거지? 대체 왜 그렇게 쿵쿵거리면서 냄새를 맡고 다니는 거지? 자기랑 무슨 상관이 있다고?"

그는 에그에게 더욱 가까이 몸을 기울였다.

"아니면 당신도 신시아의 말이 맞는 것 같아요?"

"데이크리스 부인이 뭐라고 했는데요?"

그는 불안한 웃음소리를 냈다.

"내가 상상한 거라고 했지. '환각'을 본 거라나? 난 때때로 환각을 보거든. 분홍색 쥐라든가, 뱀이라든가, 별별 걸 다 보지. 하지만 그 여자는 달라요. 난 그 여자를 정말로 봤다고. 정말 이상한 여자야. 그 교활한 눈초리라니. 꼭 사람을 꿰뚫어 보는 것 같아."

데이크리스는 부드러운 소파에 몸을 기댔다. 졸음이 오는 듯했다.

에그는 의자에서 일어났다.

"전 그만 가 봐야겠어요. 오늘은 정말 무척 감사했어요, 데이크리스 대위님."

"그런 말 하지 말아요. 나도 덕분에 즐거웠으니까. 암, 정말 즐거웠지……."

그의 목소리가 점점 작아졌다.

에그는 생각했다.

'저 사람이 완전히 맛이 가기 전에 빨리 자리를 뜨는 게 좋겠어.'

그녀는 담배 연기가 자욱한 클럽을 빠져 나와 시원한 밤공기 속으로 발을 옮겼다.

하녀인 비어트리스가 말하길 윌스 양이 여기저기를 기웃거리며 염탐하고 다녔다고 했다. 프레디 데이크리스도 똑같은 말을 했다. 도대체 윌스 양은 무엇을 찾고 있었던 걸까? 무엇을 발견했을까? 윌스 양이 무언가를 알고 있는 게 아닐까?

바솔로뮤 스트레인지 경에 대한 데이크리스 대위의 정신없는 횡설수설 중에서 중요한 이야기가 있었나? 데이크리스가 바솔로뮤 경을 남몰래 두려워하고 증오했던 것일까?

가능성이 있어 보였다.

하지만 배빙턴 사건과는 도저히 연관을 지을 수가 없었다.

에그는 혼자말로 중얼거렸다.

'목사님이 살해당한 게 아니라면 얼마나 웃길까?'

그러나 다음 순간, 그녀는 깜짝 놀라 숨이 막혔다. 몇 발자국 떨어진 신문 가판대에 놓인 신문 기사를 본 것이다.

콘월 지방의 사체 발굴 부검 결과

그녀는 황급히 1페니를 주고 신문을 집어 들었다. 그러다 자신과 똑같은 행동을 하던 어떤 여자와 부딪쳤다. 미안하다고 사과하다가, 에그는 그녀가 누군지 알아차렸다. 찰스 경의 유능한 비서 밀레이 양이었다.

두 여자는 나란히 서서 기사를 찾았다.

콘월 지방의 사체 발굴 부검 결과

에그의 눈앞에서 단어들이 어지럽게 춤을 췄다. 장기 분석 결과…… 니코틴…….

"정말 살해된 거구나……."

에그가 말했다.

"오, 세상에. 이렇게 끔찍할 수가…… 정말 끔찍해."

밀레이 양이 외쳤다.

그녀의 못생긴 얼굴이 격앙된 감정으로 일그러졌다.

에그는 깜짝 놀라 그녀를 쳐다보았다. 에그는 이제까지 밀레이 양에게 인간적인 감정이 존재하지 않는다고 생각했다.

밀레이 양이 설명하려는 듯 말을 꺼냈다.

"미안합니다. 너무 충격을 받아 그랬어요. 사실 난 이분과 옛날부터 아는 사이였어요."

"배빙턴 목사님이랑요?"

"네, 우리 어머니가 길링에 살고 계신데, 예전에 거기서 교구 목사로 계셨거든요. 그래서 충격을 받은 거예요."

"아, 그랬군요."

"어떻게 하면 좋을지 정말 모르겠어요."

밀레이 양이 말했다. 그녀는 에그의 놀란 시선을 받자 얼굴이 살짝 붉어졌다.

밀레이 양이 재빨리 말했다.

"배빙턴 부인에게 편지를 써야겠네요. 하지만 그게 단지…… 아아, 정말 어떻게 해야 할지 모르겠어요."

에그에게는 밀레이 양의 설명이 왠지 부족하게 느껴졌다.

앤젤라 서트클리프

"당신은 친구로 온 건가요, 아니면 탐정으로 온 건가요? 난 알아야겠어요."

서트클리프 양은 이렇게 말하며 장난기 어린 눈동자를 반짝였다. 그녀는 등받이가 달린 의자에 앉아 있었는데, 잿빛 머리칼은 멋지게 손질하고 길고 늘씬한 다리는 보기 좋게 꼬고 있었다. 새터스웨이트는 그녀의 완벽하리만큼 아름다운 발과 신발, 가느다란 발목에 감탄했다. 서트클리프 양은 매력이 넘치는 여자였는데, 그 중 가장 커다란 매력은 어떤 일도 진지하게 받아들이는 법이 없다는 데 있었다.

"그런 질문을 하다니 너무하십니다."

새터스웨이트가 말했다.

"오, 다정한 사람! 너무하긴 뭐가 너무해요! 그럼 다시 물을까요?

당신은 소위 프랑스 사람들처럼 내 아름다운 눈동자에 이끌려 왔나요, 아니면 살인 사건 때문에 날 조사하러 왔나요?"

"첫 번째 이유말고 다른 이유가 있을 수 있단 말입니까?"

새터스웨이트가 살짝 고개를 숙이며 받아치자, 그녀가 또렷한 목소리로 단언했다.

"있을 수 있지요. 당신은 겉으로는 온화해 보여도 실제로는 피를 갈구하는 잔인한 사람이니까요."

"오, 아닙니다."

"아니, 맞아요. 내가 아직 결정을 못 내리고 있는 건 살인범으로 의심받는 걸 모욕으로 여겨야 할지, 칭찬으로 받아들여야 할지 모르겠다는 거예요. 그런데 생각해 보니 칭찬으로 받아들여야 할 것 같네요."

그녀는 머리를 살짝 기울이더니 천천히 숨이 막히도록 매혹적인 미소를 지었다. 그녀의 미소는 이제껏 한 번도 실패한 적이 없었다.

새터스웨이트는 속으로 생각했다.

'정말 매력적인 여자야.'

그러면서 소리 내어 말했다.

"이런, 솔직하게 시인하지 않을 수가 없군요. 나는 분명히 바솔로뮤 스트레인지 경의 죽음에 큰 흥미를 느끼고 있습니다. 아실지 모르겠지만 나는 전에도 이런 일을 겪은 적이 있지요."

새터스웨이트는 내심 서트클리프 양이 그의 과거 활약상을 알고 있다고 말하기를 기대하며 다소곳이 바라보았다. 하지만 그녀는 이렇게 물었을 뿐이다.

"한 가지만 말해 주세요. 그 아가씨 말이 정말일까요?"

"어떤 아가씨 말입니까? 뭐라고 했는데요?"

"리튼 고어라는 어린 아가씨 말이에요. 찰스한테 푹 빠져 있는 아가씨. 정말이지 찰스, 이 못된 인간 같으니! 그 아가씨는 콘월에서 죽은 점잖은 노인도 살해된 거라고 생각하더군요."

"서트클리프 양은 어떻게 생각하십니까?"

"글쎄요, 확실히 죽은 상황이 비슷하긴 하죠. 그 아가씨는 똑똑하잖아요. 그건 그렇다 치고, 찰스는 정말 진지한 거예요?"

"그 문제라면 나보다 당신의 의견이 훨씬 정확할 것 같습니다만."

"어머, 신사다운 말장난을 하시는군요! 하지만 난……."

그녀는 한숨을 내쉬었다.

"당신처럼 신중한 성격이 못 되어서요."

그녀는 눈을 깜박거리며 새터스웨이트를 쳐다보았다.

"난 찰스를 잘 알아요. 난 남자들을 아주 잘 알죠. 요즘 찰스는 정착하려는 징조를 보여 주고 있어요. 한 사람한테 전념하려는 분위기도 풍기고요. 조금 있으면 가정을 꾸린다고 할걸요. 그래요, 내 눈엔 그렇게 보여요. 정착하려는 남자들은 따분해져요. 매력을 통째로 잃어버리죠."

"나는 때로 찰스 경이 어째서 한 번도 결혼하지 않았는지 궁금했지요."

서트클리프 양이 한숨을 내쉬었다. 새터스웨이트를 바라보는 그녀의 눈동자가 반짝 빛났다.

"그는 이제까지 결혼하고 싶다는 눈치를 보인 적이 없어요. 찰스가 흔히 말하는 가정적인 남자는 아니죠. 하지만 매력적인 남자였어요. 찰스와 나는 한때 꽤 가까운 사이였답니다. 세상 사람들이 다 아는데 굳이 숨길 필요 없겠죠. 그런 관계로 지낼 때에는 참 행복했어요. 그리고 아직도 좋은 친구로 지내고 있고요. 그래서 리튼 고어 양이 나를 그렇게 무섭게 노려보나 봐요. 내가 아직도 찰스한테 마음이 있다고 생각하나 보죠? 내가 정말 그런가요? 그래요, 어쩌면 그럴지도 모르겠네요. 하지만 난 내 친구들과 달리 연애 편력을 상세하게 늘어놓은 회상록 따위는 쓰지 않았어요. 내가 그런 걸 쓴다면 그 여자 애는 엄청나게 화를 낼걸요. 충격을 받겠죠. 요즘 젊은 애들은 작은 일만 생겨도 큰 충격을 받으니까. 하지만 그 애 어머니는 전혀 놀라지 않을 거예요. 빅토리아 세대 사람들은 무슨 일이 있어도 놀라지 않잖아요. 말은 안 해도 언제나 최악을 생각하고 있으니까요."

새터스웨이트는 다소 만족감을 느끼며 말했다.

"에그 리튼 고어 양이 당신을 좋아하지 않는 건 사실입니다."

서트클리프 양은 얼굴을 찌푸렸다.

"나도 그 여자 애를 질투하지 않는다는 말은 못 하겠네요. 여자들은 원래 앙큼한 고양이 같잖아요. 할퀴고 울고 가르랑거리고……"

이렇게 말하며 그녀는 웃었다.

"어째서 찰스가 직접 찾아오지 않은 거죠? 나를 좋아하기 때문

에? 찰스는 날 범인이라고 생각하나 보죠? 내가 정말 범인인가요,
새터스웨이트 씨? 당신은 어떻게 생각하세요?"

그녀는 의자에서 일어나 손을 내밀며 부드럽게 말했다.

"아라비아의 온갖 향수로도 이 작은 손을 향기롭게 하지는 못하
리…….*"

그녀는 뚝 말을 멈췄다.

"난 맥베스 부인이 아니에요. 내 전문은 코미디인걸요."

"그리고 동기도 부족하지요."

"맞아요. 나는 바솔로뮤 스트레인지를 좋아했어요. 오랜 친구 사
이이기도 하고요. 그가 죽기를 바랄 이유 따위는 하나도 없어요. 우
리 친구였으니까 이왕 역할을 맡을 거면, 난 살인자를 찾아 처단하
는 역할을 맡고 싶어요. 혹시라도 내가 도울 일이 있으면 말해 주
세요."

"서트클리프 양, 혹시 사건이 일어난 날 밤에 뭔가 이상한 일은
없었습니까?"

"경찰한테 말한 게 다예요. 손님들이 도착한 지 얼마 안 된데다
파티 첫날이었으니까요."

"집사는요?"

"관심도 없었는걸요."

"손님들 가운데 이상한 행동을 한 사람이라든가?"

* 셰익스피어의 희곡 「맥베스」에서 맥베스 부인의 대사.

"없었어요. 물론 그 젊은 청년, 그 사람 이름이 뭐였죠? 맞아, 맨더스. 그 사람이 나타난 건 의외였지요."

"바솔로뮤 경도 놀라는 것 같던가요?"

"그랬던 것 같아요. 저녁 식사를 하러 가기 직전에 나한테 정말 이상한 일이라고 했어요. '대문을 부수고 파티를 방해하는 새로운 방법'이라면서요. 그리고 이렇게 덧붙였죠. '물론 그 청년이 들이받은 건 대문이 아니라 담이지만.'"

"바솔로뮤 경의 기분은 어땠나요? 좋아 보이던가요?"

"끝내주게 좋아 보였어요!"

"당신이 경찰에게 말한 비밀 통로는 뭡니까?"

"도서실에 입구가 있었던 것 같아요. 바솔로뮤 경이 보여 준다고 약속했는데……. 가엾게도 죽어 버렸죠."

"어쩌다가 그 이야기가 나왔나요?"

"처음에는 그가 얼마 전에 산 낡은 밤나무 책상에 대한 이야기를 하고 있었어요. 그래서 혹시 거기 비밀 서랍 같은 건 없냐고 내가 물었죠. 난 비밀 서랍을 무척 좋아하거든요. 왠지 낭만적이잖아요. 그랬더니 바솔로뮤 경이 자기가 아는 한 비밀 서랍은 없지만 이 집에 비밀 통로는 있다고 했어요."

"바솔로뮤 경이 자기 환자에 대한 이야기를 꺼내지 않았나요? 드러시브리저 부인이라고."

"아뇨."

"켄트의 길링이라는 마을을 아십니까?"

"길링? 모르겠는데요. 왜요?"

"전에 배빙턴 씨를 만난 적이 있지요, 아닌가요?"

"배빙턴 씨가 누군데요?"

"크로우스 네스트에서 죽은, 아니 살해된 사람 말입니다."

"아, 그 목사님 말이군요. 이름을 깜박했네. 아뇨, 그때가 처음이
었어요. 내가 그 사람하고 아는 사이라고 누가 그러던가요?"

새터스웨이트는 대담하게 밀고 나갔다.

"그런 사람이 있습니다."

서트클리프 양은 재미있어하는 것 같았다.

"어머나, 가엾기도 해라. 설마 사람들이 나랑 그 영감님이랑 무
슨 관계가 있다고 생각하는 건 아니겠죠? 성공회 주교들은 워낙 속
이 시커머니까. 목사라고 다르겠어요? 통 속에 내연의 남자가 숨어
있다, 뭐 그런 건가요? 대체 누가 그런 소리를 했는지 모르지만, 머
릿속을 뒤집어 박박 씻어 주고 싶네요. 내 평생을 통틀어 그 전에는
그 사람을 한 번도 본 적이 없어요."

새터스웨이트는 그녀의 대답에 만족할 수밖에 없었다.

뮤리얼 윌스

투팅의 어퍼 캐스카트 거리 5번지는 냉소적인 극작가와 전혀 어울리지 않는 집이었다.

찰스 경은 단조로운 오트밀 색 벽지와 위쪽에 금련화 무늬의 띠지가 둘러진 방으로 안내를 받아 들어갔다. 커튼은 장밋빛 벨벳이었고, 사진과 도자기 인형이 여기저기 널려 있었다. 전화는 마치 부끄러운 듯 레이스 스커트를 입은 여인의 사진 뒤에 숨어 있고 작은 탁자들이 공간을 가득 메우고 있었으며, 버밍엄에서 극동을 거쳐 들어온 다소 수상해 보이는 청동상들도 진열되어 있었다.

윌스 양이 어찌나 조용히 들어왔던지, 소파 위에 우스꽝스러운 포즈로 길게 놓여 있는 피에로 인형을 살펴보던 찰스 경은 그녀가 들어오는 소리조차 듣지 못했다.

윌스 양이 가는 목소리로 말했다.

"안녕하세요, 찰스 경. 정말 반갑네요."

찰스 경은 깜짝 놀라 뒤를 돌아보았다.

월스 양은 힘없이 축 늘어난 스웨터를 입고 있어서 그런지 조금 처량한 모습이었다. 쭈글쭈글한 스타킹에 굽이 높은 가죽 슬리퍼도 처량하긴 마찬가지였다.

찰스 경은 월스 양과 악수를 나눈 다음 담배를 받아 들고 피에로 인형 옆에 앉았다. 월스 양은 맞은편에 앉았다. 창문으로 비쳐 들어오는 햇빛이 그녀의 안경에 반사되어 번쩍거렸다.

"선생님이 여기까지 찾아오시다니 큰 영광이에요. 어머니가 아시면 얼마나 좋아하실까! 어머니는 연극을 정말 좋아하세요. 특히 로맨틱한 연극은 사족을 못 쓴답니다. 찰스 경이 대학에 다니는 왕자로 출연하신 연극 있잖아요? 어머니는 그 얘기를 자주 하세요. 우리 어머니는 대낮에도 극장에 앉아 초콜릿을 드시는 분이거든요. 게다가 그걸 즐거워하시죠."

"그 말을 들으니 기쁘군요. 누군가가 나를 기억해 준다는 건 정말 기분 좋은 일이죠. 더구나 대중의 기억이란 어찌나 짧은지!"

찰스 경은 한숨을 내쉬었다.

"선생님을 보면 어머니는 좋아서 어쩔 줄 모르실 거예요. 예전에 서트클리프 양이 왔을 때에도 제정신이 아니셨지요."

"앤젤라가 여기 왔었다고요?"

"네, 이번에 제 연극에 출연하세요. 「작은 개가 웃었다」라는 작품이에요."

"아, 맞아요. 읽은 기억이 납니다. 제목이 아주 재미있었지."

"그렇게 생각하신다니 기뻐요. 서트클리프 양도 마음에 든다고 했어요. 그 연극은 구전동요의 현대판 버전 같은 거예요. 말도 안 되는 횡설수설한 이야기가 잔뜩 들어가 있답니다. 이러쿵저러쿵, 접시와 숟가락이 연애를 한다네, 뭐 이런 거요. 물론 모든 이야기는 서트클리프 양을 중심으로 돌아가지요. 다른 등장인물들은 모두 그녀에게 장단을 맞추게 되어 있고요. 어쨌든 그게 기본 아이디어예요."

"그거 괜찮군요. 안 그래도 요즘엔 세상 돌아가는 꼬락서니가 꼭 미친 동요와 비슷하니까. 그런 난장판을 보고 작은 개가 웃는 거겠죠?"

그때 찰스 경은 갑자기 이런 생각이 들었다.

'그래, 작은 개는 바로 이 여자야. 이 여자가 그런 광경을 보면서 비웃는 거지.'

윌스 양의 안경에서 반사되던 빛이 사라졌다. 찰스 경은 윌스 양의 옅은 푸른색 눈동자가 자신을 똑바로 주시하고 있음을 깨달았다.

'이 여자는 정말 사악한 유머 감각을 지니고 있군.'

그는 속으로 중얼거리며 소리 내어 말했다.

"내가 왜 찾아왔는지 궁금하지 않습니까?"

"글쎄요. 이렇게 처량하고 불쌍한 저를 만나고 싶어 찾아오신 건 아니겠지요?"

윌스 양이 능청스레 대꾸했다.

그때 찰스 경은 입으로 하는 말과 종이에 쓴 글의 차이점을 절실히 깨달았다. 종이 위의 윌스 양은 익살맞으면서도 냉소적이지만,

실제로 말을 할 때는 어느 누구보다도 능청스러웠다.

"사실 여기 찾아오게 된 건 새터스웨이트 때문인데, 그 친구는 자기가 사람의 성격을 간파하는 재주가 뛰어나다고 생각한답니다."

"그분은 사람을 아주 잘 파악하세요. 그건 그분의 취미 같은 거죠."

"그 사람이 멜포트 애비에서 뭔가 미심쩍은 일이 일어났다면 당신이 반드시 눈치챘을 거라고 하더군요."

"새터스웨이트 씨가 그렇게 말씀하셨어요?"

"그렇습니다."

윌스 양이 천천히 말했다.

"솔직히 제가 그 일에 흥미가 있었다는 건 인정하겠어요. 그렇게 가까이에서 살인 사건을 접해 본 게 처음이니까요. 모름지기 작가란 모든 걸 보고 듣고 머릿속에 새겨 놓아야 하잖아요."

"누구나 아는 원칙이지요."

"그래서 전 될 수 있는 한 모든 걸 알려고 했어요."

그 말은 분명 비어트리스가 말한 '여기저기 엿보고 다닌다.'를 윌스 양의 방식대로 표현한 것이었다.

"손님들에 대해서 말입니까?"

"손님들에 대해서요."

"그래서 뭘 알아냈나요?"

그녀는 코안경을 치켜 올렸다.

"사실 아무것도 찾아 내지 못했어요. 뭔가를 발견했다면 곧장 경찰한데 알렸을 거예요."

"하지만 뭔가 알아차리긴 했군요."

"전 언제나 알아차리죠. 어쩔 수 없는걸요. 우스운 일이죠."

윌스 양이 키득거리며 웃었다.

"뭘 알아차린 거죠?"

"오, 아무것도요. 굳이 말하자면 선생님이라면 '아무것도 아니'라고 말할 만한 것들이죠. 전 그저 사람들의 성격과 관련된 아주 사소하고 잡다한 것들을 찾았을 뿐이랍니다. 사람들은 정말 재미있는 존재예요. 너무나도 전형적이죠. 무슨 뜻인지 아실는지 모르겠네요."

"무엇의 전형이라는 겁니까?"

"그 사람 자신이죠. 설명하기가 무척 힘드네요. 전 원래 말주변이 형편없거든요."

그녀는 또다시 킥킥거렸다.

찰스 경이 미소를 지으며 말했다.

"당신의 펜은 당신의 혀보다 훨씬 치명적이군요."

"치명적이라니, 너무하시네요, 찰스 경."

"윌스 양, 솔직히 펜을 쥔 당신이 상당히 무자비하다는 건 인정해야 할 겁니다."

"전 찰스 경이 무서운데요. 지금 저를 무자비하게 대하고 있잖아요."

'이런 농담 따먹기 따윈 빨리 집어치우는 게 좋겠군.'

찰스 경은 이렇게 생각하고 큰 소리로 말했다.

"그래서 확실한 건 아무것도 찾아 내지 못했다는 뜻이겠지요, 윌스 양?"

"정확하게 말하면 그건 아니에요. 적어도 한 가지는 있었지요. 알아챈 게 하나 있었는데, 깜박하고 경찰한테 말을 안 했네요."

"그게 뭡니까?"

"집사요. 그 사람 왼쪽 손목에 딸기 반점*이 있었어요. 야채 접시를 건네줄 때 봤어요. 그거라면 꽤 도움이 되지 않을까요?"

"굉장히 큰 도움이 될 겁니다. 경찰은 엘리스라는 집사를 잡으려고 혈안이 되어 있으니까. 윌스 양, 당신은 대단한 사람입니다. 그런 걸 알아차린 건 당신이 처음이에요. 다른 손님이나 하녀들은 전혀 그런 말을 안 했거든요."

"사람들은 대부분 자기 눈을 제대로 쓰는 법을 모르죠."

"정확하게 어디에, 얼마만 한 크기였습니까?"

"손목을 좀 빌려주시면……."

찰스 경이 손을 내밀었다.

윌스 양은 정확한 위치를 손으로 짚어 주었다.

"감사합니다. 바로 여기였어요. 크기는 이 정도였고요. 한 6펜스 동전 정도? 꼭 오스트레일리아 대륙 같은 모양이었어요."

찰스 경이 소매를 다시 내리며 말했다.

"감사합니다. 아주 정확하군요."

"경찰한테 말해야 할까요?"

"당연합니다. 그 남자를 찾는 데 요긴한 정보가 될 거예요. 그것

----

* 해면상 혈관종. 혈관이 뭉쳐 피부에 붉게 두드러지는 반점.

참! 추리소설에서는 악당들에게 늘 알아보기 쉬운 특징이 있지만 설마 현실에서도 그럴 줄이야!"

찰스 경이 크게 소리쳤다.

"소설에는 대개 흉터가 있죠."

윌스 양이 곰곰이 생각하며 말했다.

"아니면 반점이라든가."

찰스 경은 소년처럼 들떠 있었다.

그는 곧 말을 이었다.

"대부분의 사람들은 평범하다는 게 문제예요. 금방 알아보기 쉬운 특징을 가진 사람은 드물어요."

윌스 양이 자세히 말해 달라는 표정으로 그를 쳐다보았다.

"예를 들어 배빙턴 목사님 말이죠. 그 사람도 참 애매하게 생기지 않았습니까? 뭐라고 딱 집어 설명하기가 힘들지요."

"그분은 손이 참 독특하던데요. 소위 학자의 손이랄까? 관절염 때문에 조금 울퉁불퉁하긴 했지만 손가락이 무척 섬세하고 손톱도 예쁘던걸요."

"정말 관찰력이 뛰어나군요. 하지만 당신은 전부터 그를 알고 있었을 테니까요."

"제가 배빙턴 목사님을요?"

"그렇소. 배빙턴 목사님이 그렇게 말했는데……. 어디서 만났다고 했더라?"

윌스 양은 단호하게 고개를 저었다.

"전 아니에요. 다른 사람과 혼동하셨나 보네요. 전 그분을 그때 처음 봤거든요."

"그럼 목사님이 착각했나 보군요. 음, 길링이라고 했던 것 같은 데……."

찰스 경은 날카로운 눈으로 그녀를 유심히 관찰했다. 하지만 윌스 양은 전혀 동요하지 않았다.

"아뇨, 만난 적 없어요."

"윌스 양, 혹시 배빙턴 목사님도 살해되었을지 모른다는 생각은 안 해 봤습니까?"

"선생님과 리튼 고어 양이 그렇게 생각한다는 건 알아요. 아니, 선생님이 그런다는 건 안다고 해야겠네요."

"그럼 당신은 어떻게 생각합니까?"

"그렇게 보이지 않던데요."

윌스 양이 별로 관심을 보이지 않자 찰스 경은 화제를 바꿔 보기로 했다.

"바솔로뮤 경이 드 러시브리저 부인에 대해 말하는 걸 들은 적이 있습니까?"

"아뇨, 없어요."

"그 여자는 요양원에 있는 환자입니다. 신경쇠약에 기억상실증까지 있지요."

"기억상실증 환자에 대해 말한 적은 있어요. 최면을 걸면 기억을 되살릴 수 있다고 했죠."

"그런 말을 했단 말입니까? 혹시 거기 다른 의미가 있는지 궁금하군요."

찰스 경은 이맛살을 찌푸린 채 생각에 잠겼다. 윌스 양은 아무 말 없이 앉아 있었다.

"혹시 나한테 더 하고 싶은 말은 없습니까? 다른 손님들에 관해서라든가?"

윌스 양은 잠시 망설이다가 말했다.

"없어요."

"데이크리스 부인이라든가 데이크리스 대위는 어땠죠? 서트클리프 양? 아니면 올리버 맨더스한테 이상한 점은 없었습니까?"

그는 각각의 이름을 말할 때마다 윌스 양의 얼굴을 자세히 들여다보았다.

한순간 윌스 양의 안경이 번득이는 것 같기도 했지만 확신할 수는 없었다.

"드릴 말씀이 없네요, 찰스 경."

그는 자리에서 일어났다.

"뭐, 그렇다면……. 새터스웨이트가 실망하겠군요."

윌스 양이 새치름하게 말했다.

"죄송해요."

"나야말로 귀찮게 해서 미안합니다. 안 그래도 작품을 쓰느라 눈 코 뜰 새 없이 바쁠 텐데."

"네, 사실 그래요."

"새로운 작품을 쓰고 있습니까?"

"네, 솔직히 말하면 멜포트 애비에서 만난 사람들 몇 명을 모델로 할까 생각 중이랍니다."

"그러다 명예훼손죄에 걸리면 어떻게 하려고요?"

윌스 양이 쿡쿡 웃었다.

"그건 걱정 안 해요, 찰스 경. 사람들은 그게 자기라는 것도 모를 테니까요. 아까 선생님이 말한 대로 정말 무자비한 사람이라면 모를까."

"그러니까 당신 말은 우리는 스스로 워낙 높이 평가하고 있기 때문에 사람의 성격을 잔인할 정도로 여과 없이 그대로 그린다면 아무도 그게 자신이라는 사실을 알아차리지 못할 거라는 거군요. 내 생각이 옳았군요, 윌스 양. 당신은 정말 잔인한 여자입니다."

윌스 양이 킥킥대며 웃었다.

"너무 두려워하지 마세요, 찰스 경. 여자들은 대개 남자들한테 잔인하게 굴지 못하거든요. 물론 특정한 사람은 그렇지 않을 수도 있지만요. 여자들은 보통 다른 여자들에게 잔인하게 굴죠."

"그건 당신이 어느 불쌍한 여인에게 메스를 들이대기로 했다는 뜻이군요. 대체 누굽니까? 흠, 짐작이 갑니다. 신시아는 보통 같은 여자들에게 호감을 주는 유형은 아니지요."

윌스 양은 아무 말도 하지 않았다. 그저 미소만 지을 뿐이었다. 고양이처럼 음흉한 미소였다.

"당신은 직접 글을 쓸니까, 아니면 받아쓰게 합니까?"

"제 손으로 직접 쓴 다음 타이프를 쳐 오라고 보내지요."

"비서를 쓰는 게 낫지 않겠습니까?"

"그렇겠네요. 아, 혹시 그 유능한 비서 밀레이 양이 아직도 선생님을 모시고 있나요?"

"그렇소. 아직 일하고 있습니다. 잠시 건강이 안 좋은 어머니를 돌보러 시골에 내려갔는데 얼마 전에 돌아왔어요. 정말이지 그녀는 세상에서 가장 유능한 여자일 거예요."

"저도 그렇게 생각해요. 조금 충동적이긴 하지만."

"충동적이라고? 밀레이 양이?"

찰스 경은 윌스 양을 물끄러미 쳐다보았다. 그는 이제껏 밀레이 양이 충동적이라고 생각한 적이 한 번도 없었다.

"물론 가끔씩 말이에요."

찰스 경은 고개를 내저었다.

"밀레이 양은 로봇 같은 여자랍니다. 그럼 안녕히 계십시오, 윌스 양. 귀찮게 해서 미안합니다. 그리고 경찰한테 이야기하는 거 잊지 마세요."

"집사의 오른쪽 손목에 있는 반점 말이죠? 네, 잊지 않을게요."

"그럼 안녕히……. 아, 잠깐만. 오른쪽 손목이라고요? 아까는 왼쪽이라고 하지 않았어요?"

"제가 그랬어요? 아유, 바보처럼."

"정확히 어느 쪽입니까?"

윌스 양은 얼굴을 찌푸리더니 눈을 반쯤 내리깔고 기억을 더듬었다.

"잠깐만요. 생각 좀 해 보고요. 전 앉아 있었고 그 사람은……. 부탁 좀 드려도 될까요, 찰스 경? 이 쟁반을 야채 접시처럼 들고 저한테 건네주세요. 제 왼쪽에서요."

찰스 경이 찌그러진 놋쇠 장식품을 윌스 양에게 내밀었다.

"양배추 좀 드시겠습니까?"

"감사합니다. 이제 확실하게 알겠네요. 처음에 이야기한 게 맞아요. 왼쪽 손목이었어요. 바보처럼 착각했네요."

"아닙니다. 왼쪽과 오른쪽은 항상 헷갈리기 쉽지요."

찰스 경은 작별 인사를 했다.

그는 문을 닫고 나오면서 문득 뒤를 돌아보았다. 윌스 양은 그를 보고 있지 않았다. 그녀는 방금 그 자리에 그대로 서서 가만히 벽난로의 불꽃을 응시하고 있었다. 그녀의 입술에는 흡족한 듯한 심술궂은 미소가 어려 있었다.

찰스 경은 소스라치게 놀랐다.

'저 여자는 뭔가를 알고 있어. 뭔가를 알고 있는 게 확실해. 하지만 말을 안 하는군. 대체 저 여자는 무엇을 알고 있는 걸까?'

올리버 맨더스

새터스웨이트는 스피어와 로스 회사의 사무실에 들어가 올리버 맨더스 씨를 찾아왔다며 명함을 내밀었다.

그는 곧 안내를 받아 올리버가 앉아 있는 작은 방으로 들어갔다.

올리버 맨더스가 자리에서 일어나 손을 내밀었다.

"이렇게 찾아와 주셔서 고맙습니다, 새터스웨이트 씨."

말은 그렇게 했지만 속내는 이런 듯했다.

'젠장, 귀찮게시리 어쩐 일이지?'

그러나 새터스웨이트는 의욕이 쉽사리 꺾이는 사람이 아니었다. 그는 의자에 앉아 느린 동작으로 코를 푼 다음, 손수건 너머로 맨더스를 힐끔 쳐다보며 말했다.

"오늘 아침 신문 읽었나요?"

"요즘 경제 상황 말입니까? 글쎄요, 달러가……."

"달러 이야기가 아닙니다. 죽음 말입니다. 루머스에서 사체 부검 결과가 나왔습니다. 배빙턴 목사님은 독살당했어요. 니코틴으로."

"아, 그거요. 네, 봤습니다. 우리의 혈기왕성한 에그가 무척 기뻐 하겠더군요. 자나깨나 살인이라고 주장했으니까."

"당신은 관심이 없는 모양이군요?"

"난 그런 저속한 취미 따윈 없습니다. 아무튼 살인은 폭력적이고 비예술적이죠."

그는 어깨를 으쓱했다.

"언제나 비예술적인 건 아니지요."

"아니라고요? 뭐, 그럴지도 모르죠."

"누가 살인을 하느냐에 달려 있는 것 아닌가요? 예를 들어 당신이 살인을 저지르면 상당히 예술적일 것 같다는 느낌이 드는군요."

"그렇게 말씀해 주시니 감사하군요."

올리버가 느릿느릿 대꾸했다.

"하지만 젊은이, 솔직히 말해 당신이 가짜로 낸 사고는 전혀 그렇지 않았습니다. 경찰도 그렇게 생각할걸요."

한순간 침묵이 흘렀다. 펜이 바닥으로 굴러 떨어졌다.

올리버가 입을 열었다.

"죄송합니다만, 무슨 말씀인지 도통 모르겠군요."

"멜포트 애비에서 당신이 한 그 비예술적인 연기 말입니다. 당신이 왜 그런 짓을 했는지 궁금하군요."

다시 정적이 흘렀다.

올리버가 말했다.

"경찰이 나를 의심한단 말입니까?"

새터스웨이트는 고개를 끄덕이고 나서 유쾌한 말투로 물었다.

"수상해 보일 만도 하지 않나요? 그렇지만 당신은 납득이 갈 만한 이유를 댈 수 있겠지요?"

천천히 올리버가 말했다.

"설명할 수는 있습니다. 하지만 다른 사람들이 납득할지는 모르겠군요."

"그건 내가 판단하지요."

조금 뒤 올리버가 말했다.

"내가 거기에 간 건, 그러니까 그런 식으로 파티에 참석한 건 바솔로뮤 경이 그렇게 해 달라고 부탁했기 때문입니다."

"뭐라고요?"

새터스웨이트는 깜짝 놀랐다.

"내 말이 이상하게 들린다는 건 압니다. 하지만 그게 사실인걸요. 그분한테 편지를 받았어요. 사고가 난 척하면서 자기 집에 와 달라고 말입니다. 사정이 있어서 편지로 이유를 밝힐 수는 없지만, 나중에 기회가 닿는 대로 설명해 주겠다고 했습니다."

"그래서 그 이유를 말해 주던가요?"

"아뇨. 난 만찬이 막 시작될 때 저택에 도착했습니다. 그래서 단둘이 있을 기회가 없었어요. 그리고 식사가 끝날 즈음에는…… 죽어 버렸고요."

이제 올리버 맨더스에게서 권태로운 기색은 눈곱만큼도 찾아볼 수 없었다. 그의 검은 눈동자는 새터스웨이트에게 못 박혀 있었다. 자신의 말에 새터스웨이트가 어떤 반응을 보이는지 유심히 관찰하는 듯했다.

"그 편지를 가지고 있습니까?"

"아뇨. 찢어 버렸습니다."

새터스웨이트가 냉랭하게 말했다.

"유감이군요. 경찰에게는 아무 말도 안 했고요?"

"안 했습니다. 그게…… 아무리 봐도 거짓말처럼 들릴 것 같아서 말이죠."

"확실히 그렇군요."

새터스웨이트는 고개를 흔들었다.

바솔로뮤 스트레인지 경이 그런 편지를 썼다? 그건 도저히 그답지 않은 일이었다. 그 의사의 객관적인 성격에 어울리지 않게, 너무나 멜로드라마처럼 느껴졌던 것이다.

새터스웨이트는 눈을 들어 젊은이를 바라보았다. 올리버는 여전히 그를 뚫어져라 쳐다보고 있었다.

새터스웨이트는 속으로 생각했다.

'내가 그 이야기를 믿는지 알고 싶은 거로군.'

"바솔로뮤 경이 이유를 전혀 설명해 주지 않았단 말입니까?"

"전혀요."

"정말 놀라운 이야기군요."

올리버는 아무런 대꾸도 하지 않았다.

"그런데도 그가 하라는 대로 했단 말입니까?"

올리버의 얼굴에 다시금 지겹다는 표정이 떠올랐다.

"그래요. 이 진절머리 나는 세상살이에 조금이나마 기분전환이 될 것 같아서요. 솔직히 말해 호기심이 들었습니다."

"다른 건 없었어요?"

"다른 거라니, 무슨 뜻입니까?"

새터스웨이트 자신도 무슨 의미로 그런 말을 했는지 알 수 없었다. 그저 막연한 예감 같은 것이었다.

"그러니까 달리 내게 하고픈 말은 없냐는 겁니다. 당신에게 불리한 그런 이야기 말입니다."

다시 정적이 흘렀다. 잠시 후 젊은이가 어깨를 으쓱했다.

"솔직하게 전부 털어놓는 게 좋겠군요. 그 여자가 입을 다물고 있을 리도 없을 테니까."

새터스웨이트가 궁금하다는 표정을 지었다.

"살인이 일어난 다음 날 아침이었습니다. 앤터니 애스터란 여자와 이야기를 하던 중이었죠. 주머니에서 수첩을 꺼내는데 거기서 뭐가 떨어지는 겁니다. 그 여자가 주워서 나한테 건네주더군요."

"그게 뭐였소?"

"공교롭게도 그 여자가 나한테 건네주기 전에 힐끔 훑어봤어요. 그건 니코틴에 관한 신문 기사 조각이었습니다. 니코틴이 얼마나 치명적인 독극물인가, 뭐 그런 내용이었죠."

"어쩌다 그런 것에 흥미를 갖게 되었습니까?"

"그런 적 없습니다. 아주 옛날에 넣어 두었는지도 모르죠. 그런데 난 그런 기억이 전혀 없단 말입니다. 이상하지 않습니까?"

새터스웨이트는 속으로 중얼거렸다.

'얄팍한 변명이로군.'

올리버가 말을 이었다.

"그 여자가 경찰한테 말했겠죠?"

새터스웨이트는 고개를 저었다.

"그랬을 것 같지 않군요. 윌스 양은 혼자서만 알고 있는 걸 좋아 하는 성격이니까. 정보 수집가랄까?"

갑자기 올리버 맨더스가 몸을 가까이 기울였다.

"나는 결백합니다, 선생님. 진짜로 결백하다고요."

새터스웨이트는 부드럽게 말했다.

"당신이 범인이라고 의심하는 게 아닙니다."

"하지만 누군가는 그렇게 생각하겠죠. 그래서 날 경찰에 찌른 거예요."

새터스웨이트는 고개를 저었다.

"그런 게 아니에요."

"그럼 선생님은 왜 나를 찾아오신 겁니까?"

새터스웨이트는 약간 뽐내는 투로 말했다.

"그건 내 조사 결과를 확인하러 온 거예요. 또 한편으로는 내 친 구의 제안 때문이기도 하고."

"어떤 친구요?"

"에르퀼 푸아로."

올리버의 감정이 폭발했다.

"그 사람! 그 사람이 지금 영국에 있습니까?"

"그렇습니다."

"대체 왜 돌아왔답니까?"

새터스웨이트는 의자에서 일어나며 이렇게 대꾸했다.

"개는 왜 사냥을 하지요?"

자신의 재치 있는 대답에 내심 흡족해하며, 새터스웨이트는 방을
나갔다.

푸아로, 셰리주 파티를 열다

리츠 호텔의 호화로운 스위트룸에서 에르퀼 푸아로는 편안한 안락의자에 깊숙이 기대앉아 사람들의 이야기를 듣고 있었다.

에그는 의자의 팔걸이에 걸터앉아 있었고, 찰스 경은 벽난로 앞에 서 있었으며, 새터스웨이트는 약간 떨어진 곳에 앉아 이들을 지켜보고 있었다.

에그가 말했다.

"모조리 실패했네요."

푸아로는 부드럽게 고개를 저었다.

"아닙니다. 그건 조금 과장됐습니다. 파티 손님들과 배빙턴 목사님의 관계는 알아내지 못했지만 다른 의미심장한 정보들을 수집했잖아요."

찰스 경이 말했다.

"그 윌스라는 여자는 분명 뭔가를 알고 있어요. 맹세라도 할 수 있습니다."

"데이크리스 대위도요. 어딘가 찔리는 구석이 있는 것 같아요. 데이크리스 부인은 돈이 절실히 필요한 형편이었는데, 바솔로뮤 경이 그 기회를 완전히 망쳐 버렸죠."

새터스웨이트가 푸아로에게 물었다.

"맨더스가 한 이야기는 어떻게 생각합니까?"

"바솔로뮤 경의 성격과 어울리지 않는 이야기더군요."

찰스 경이 노골적으로 물었다.

"그럼 그게 거짓말이라는 겁니까?"

"거짓말에도 여러 종류가 있지요."

푸아로는 한참 동안 아무 말 없이 앉아 있다가 다시 입을 열었다.

"윌스 양이 서트클리프 양을 위해 연극을 썼다고요?"

"그렇습니다. 첫 공연은 다음 주 수요일이랍니다."

"아하!"

그는 다시 조용해졌다. 에그가 물었다.

"이제 우린 뭘 하죠?"

푸아로는 그녀에게 미소를 지어 보였다.

"이제 할 일은 한 가지뿐이지요. 생각하는 겁니다."

에그가 소리쳤다.

"생각이라고요?"

짜증스러운 목소리였다.

푸아로가 그녀를 쏘아보았다.

"그렇습니다. 생각, 생각을 하는 겁니다! 곰곰이 생각하면 모든 문제가 풀릴 겁니다."

"그것말고 다른 건 없어요?"

"행동을 하고 싶다는 겁니까, 마드무아젤? 물론 아가씨가 할 만한 일이 아직 남아 있긴 하지요. 예를 들어 배빙턴 목사님이 오랫동안 살았다는 길링이 있지요. 거기 가서 조사를 하는 겁니다. 길링에 밀레이 양의 어머니가 살고 있다고 했지요? 게다가 환자들은 모르는 게 없어요. 소문이란 소문은 모조리 귀에 들어오는 데다 절대 잊어버리는 법도 없으니까요. 그녀에게 물어 보면 뭔가를 알아낼 수 있을지도 모릅니다. 누가 알겠습니까?"

에그는 끈질기게 물었다.

"당신은 아무것도 안 할 건가요?"

푸아로가 눈을 반짝였다.

"저도 움직여야 한다는 겁니까? 원하는 대로 해 드리지요. 다만 전 이 자리를 떠나지 않을 겁니다. 여긴 아주 편안하니까요. 하지만 제가 무엇을 할지 말해 주지요. 전 파티를 열 겁니다. 셰리주 파티를 요. 근사하지 않습니까?"

"셰리주 파티요?"

"프레시제멍! 그리고 전 데이크리스 부부와 서트클리프 양, 윌스 양, 맨더스 씨와 아가씨의 아름다운 어머님도 초대할 생각입니다."

"저는요?"

"물론 아가씨도 빼놓으면 안 되죠. 여기 있는 분들도 모두 와야 합니다."

"만세! 전 못 속여요, 무슈 푸아로. 파티에서 깜짝 놀랄 일을 벌이실 거죠? 그렇죠?"

"그건 두고 봐야지요. 하지만 너무 기대하진 마세요, 마드무아젤. 이제 전 찰스 경과 할 이야기가 있으니 자리를 비켜 주겠습니까? 몇 가지 조언이 필요해서요."

에그와 새터스웨이트는 밖으로 나갔다.

엘리베이터를 기다리며 서 있을 때 에그가 말했다.

"정말 멋져요. 추리소설이랑 똑같잖아요. 사람들을 한자리에 모아 놓고 누가 범인인지 말해 주려는 걸 거예요."

"과연 그럴까요?"

셰리주 파티는 월요일 저녁에 열렸다. 모든 사람들이 초대를 받아들였다.

언제나 명랑하고 매력적인 서트클리프 양이 주위를 둘러보고 장난꾸러기처럼 짓궂은 웃음을 터뜨렸다.

"훌륭한 거미줄이군요, 무슈 푸아로. 우린 제 발로 거미줄에 걸어 들어온 불쌍한 파리 떼고요. 조금 있다가 당신은 훌륭한 말솜씨로 이번 사건의 개요를 설명하고 갑자기 날 가리키면서 이렇게 말할 거예요. '저기 저 여자가 범인입니다!' 그러면 다들 이렇게 말하겠죠. '그래, 저 여자가 저지른 거야.' 그러면 난 울음을 터뜨리면서 죄를 고백하겠죠. 난 그런 분위기에 약하거든요. 오, 무슈 푸아로, 난 당신이 정말 무서워요."

"쾡 이스투아르를!(저런저런!)"

푸아로가 말했다. 그는 디캔터*의 술을 잔에 따르는 중이었다. 그는 서트클리프 양에게 셰리주 잔을 건네며 고개를 살짝 숙였다.

"이건 그저 친목 도모를 위한 작은 파티랍니다. 피투성이 살인이나 독약 같은 화제는 꺼내지도 말아요. 라, 라!(자, 이제 그만!) 그런 이야기는 입맛을 해친답니다."

그는 얼굴이 어두운 밀레이 양에게도 잔을 내밀었다. 그녀는 찰스 경과 함께 왔는데, 감히 말도 못 붙일 만큼 표정이 굳어 있었다.

모든 손님들에게 술잔을 돌린 후, 푸아로가 말했다.

"우리가 처음 만났을 때 일어난 사건 따위는 잊읍시다. 파티란 자고로 흥겨워야 하는 법! 먹고 마시고 즐겁게 놀아 보지요. 내일이면 죽어 이 자리에 없을 테니. 아, 말뢰르.(아이고, 이런.) 또 죽음이 어쩌고 하는 이야기를 꺼내고 말았군요."

그는 데이크리스 부인에게 절하며 말했다.

"부인, 부인에게 행운이 함께 하길 빌며, 그 아름다운 드레스에 건배해도 될까요?"

"에그, 당신을 위해 건배하겠습니다."

찰스 경이 말했다.

---

* 포도주를 담는 유리병.

"건배!"

프레디 데이크리스가 말했다.

모두들 한 마디씩 중얼거리며 잔을 들어올렸다. 방 안에는 억지로 파티를 즐기려는 듯한 분위기가 팽배했다. 다들 일부러 쾌활하고 아무런 근심도 없는 척 보이려고 결심한 것 같았다. 오직 푸아로만 진심으로 파티를 즐기는 듯 보였다.

그는 흥겹게 지껄였다.

"전 칵테일보다 셰리주를 더 좋아합니다. 위스키보다는 백배 천배 더 좋아하고요. 오, 위스키, 정말 끔찍한 물건이죠. 입맛을 어쩌나 고약하게 버려 놓는지. 하지만 프랑스 와인의 그 감미로운 맛을 한 번 알게 되면 절대로, 절대로……. 아, 이게 무슨……?"

그는 이상한 소리에 말을 멈췄다. 숨이 막힌 듯한 고통스러운 신음 소리가 울렸다. 모든 이들의 시선이 찰스 경에게 쏠렸다. 찰스 경은 비틀거리면서 경련을 일으켰다. 손에 들고 있던 잔이 바닥에 떨어졌다. 그는 앞으로 몇 발자국 내딛는가 싶더니 곧 바닥에 털썩 쓰러졌다.

찬물을 끼얹은 듯한 정적이 모두를 마비시켰다.

다음 순간 앤젤라 서트클리프가 갑자기 비명을 질렀고, 에그가 앞으로 뛰쳐나왔다.

"찰스! 찰스!"

그녀가 팔을 휘저으며 다가가려 하자 새터스웨이트가 부드럽게 그녀를 뒤에서 끌어당겼다.

레이디 메리가 외쳤다.

"오, 하느님 맙소사! 어떻게 또 이런 일이!"

앤젤라 서트클리프가 울부짖었다.

"또 독살당한 거예요……. 끔찍해! 정말 끔찍해! 하느님 맙소사, 이건 정말 너무 끔찍해."

그녀는 쓰러지다시피 소파에 털썩 주저앉아 웃는 동시에 흐느끼기 시작했다. 참으로 소름 끼치는 소리였다.

상황을 정리하러 나선 사람은 푸아로였다. 그는 쓰러진 찰스 경 옆에 무릎을 꿇고 몸을 기울였다. 다른 사람들은 그가 찰스 경을 살펴보는 동안 뒤로 물러나 있었다. 푸아로는 자리에서 일어나더니 무릎에 묻은 먼지를 탁탁 털었다. 그러고는 사람들을 둘러보았다. 앤젤라 서트클리프의 흐느낌만 들려올 뿐, 방 안은 정적에 휩싸여 있었다.

"여러분."

푸아로가 입을 열었다. 하지만 그가 미처 다음 말을 잇기도 전에 에그가 소리쳤다.

"바보, 멍청이. 재주넘기밖에 모르는 머저리 천치 같으니라고. 그렇게 잘난 체하더니만, 뭐든 다 아는 것처럼 굴더니만 이런 일이 또 일어나는 동안 손가락만 빨고 있었던 거예요? 또 살인이 일어났잖아요. 바로 당신 눈앞에서. 당신만 가만히 있었더라면 이런 일은 일어나지 않았을 거야. 찰스를 살해한 건 바로 당신이에요. 당신, 당신 잘못이라고."

그녀는 더 이상 말을 잇지 못했다.

푸아로는 서글픈 표정으로 고개를 끄덕였다.

"모두 사실입니다, 마드무아젤. 솔직하게 시인하지요. 찰스 경을 죽인 건 바로 접니다. 하지만 마드무아젤, 전 아주 특수한 살인자랍니다. 전 사람을 죽일 수도 있고, 그리고 다시 살릴 수도 있거든요."

그는 몸을 돌리더니 아까와는 전혀 다른, 평소와 같이 소심한 목소리로 말했다.

"정말 멋진 연기였습니다, 찰스 경. 축하합니다. 이제 박수를 받을 시간입니다."

너털웃음을 터뜨리며, 방금까지 쓰러져 있던 배우가 벌떡 일어나 장난스럽게 사람들에게 절을 했다.

에그가 한껏 숨을 들이쉬었다.

"무슈 푸아로, 당신은 정말 나쁜 사람이에요!"

앤젤라 서트클리프가 소리쳤다.

"찰스, 이 악마 같은 인간……."

"하지만 왜……?"

"어떻게……?"

"이게 도대체 무슨……?"

푸아로는 손을 들어 사람들의 웅성거림을 막았다.

"신사숙녀 여러분, 정말 미안합니다. 이 작은 연극은 여러분 모두에게, 그리고 저 자신에게 제가 추측한 것이 사실임을 증명하기 위해 보여 드린 것입니다.

자, 보십시오. 저는 이 쟁반에 물 한 숟가락이 들어 있는 잔을 놓아 두었습니다. 그 물은 니코틴을 의미합니다. 이 잔은 찰스 카트라이트 경과 바솔로뮤 스트레인지 경이 갖고 있는 것과 똑같은 제품이고요. 워낙 무겁고 유리가 두껍기 때문에 이런 무색 액체가 조금 들어 있다고 해도 알아차리기 힘들지요. 그럼 바솔로뮤 스트레인지 경의 포트와인 잔을 생각해 봅시다. 잔은 테이블 위에 놓여 있었고, 누군가가 그 안에 니코틴 원액을 집어 넣었지요. 누구라도 가능한 일이었습니다. 집사, 하녀, 혹은 손님들 중 한 명이 아래층으로 내려가는 길에 몰래 식당에 들러 그런 짓을 했을지도 모릅니다. 디저트가 끝나고, 포트와인이 올라오고, 잔이 채워집니다. 바솔로뮤 경은 그 잔을 마시고…… 죽습니다.

오늘 밤 우리는 여기서 세 번째 비극, 즉 가짜 비극을 목격했습니다. 저는 찰스 경에게 희생자 역할을 맡아 달라고 부탁했지요. 찰스 경은 훌륭한 연기를 보여 주었습니다. 잠시나마 그것이 연극이 아니라 실제 상황이었다고 생각해 봅시다. 찰스 경이 죽었습니다. 이제 경찰은 어떻게 할까요?"

서트클리프 양이 외쳤다.

"당연히 잔부터 조사하겠죠."

그녀는 찰스 경의 손에서 바닥으로 떨어진 와인 잔을 고갯짓으로 가리켰다.

"당신은 물을 넣었지만, 진짜 니코틴이라면……."

푸아로가 발끝으로 잔을 톡 건드리며 말했다.

"그게 진짜 니코틴이었다고 가정해 봅시다. 경찰이 잔을 검사하면 니코틴 성분이 검출될 거란 말이지요?"

"네, 당연하죠."

푸아로는 천천히 고개를 내저었다.

"틀렸습니다. 니코틴은 어디서도 발견되지 않을 겁니다."

모두들 푸아로를 빤히 쳐다보았다.

"그건 찰스 경이 사용한 잔이 아니거든요."

푸아로는 미안하다는 듯 빙긋 웃으며 양복 주머니에서 잔을 하나 꺼냈다.

"찰스 경이 사용했던 잔은 바로 이것입니다. 보다시피 이건 단순한 눈속임에 불과합니다. 사람의 주의력이란 두 곳에 동시에 쏠릴 수 없거든요. 이 속임수를 성공시키려면 사람들의 주의를 다른 곳으로 돌려야 합니다. 방금 그런 심리적 순간이 있었지요. 찰스 경이 쓰러졌을 때, 그러니까 그가 죽었을 때 방 안에 있던 모든 사람들이 그를 바라보고 있었으니까요. 모두가 그에게 가까이 다가가려고 모여들었습니다. 아무도, 단 한 명도 저 에르퀼 푸아로에게 신경 쓰지 않았습니다. 바로 그때 저는 잔을 바꿔치기한 겁니다. 아무에게도 들키지 않고 말입니다.

자, 이제 아셨겠지요? 이게 바로 제가 증명하고 싶었던 것입니다. 크로우스 네스트에서도 그런 순간이 있었습니다. 멜포트 애비에서도 그런 순간이 있었습니다. 그래서 칵테일 잔에서 아무것도 검출되지 않았고, 포트와인 잔도 깨끗했던 겁니다."

에그가 큰 소리로 외쳤다.

"대체 누가 잔을 바꿔치기한 거죠?"

그녀를 똑바로 바라보며 푸아로가 말했다.

"앞으로 밝혀 내야지요."

"그럼 누가 그랬는지 모른단 말이에요?"

푸아로는 말없이 어깨를 으쓱했다.

손님들은 슬슬 떠날 준비를 했다. 그들의 태도는 냉담하고 싸늘했다. 자신들이 바보 취급을 당했다는 기분이 들었던 것이다.

푸아로가 손을 들어 떠나려는 사람들을 가로막았다.

"잠시만 기다려 주십시오. 부탁드립니다. 한 가지만 더 말씀드리고자 합니다. 오늘 밤 우리는 한 편의 희극을 보여 드렸습니다. 하지만 그 희극은 현실이 될지도 모릅니다. 그렇다면 그것은 비극이 되겠지요. 특정한 조건만 갖춰진다면 살인범은 세 번째 살인을 저지를 겁니다. 이 자리에 계신 모든 분께 말씀드립니다. 혹시 무언가를 알고 있는 분이 있다면, 이 범죄와 관련된 아주 사소한 것일지라도 알고 있는 분이 있다면 지금 당장 말씀해 주십시오. 지금처럼 중대한 시점에 혼자서 비밀을 간직하는 건 아주 위험한 일입니다. 그 결과는 죽음이 될지도 모릅니다. 그러므로 다시 한 번 간절히 부탁합니다. 무엇이든 알고 있는 분이 있다면, 지금 이 자리에서 말씀해 주십시오."

찰스 경이 보기에 푸아로의 호소는 특히 윌스 양을 향하고 있는 것 같았다. 하지만 효과는 전혀 없었다. 아무도 그의 말에 반응하지 않았다.

푸아로는 한숨을 푹 내쉬더니 손을 늘어뜨렸다.

"그렇다면 뜻대로 하십시오. 전 경고했습니다. 이 이상은 저도 어쩔 수 없어요. 명심하십시오. 입을 다무는 것은 위험합니다."

그런데도 여전히 아무도 입을 열지 않았다.

손님들은 어색한 분위기 속에서 헤어졌다. 남아 있는 사람은 에그와 찰스 경, 새터스웨이트뿐이었다.

에그는 아직도 푸아로를 용서하지 않았다. 그녀는 의자에 조용히 앉아 있었는데, 뺨은 붉게 상기되고 눈동자는 분노로 이글거렸다. 심지어 찰스 경을 쳐다보려고도 하지 않았다. 하지만 찰스 경은 아랑곳 하지 않고 감탄하며 말했다.

"기발한 생각이었습니다, 푸아로."

새터스웨이트도 킬킬거리며 말했다.

"대단했지요. 당신이 잔을 바꿔치기하는 걸 직접 보지 않았더라면 절대 안 믿었을 겁니다."

"그래서 모두에게 비밀로 한 거랍니다. 그렇지 않으면 이 실험은 아무런 의미도 없을 테니까요."

에그가 퉁명스레 말했다.

"그래서 이런 일을 계획한 건가요? 들키지 않고 잔을 바꿔치기하는 게 가능한지 보려고?"

"꼭 그런 것만은 아닙니다. 다른 목적이 있었지요."

"그게 뭡니까?"

"찰스 경이 쓰러지는 순간 어떤 사람의 표정을 보고 싶었습니다."

"누구의 표정을요?"

"그건 비밀입니다."

"그래서 그 사람의 얼굴을 봤습니까?"

새터스웨이트가 물었다.

"그렇습니다."

"어떻던가요?"

푸아로는 다만 고개를 흔들 뿐 대답하지 않았다.

"우리에게는 말하지 않을 건가요?"

푸아로가 천천히 입을 열었다.

"저는…… 극도로 경악하는 표정을 보았습니다."

에그가 깜짝 놀라 숨을 들이켰다.

"그러니까 누가 범인인지 안다는 말씀이군요!"

"그렇게 말할 수도 있지요, 마드무아젤."

"하지만…… 정말 그렇다면 당신은 이제 모든 걸 알고 있다는 거
네요?"

푸아로는 고개를 저었다.

"아니, 오히려 그 반대입니다. 전 아무것도 모릅니다. 전 아직도
스티븐 배빙턴 목사님이 왜 살해당했는지 모르겠거든요. 그걸 밝혀
낼 때까지 전 아무것도 증명할 수 없습니다. 아무것도 모르는 셈이죠.
모든 것이 스티븐 배빙턴 목사님의 살해 동기에 달려 있으니까요."

그때 문 두드리는 소리가 나더니 종업원이 쟁반에 전보를 받쳐

들고 들어왔다.

푸아로가 전보를 펼쳤다. 순간 그의 안색이 변했다. 그는 전보를
찰스 경에게 건네주었다. 에그가 찰스 경의 어깨 너머로 고개를 내
밀고 소리 내어 전보를 읽었다.

지금 즉시 나를 만나러 와 주세요. 바솔로뮤 스트레인지 경의 죽
음에 관한 중요한 정보를 알려 드리고자 합니다.

마거릿 러시브리저

찰스가 소리쳤다.

"드 러시브리저 부인! 결국 우리가 옳았군. 그녀는 이 사건과 관
계가 있었던 거야!"

길링에서의 하루

그 즉시 격렬한 토론이 이어졌다. 여러 가지 안이 제시되었고, 마침내 자동차보다 아침 기차를 이용하는 편이 낫겠다는 결론이 내려졌다.

찰스 경이 말했다.

"드디어 수수께끼의 일부가 풀리겠군."

에그가 물었다.

"그게 뭘까요?"

"모르겠어요. 하지만 배빙턴 목사의 죽음에 관한 실마리를 얻을 수 있을 겁니다. 톨리가 의도적으로 그 사람들을 불렀다면, 물론 나는 개인적으로 그렇다고 확신하지만, 그 친구가 말한 '깜짝 놀랄 일'이 러시브리저라는 여자와 연관되어 있지 않을까 싶어요. 그렇지 않습니까, 무슈 푸아로?"

푸아로는 당혹스럽다는 표정으로 고개를 저었다.

"전보 때문에 문제가 더 복잡해지는군요. 서둘러야 합니다. 최대한 빨리 서둘러야 해요."

새터스웨이트는 왜 그렇게 급히 서둘러야 하는지 알 수 없었지만 어쨌든 예의바르게 동의를 표했다.

"그래야지요. 내일 아침 첫 기차를 타도록 합시다. 그런데 우리 모두 가야 할까요?"

"찰스 경과 전 길링에 가려고 했는데요."

에그가 말했다.

"그건 미룰 수 있어요."

"뭐든 미루는 건 안 돼요. 네 사람이나 요크셔에 갈 필요는 없잖아요. 너무 호들갑스러워 보이지 않겠어요? 그럼 이렇게 해요. 무슈 푸아로와 새터스웨이트 씨는 요크셔에 가세요. 찰스 경과 전 길링에 가 볼게요."

찰스 경이 애원하듯 말했다.

"난 러시브리저 부인을 만나 보고 싶은데. 알다시피 난 지난번에 간호원장도 만났으니까……. 이미 그 일에 발을 들여놓은 거랄까?"

"그러니까 더욱 가시면 안 되죠. 지금까지 거짓말한 게 들통날지도 모르잖아요. 특히 러시브리저라는 여자가 직접 나타나면 모조리 탄로날 텐데요. 선생님은 길링으로 가시는 게 훨씬 나아요. 밀레이 양의 어머니는 저보다 선생님을 더 편하게 여길 테니까요. 자기 딸의 고용주니까 믿고 털어놓을 거예요."

찰스 경은 에그의 간절한 얼굴을 들여다보았다.

"그럽시다. 당신 말이 맞는 것 같군요."

"당연하죠."

푸아로가 쾌활한 목소리로 말했다.

"제가 보기에도 훌륭한 계획입니다. 마드무아젤의 말대로 찰스
경은 밀레이 부인을 만나기에 적격인 사람입니다. 누가 알겠습니
까? 어쩌면 우리보다 훨씬 더 많은 사실을 알아낼지도 모르죠."

다음 날 아침 찰스 경은 10시 15분에 에그를 차에 태웠다. 푸아로
와 새터스웨이트는 이미 기차 안에 앉아 있었다.

아름답고 화창한 아침이었다. 에그는 찰스 경의 옆자리에 앉아
템스 강 남쪽으로 난 구불구불한 길을 따라 달려가며 상쾌한 기분
을 만끽했다.

마침내 그들은 포크스톤 거리로 날듯이 접어들었다. 메이드스톤
을 지나자 찰스 경은 지도를 들여다본 다음 큰길을 벗어나 좁은 시
골길로 진입했다. 그들이 목적지에 도착한 시각은 11시 45분이었다.

길링은 세상과 동떨어진 한적한 시골 마을이었다. 보이는 것이라
고는 낡은 교회와 목사관, 두세 개의 작은 상점, 길게 늘어선 시골집
과 서너 채의 새 공영 주택, 그리고 넓게 펼쳐진 아름다운 초록 들
판뿐이었다. 밀레이 양의 어머니는 교회 맞은편 들판 한쪽에 자리
잡은 작은 집에서 살고 있었다.

찰스 경이 차를 세우자 에그가 물었다.

"밀레이 양은 우리가 자기 어머니를 만나러 간다는 걸 알고 있

나요?"

"알고 있어요. 그녀가 직접 편지를 썼거든."

"그게 좋은 일일까요?"

"왜 그런 생각을 하지?"

"모르겠어요. 그저……. 왜 밀레이 양을 데려오지 않으셨어요?"

"솔직히 말하면 그 여자 때문에 내가 실력을 제대로 발휘하지 못
할까 봐 그런 거예요. 그 여자는 나보다 훨씬 유능하거든. 내 옆에
앉아서 대사를 읊어 주려고 할걸."

에그가 웃음을 터뜨렸다.

밀레이 부인은 놀랄 만큼 딸하고는 영 딴판이었다. 밀레이 양이
딱딱하다면 그녀는 부드러웠고, 밀레이 양이 뾰족뾰족하다면 그녀
는 둥글둥글했다. 밀레이 부인은 하루 종일 편안한 안락의자에 앉
아 있으면서도 창문을 통해 바깥에서 무슨 일이 벌어지는지 모조리
알아냈다. 그녀는 손님들을 반갑게 맞이했다.

"어머나, 이렇게 만나 뵙게 되어 기뻐요, 찰스 경. 우리 바이올릿
한테 말씀 많이 들었답니다."

바이올릿! 밀레이 양과 지독히도 안 어울리는 이름이었다.

"그 애가 당신을 얼마나 존경하는지 모르실 거예요. 요 몇 년 간
당신 밑에서 일하면서 제일 행복해했거든요. 좀 앉으세요, 리튼 고
어 양. 자리에서 일어나 맞지 못해 미안해요. 다리가 말을 안 들은
지 꽤 오래 되었답니다. 하지만 그것도 다 하느님의 뜻이니 불평하
면 안 되죠. 게다가 사람은 시간이 지나면 뭐든 익숙해지기 마련이

잖아요. 오랫동안 운전을 하느라 피곤하실 테니 뭐라도 좀 드시겠어요?"

찰스 경과 에그는 괜찮다고 사양했지만 밀레이 부인은 그 말을 못 들었던 모양이다. 그녀가 동양식으로 손뼉을 짝짝 치자, 하녀가 차와 비스킷을 내왔다. 차를 마시고 비스킷을 우물거리는 동안, 찰스 경이 찾아온 이유를 설명했다.

"밀레이 부인, 이미 들으셨을 줄 압니다. 여기서 목사로 계시던 배빙턴 씨가 돌아가신 건 알고 계시지요?"

부인은 고개를 끄덕였다.

"네, 들었어요. 사체 발굴에 대한 신문 기사도 읽었고요. 도대체 누가 그런 짓을 한 걸까요? 목사님은 정말 좋은 분이셨어요. 모두가 그분을 좋아했지요. 그리고 그 부인도요. 애들도 참 착했죠."

"정말이지 수수께끼가 아닐 수 없습니다. 우리 모두 진심으로 슬퍼하고 있답니다. 사실은 이번 사건에 부인의 도움을 받을 수 있을까 해서 찾아왔습니다."

"나한테서요? 난 배빙턴 목사님 부부를 벌써 한 15년 동안 못 봤는데요."

"알고 있습니다. 하지만 우린 목사님의 죽음이 과거에 있었던 일과 관련이 있는 게 아닐까 추측하고 있거든요."

"난 짐작도 안 가네요. 그 집 식구들은 정말 조용하고 소박하게 살았어요. 몹시 가난하긴 했지요. 애들도 많고."

밀레이 부인은 이런저런 이야기를 들려주었지만 사건을 해결하는 데에는 그다지 도움이 될 것 같지 않았다.

찰스 경은 확대한 데이크리스 부부의 사진과 앤젤라 서트클리프의 젊었을 적 사진, 신문에서 오려 낸 윌스 양의 희미한 사진을 보여 주었다. 밀레이 부인은 사진들을 주의 깊게 찬찬히 살펴보았지만 어느 누구도 알아보지 못했다.

"이 중에는 아는 사람이 없어요. 물론 워낙 오래 전이기도 하고요. 하지만 여긴 정말 코딱지만 한 마을이랍니다. 들어오거나 나가는 사람도 거의 없고요. 에그뉴 의사네 딸들은 다 결혼해서 다른 마을로 나가 버렸고, 지금 있는 의사는 독신이지요. 젊은 사람을 새로 동업자로 들였더군요. 그리고 교회에서 커다란 가족석을 차지했던 노처녀 케일리스 자매도 있었는데, 그 사람들도 다 옛날 옛적에 죽어 버렸어요. 리처드슨 가족도 있네요. 남편은 죽었고, 부인은 웨일스로 떠났죠. 물론 다른 마을 사람들도 있어요. 하지만 여긴 변화가 별로 많지 않아요. 바이올릿한테 물어 봐도 나만큼 알고 있을걸요. 그땐 아직 어린아이였는데 목사관에 자주 놀러가곤 했지요."

찰스 경은 어린 소녀 시절의 밀레이 양을 상상해 보려 했지만 도무지 그림이 그려지지 않았다.

그는 밀레이 부인에게 러시브리저라는 이름을 들어 본 적이 있느냐고 물었다. 하지만 그 역시 만족할 만한 대답을 얻지 못했다.

마침내 두 사람은 집을 나섰다.

그 다음 계획은 빵집에서 간단한 점심 식사를 하는 것이었다. 사실 찰스 경은 다른 곳에 가서 푸짐하게 먹는 게 어떻겠냐고 제안했지만, 에그는 빵집에 가야 떠도는 소문을 쉽게 얻어들을 수 있다고 우겼다. 에그가 신랄하게 덧붙였다.

"삶은 달걀과 스콘 정도라면 괜찮을 거예요. 남자들은 음식 투정이 너무 심하다니까."

"난 어렸을 적부터 달걀을 싫어했는데……."

찰스 경이 풀이 죽어 말했다.

주문받는 여자한테 수다를 끄집어내기란 누워서 떡 먹기였다. 그녀도 신문에서 사체 부검에 대한 기사를 읽고 그 사람이 이 지역의 '옛날 목사'라는 걸 알았다며 흥분한 목소리로 말했다.

"그땐 나도 어린애였죠. 하지만 그분은 기억나요."

하지만 그녀도 배빙턴 목사에 대한 사실을 그다지 많이 알려 주지 못했다.

점심 식사를 마친 후 두 사람은 교회에 가서 출생 기록과 결혼, 사망 기록을 살펴보았다. 하지만 그곳에서도 역시 아무런 단서도 건지지 못했다. 그들은 교회 건물을 나와 뒤뜰의 묘지를 거닐었다. 에그는 비석에 새겨진 이름들을 보고 말했다.

"어머, 정말 특이한 이름이 많네요. 여긴 스테이브페니스*라는 가족이 묻혀 있고, 저긴 메리 앤 스티클패스**라는 사람 무덤이에요."

"그래도 내 이름보다 낫군."

---

* '쏟아진 동전'이라는 뜻.
** '망설여지는 길'이라는 뜻.

찰스 경이 중얼거렸다.

"카트라이트? 그게 어디가 이상해요?"

"카트라이트를 말하는 게 아니에요. 카트라이트는 원래 내 예명이었는데, 나중에 아예 그렇게 개명한 거지."

"그럼 진짜 이름은 뭔데요?"

"말할 수 없어요. 그건 아무에게도 밝힐 수 없는 비밀이거든."

"그렇게 끔찍해요?"

"끔찍하기보다 우스꽝스럽지."

"오, 가르쳐 주세요."

"안 돼요."

찰스 경은 단호하게 거절했다.

"제발요, 네?"

"싫소."

"왜요?"

"들으면 웃을 테니까."

"안 웃을게요."

"그래도 웃게 될걸."

"저한테만 살짝 알려 주세요, 네? 제발요."

"정말 끈질기군. 에그, 왜 그렇게 알려는 거예요?"

"당신이 안 가르쳐 주려고 하니까요."

찰스 경이 마음이 흔들리는 듯 미소를 지으며 말했다.

"이 귀여운 꼬마 아가씨 같으니라고."

"전 꼬마가 아니에요."

"아니라고? 흠, 과연?"

에그가 부드러운 목소리로 속삭였다.

"가르쳐 주세요."

찰스 경의 입술에 장난기 어린 미소가 번졌다.

"좋아. 그럼 말해 주지. 내 아버지의 이름은 머그*였소."

"정말요?"

"정말."

"흐음, 확실히 고생이었겠네요. 머그라는 이름으로 세상을 살려면……."

"연기 생활을 하기엔 최악의 이름이었죠. 아, 기억나는군요. 정말 젊었을 적 일인데 내 이름을 루도빅 카스틸리온이라고 지을까 생각했지요. 하지만 결국 영국 사람답게 찰스 카트라이트를 쓰기로 결정했지."

"찰스란 이름은 진짜예요?"

"그래요. 우리 대부와 대모님이 지어 주신 거죠."

그는 잠시 머뭇거리다가 말했다.

"그냥 찰스라고 불러요. '경'이라고 하지 말고."

"내키면요."

"어제는 그렇게 불렀잖아요. 내가 죽었을 때."

----

* Mugg, 'mug'에는 '얼간이, 바보'라는 의미가 있다.

"아, 그때요."

에그는 애써 태연한 목소리로 말했다.

그때 찰스 경이 불쑥 뱉어 내듯 말했다.

"에그, 난 이 살인 사건이 더 이상 현실처럼 느껴지지 않아요. 오늘은 특히 그래. 꼭 환상처럼 느껴져요. 난 이 일을 빨리 해결하고 싶었어요. 그 무엇보다도 먼저…… 빨리 끝내고 싶었지. 난 미신을 믿는 경향이 있는 사람입니다. 난 이 문제를 해결하면, 그…… 다른 일도 다 잘 될 거라고 생각했거든요. 이런, 빌어먹을. 왜 이렇게 빙빙 돌리고만 있지? 무대에서는 아무렇지도 않게 사랑 고백을 잘만 해 대면서 실제로는 이렇게 젬병이라니. 에그, 솔직히 말해 줘요. 당신이 선택한 건 나요, 아니면 젊은 맨더스요? 난 반드시 알아야겠어. 어제만 해도 난 그게 나라고 생각했어요……."

"선생님 생각이 맞아요."

"오, 내 천사여!"

"찰스, 찰스. 교회에서는 키스하면 안 돼요……."

"내가 원하면 어디서든 할 겁니다."

"우린 아무것도 발견하지 못했어요."

런던으로 돌아가는 길에 에그가 말했다.

"말도 안 돼. 우린 가장 중요한 것을 발견했잖아요. 죽은 목사나 의사 따위가 이제 무슨 상관이에요? 내겐 당신뿐이에요, 내 사랑. 난 당신보다 서른 살은 많아요. 그래도, 정말 그래도 괜찮겠어요?"

에그는 찰스 경의 팔을 부드럽게 꼬집었다.

"바보처럼 굴지 마세요. 그건 그렇고 다른 사람들은 수확이 있었나 모르겠네요?"

찰스 경이 너그럽게 말했다.

"그랬으면 다행이고."

"찰스, 당신 어제까지만 해도 온통 사건 생각뿐이었잖아요?"

찰스 경은 이제 위대한 탐정 역할에 관심이 없었다.

"그건 더 이상 내 무대가 아니에요. 주인공 역은 콧수염 달린 남자에게 넘겨줄 테니. 이제 그 사람 일이야."

"그 사람은 범인이 누군지 알까요? 자기 입으로 안다고 했잖아요."

"짐작도 못 하고 있을걸. 하지만 자기도 체면이 있으니까 그런 소리를 하는 거겠죠."

에그는 아무 말도 하지 않았다.

찰스 경이 물었다.

"무슨 생각을 하고 있어요?"

"밀레이 양에 대해 생각하고 있었어요. 지난번에 만났을 때 좀 이상했다고 제가 말한 적 있죠? 부검 결과가 나온 기사를 읽더니 뭘 어찌 해야 좋을지 모르겠다고 하더라고요."

찰스 경이 쾌활하게 말했다.

"말도 안 되는 소리군요. 그 여자는 항상 뭘 해야 할지 아는 사람이라고."

"좀 진지하게 들어요, 찰스. 그녀는 심각하게 걱정하고 있는 것 같았다고요."

"에그, 내 사랑. 내가 왜 밀레이 양의 걱정거리에 신경을 써야 합니까? 난 이제 우리 두 사람 말고 아무것에도 관심이 없어요."

에그가 갑자기 소리를 질렀다.

"하지만 운전할 때는 다른 것에도 신경을 좀 써 줘요! 결혼을 하기도 전에 절 미망인으로 만들 생각은 아니겠죠?"

두 사람은 차를 마시러 찰스 경의 아파트에 들렀다.

밀레이 양이 그들을 맞이했다.

"전보가 왔습니다, 찰스 경."

"고마워요, 밀레이 양."

찰스 경이 약간 수줍은 듯 웃음소리를 냈다.

"맙소사, 말하지 않고는 못 배기겠군. 밀레이 양, 새로운 소식이 있어요. 리튼 고어 양과 난 결혼할 겁니다."

짧은 정적이 지나갔다. 그리고 밀레이 양이 말했다.

"오, 두 분은 정말, 정말 행복한 부부가 될 거예요."

하지만 그녀의 목소리에는 어딘가 야릇한 데가 있었다. 에그는 순간적으로 뭔가를 느꼈지만 미처 그 느낌을 정리할 새도 없이 찰스 카트라이트의 목소리에 놀라고 말았다.

"맙소사, 이것 좀 봐요. 새터스웨이트에게서 온 거요."

찰스 경은 에그의 손에 전보를 쥐어 주었다. 그녀는 글자를 읽어 내려갔다. 그녀의 눈이 휘둥그레졌다.

드 러시브리저 부인

열차를 타기 전, 에르퀼 푸아로와 새터스웨이트는 죽은 바솔로뮤 스트레인지 경의 비서였던 린든 양과 짧은 만남을 가졌다. 린든 양은 기꺼이 돕겠다고 했지만 실제로 중요한 이야기는 들려주지 못했다. 드 러시브리저 부인은 바솔로뮤 경의 사례집에 철저하게 직업적인 관점에서만 서술되어 있었을 뿐이다. 또한 그는 의학적 용무 외에 그녀에 대한 이야기를 꺼낸 적도 없었다.

두 사람은 낮 12시쯤 요양원에 도착했다. 문을 열어 준 하녀는 무슨 영문인지 흥분하여 얼굴이 상기되어 있었다.

새터스웨이트가 간호원장을 만나고 싶다고 하자 하녀가 의심스럽다는 투로 말했다.

"오늘은 손님들을 만나기 힘드실 것 같은데요."

새터스웨이트는 명함을 꺼내 몇 자 적었다.

"이걸 전해 주십시오."

두 사람은 안내를 받아 작은 대기실로 들어갔다.

5분 후, 문이 열리고 간호원장이 들어왔다. 여느 때의 유능하고 활기찬 모습은 온데간데 없었다.

새터스웨이트가 자리에서 일어났다.

"날 기억하십니까? 바솔로뮤 스트레인지 경이 돌아가셨을 때 찰스 카트라이트 경과 함께 방문한 적이 있습니다만."

"네, 기억하고 있습니다. 새터스웨이트 씨죠? 그때 찰스 경이 가엾은 드 러시브리저 부인에 대해 물어 봤더랬지요. 정말 놀라운 우연이라고밖에 할 말이 없네요."

"이쪽은 무슈 에르퀼 푸아로입니다."

푸아로가 고개를 숙여 인사하자 간호원장은 멍하니 응대하고 나서 말했다.

"어떻게 그런 전보를 받으셨는지 모르겠네요. 온통 알 수 없는 일뿐이에요. 설마 그게 박사님이 돌아가신 것과 관계 있는 건 아니겠죠? 분명히 미친 사람 짓일 거예요. 그것말고 달리 생각할 길이 없잖아요. 지금 경찰이 와 있답니다. 아아, 너무나 끔찍한 일이에요."

새터스웨이트가 어안이 벙벙하여 물었다.

"경찰이라고요?"

"네, 10시부터 와 있어요."

"경찰이라?"

새터스웨이트가 말했다.

"지금 당장 드 러시브리저 부인을 만나고 싶습니다. 그녀가 우리를 만나고 싶다고 해서……."

간호원장이 중간에 끼어들었다.

"새터스웨이트 씨, 그럼 모르시는군요!"

푸아로가 날카로운 목소리로 말했다.

"모르다니, 뭘요?"

"가엾은 드 러시브리저 부인 말이에요. 돌아가셨어요."

푸아로가 소리쳤다.

"죽었다고요? 밀 토네르!(이런, 빌어먹을!) 그렇군요. 이제야 알겠습니다. 내가 진작에 알았어야……. 어쩌다 죽었습니까?"

"그게 이상해요. 부인한테 초콜릿 한 상자가 배달돼 왔어요. 술이 든 초콜릿이었는데, 우편으로 배달되었죠. 그래서 부인이 한 개를 먹었어요. 분명히 맛이 좀 이상했을 텐데 일단 입에 들어갔으니까 그냥 삼켰나 봐요. 보통 먹던 걸 뱉지는 않잖아요."

"게다가 이미 액체가 목구멍으로 들어가고 있으면 더욱 그렇죠."

"그런데 초콜릿을 먹다가 갑자기 소리를 지르지 뭐예요. 간호사가 놀라 달려갔지만 손을 쓸 도리가 없었답니다. 부인은 2분도 안 돼서 돌아가셨어요. 의사 선생님이 경찰을 불렀고, 경찰이 초콜릿을 조사했죠. 맨 윗줄에 있는 초콜릿에 독이 들어 있었대요. 밑에 있는 건 아무렇지도 않았고요."

"독의 종류는요?"

"니코틴인 것 같다고 하더군요."

"그렇군요. 또 니코틴이라. 또 이런 짓을! 그렇게 대담하게 해치우다니!"

"우리가 늦었군요. 이젠 그녀가 무슨 말을 하려고 했는지 영원히 알 수 없게 되어 버렸습니다. 혹시 다른 사람에게 먼저 털어놓지 않았다면 말입니다."

새터스웨이트는 간호원장을 지그시 바라보았다.

푸아로가 고개를 저었다.

"그녀는 아무에게도 말하지 않았을 겁니다."

"간호사들에게 물어 보는 건 어떨까요?"

새터스웨이트가 말했다.

"그것도 좋은 생각이군요."

말은 그렇게 했지만 푸아로는 그다지 기대하지 않는 것 같았다.

새터스웨이트가 간호원장을 돌아보았다. 그녀는 즉시 두 명의 간호사를 불렀다. 드 러시브리저 부인을 담당하는 간호사들로 한 명은 주간에, 다른 한 명은 야간에 근무했다. 하지만 그들은 푸아로와 새터스웨이트가 알고 있는 것 이상으로 아는 것이 없었다. 드 러시브리저 부인은 바솔로뮤 경의 죽음에 대한 말을 꺼낸 적도 없으며, 그녀가 전보를 보낸 것도 지금 처음 알았다고 했다.

푸아로의 부탁으로 두 사람은 죽은 부인의 방으로 안내를 받아 들어갔다. 크로스필드 경정이 나와 있었다. 새터스웨이트는 그를 푸아로에게 소개했다.

그러고 나서 두 사람은 침대로 다가가 죽은 여자를 내려다보았다. 드 러시브리저 부인은 마흔 살 가량으로, 머리는 검고 얼굴은 창백했다. 얼굴에 죽을 때의 고통이 그대로 드러나 있었다.

새터스웨이트가 천천히 중얼거렸다.

"불쌍하게도……."

그는 고개를 들어 에르퀼 푸아로를 바라보았다. 자그마한 벨기에인의 얼굴에는 참으로 기묘한 표정이 떠올라 있었다. 새터스웨이트는 웬지 모르게 몸서리가 쳐졌다.

새터스웨이트가 말했다.

"그녀가 입을 열려는 걸 알고 누군가가 살해한 겁니다. 이 여자의 입을 막으려고 죽인 거지요."

푸아로가 고개를 끄덕였다.

"네, 그렇습니다."

"이 여자는 자기가 아는 걸 우리한테 말해 주려다 죽었습니다."

"아니면 모르는 것을……. 하지만 시간 낭비는 하지 맙시다. 앞으로 할 일이 많으니까요. 더 이상 사람이 죽어서는 안 됩니다. 반드시, 반드시 막아야 해요."

새터스웨이트는 궁금하다는 듯 물었다.

"이 일도 당신이 생각하는 범인이 저지른 겁니까?"

"그렇습니다. 하지만 전 방금 한 가지 사실을 깨달았습니다. 범인은 제 생각보다 훨씬 위험한 사람입니다. 조심조심…… 무엇보다 신중하게 굴어야 해요."

크로스필드 경정이 방에서 나와 두 사람에게 전보에 대해 알아낸 사항들을 말해 달라고 했다. 그 전보는 멜포트 우체국에서 보낸 것 인데, 조사에 따르면 발신자는 어린 소년이었다. 담당 직원은 바솔 로뮤 스트레인지 경의 죽음을 언급하는 등 내용이 예사롭지 않아 특별히 기억하고 있었다.

경정과 점심 식사를 함께 하고 찰스 경에게 전보를 보낸 다음, 두 사람은 다시 조사에 들어갔다. 그날 저녁 6시쯤 그들은 전보를 친 소년을 찾아 냈다.

소년은 망설임 없이 자신의 이야기를 들려주었다. 소년의 말에 따르면 옷차림이 허름한 한 남자가 전보를 쳐 달라고 부탁했는데, 그 사내는 자기도 '공원에 있는 건물'에 사는 한 '외로운 부인'한테 부탁을 받았다고 했다. 그 여자가 창문 밖으로 편지와 반 크라운*짜 리 동전 두 개를 묶어 떨어뜨렸다는 것이다. 그 남자는 귀찮은 일에 말려들고 싶지도 않고, 어차피 반대 방향으로 가는 길이기 때문에 자신에게 동전 하나를 건네며 잔돈은 가지라고 말했단다.

이제 수사는 그 남자를 찾는 방향으로 전개되었다. 하지만 푸아로 와 새터스웨이트는 따로 할 일이 없어서 다시 런던으로 돌아왔다.

두 사람이 런던에 도착한 것은 자정이 다 되어서였다. 에그는 집 에 돌아갔지만, 찰스 경은 그들을 기다리고 있었다. 세 사람은 앞으 로 어떻게 할 것인지 의논했다.

"몬 아미.(친구들.) 제 말을 들어주십시오. 이 사건을 해결할 방법

---

* 2실링 6펜스.

은 단 하나뿐입니다. 바로 작은 뇌세포를 이용하는 거죠. 영국 곳곳으로 발품을 팔며 혹시 범인이 우리에게 궁금한 점을 말해 주지 않을까 하고 바라는 건 아마추어적인 방법이라 아무 효과도 없어요. 진실은 오직 우리들 머릿속에서 나오는 법이랍니다."

찰스 경은 약간 회의적인 듯했다.

"그럼 어떻게 하고 싶단 말입니까?"

"저는 생각을 하고 싶습니다. 딱 24시간만 생각할 시간을 주십시오."

찰스 경은 희미한 웃음을 흘리며 고개를 흔들었다.

"생각을 하면 그 여자가 우리에게 말하려고 했던 정보를 알 수 있습니까?"

"그럴 겁니다."

"내가 보기엔 불가능해 보입니다만. 좋습니다, 무슈 푸아로. 당신은 당신만의 방법이 있겠지요. 게다가 당신이 이 수수께끼 같은 사건을 풀어 낸다면 나보다 나은 게 확실하고요. 솔직히 난 지쳤습니다. 더구나 신경 써야 할 다른 문제도 있고."

그는 그게 뭔지 묻기를 바라는 것 같았지만 실망할 수밖에 없었다. 그나마 새터스웨이트는 궁금한 듯 고개를 들고 그를 쳐다보았으나 푸아로는 아무 반응 없이 자신만의 생각에 골몰했다.

"난 그만 떠나야겠군요. 아, 한 가지만 더. 나는 윌스 양이 걱정됩니다."

"윌스 양이? 왜요?"

"사라졌습니다."

푸아로가 그를 쏘아보았다.

"사라졌다고? 어디로 말입니까?"

"아무도 모릅니다. 당신한테 전보를 받고 나서 난 사건을 처음부터 곰곰이 생각해 보았습니다. 그런데 지난번에도 말했듯이, 그녀가 뭔가를 알고 있으면서도 입을 다물고 있다는 생각이 들더군요. 그래서 마지막으로 그녀를 설득해 봐야겠다고 생각했지요. 차를 몰고 윌스 양의 집으로 갔는데, 도착했을 때가 한 9시 30분쯤이었나? 윌스 양을 만나러 왔다고 했더니 집에 없다고 하더군요. 오늘 아침에 런던에 갔다 온다고 하면서 나갔답니다. 그런데 저녁때 식구들에게 전보가 왔는데, 하루 이틀쯤 집에 안 들어갈 테니 걱정 말라고 적혀 있었다는군요."

"그런데도 식구들이 걱정하던가요?"

"그런 것 같았어요. 짐을 하나도 챙겨 가지 않았다더군요."

"이상하군요."

"그렇지요? 마치…… 아아, 모르겠습니다. 난 좋지 않은 예감이 듭니다."

"전 그녀에게 경고했습니다. 모든 이들에게 경고했지요. 제가 뭐라고 했는지 두 분도 기억하지요? 지금 당장 털어놓으라고 했건만……."

"그래요. 분명히 기억하고 있습니다. 당신 생각에는 혹시 그 여자도……."

"저도 생각은 있습니다. 단지 지금은 이야기하고 싶지 않군요."

"처음에는 집사 엘리스, 그 다음에는 윌스 양……. 그러고 보니 엘리스는 도대체 어디 있을까요? 경찰이 아직도 그 사람을 못 찾았다니 놀랍지 않습니까?"

"시체를 엉뚱한 곳에서 찾고 있으니까요."

"그럼 당신도 에그와 같은 생각이로군요! 그가 죽었다고 생각합니까?"

"살아 있는 엘리스는 결코 다시 보지 못할 겁니다."

"맙소사. 완전히 악몽이로군요. 도대체 정상적인 거라고는 하나도 없으니!"

"아닙니다. 오히려 그 반대로 지극히 정상적이고 논리적이지요."

찰스 경은 푸아로를 물끄러미 바라보았다.

"논리적이라고요?"

"그렇습니다. 당신도 알다시피 전 아주 체계적이고 논리적인 사람이지요."

"무슨 소린지 도통 모르겠군요."

새터스웨이트 역시 자그마한 탐정을 호기심 어린 눈길로 바라보았다.

찰스 경이 약간 마음 상한 표정으로 물었다.

"그럼 난 그렇지 못하다는 겁니까?"

"당신은 배우입니다, 찰스 경. 창의적이고 독창적이고 언제나 극적인 스토리를 찾지요. 반면에 새터스웨이트 씨는 관객이라 할 수 있습니다. 이분은 사람들을 지켜보고 그 분위기를 감지하지요. 하지만 저는 밋밋하고 재미없는 사람입니다. 저는 극적인 효과나 눈부신 조명이 비치는 자리가 아니라, 단지 사실만을 보지요."

"그렇다면 이 일은 당신에게 맡기면 되겠군요?"

"그렇습니다. 24시간만 주세요."

"그럼 행운을 빕니다, 무슈 푸아로. 안녕히 계십시오."

찰스 경과 새터스웨이트는 함께 호텔을 나왔다.

"저 친구는 자기가 정말 대단한 사람인 줄 아나 보군."

찰스 경이 차가운 어조로 내뱉었다.

새터스웨이트는 빙그레 웃었다. 아하, 주연 자리를 뺏겼다 이거군!

"그건 그렇고 새로운 문제에 신경을 써야 한다니, 그게 뭔가, 찰스 경?"

갑자기 찰스 경이 수줍은 표정을 지었다. 새터스웨이트가 아주 잘 알고 있는, 하노버 스퀘어에서 결혼식이 열릴 때마다 몇 번이고 익히 보아 온 그런 표정이었다.

"그게 말일세. 사실은 내가, 그러니까 에그와 내가……."

"기쁜 소식이로군! 진심으로 축하하네."

"내가 너무 나이가 많은 건 아닐까 걱정이네만……."

"에그는 그렇게 생각하지 않아. 어차피 제일 중요한 건 그녀의 생각이잖나."

"그렇게 말해 주니 고맙네, 새터스웨이트. 자네도 알겠지만, 난 에그가 맨더스에게 마음이 있는 줄만 알았다네."

"도대체 왜 그런 생각을 했는지 모르겠군."

새터스웨이트는 아무것도 모르는 양 시치미를 뚝 떼며 말했다.

"하지만 그녀는 맨더스를 좋아하는 게 아니었어."

찰스 경이 힘주어 말했다.

밀레이 양

푸아로는 자신이 원했던 대로 24시간 동안 아무런 방해도 받지 않고 조용히 보낼 운명이 아니었다.

다음 날 아침 11시 20분, 예고도 없이 에그가 쳐들어왔다. 놀랍게도 푸아로는 탁자 위에 카드로 집짓기 놀이를 하고 있었다. 그녀가 어찌나 노골적으로 냉소를 짓고 쳐다보는지, 푸아로는 변명하지 않으면 안 될 것 같은 기분이 들었다.

"마드무아젤, 저는 이 나이에 어린애로 돌아간 게 아닙니다. 카드로 집짓기 놀이를 하면 정신을 활발하게 자극할 수 있거든요. 이건 제 오랜 버릇입니다. 그래서 오늘 아침에 일어나자마자 제일 먼저 밖에 나가 카드를 한 세트 사 왔지요. 하지만 불행히도 실수를 했어요. 뜯어 보니 진짜 카드가 아니지 뭡니까? 하지만 뭐, 별 차이는 없으니까요."

에그는 탁자 위에 세워 놓은 카드 집을 자세히 살펴보고 웃음을 터뜨렸다.

"세상에, 이건 행복한 가족이잖아요."

"뭐라고요? 행복한 가족?"

"그래요. 카드 게임 이름이에요. 애들이 유치원 같은 데서 가지고 노는 거죠."

"오, 저런. 하지만 집을 지을 수는 있으니까요."

에그는 탁자 위에서 카드 몇 장을 집어 들고 따스한 눈길로 쳐다보았다.

"오, 번 씨군요. 빵집 아들이지요. 제가 제일 좋아했던 사람이에요. 이건 머그* 부인이네요. 우유 배달부의 아내죠. 맙소사, 이건 나잖아?"

"왜 이 우스꽝스러운 그림이 당신이죠, 마드무아젤?"

"이름 때문이에요."

에그는 어리둥절해하는 푸아로의 얼굴을 보고 웃음을 터뜨렸다가 찬찬히 설명했다.

그녀가 이야기를 마치자 푸아로가 입을 열었다.

"어제 찰스 경이 말하려던 게 바로 그거였군요. 궁금했는데. 머그라…… 맞아요, 그거 속어 아닙니까? 넌 머그야. 얼간이란 뜻이었나요? 이름을 바꾸고 싶은 것도 당연하죠. 아가씨도 얼간이 부인이라

---

* Mug, 여기서는 '머그 잔'을 일컫는 말.

고 불리고 싶지는 않을 테니까요, 그렇지요?"

에그가 깔깔거렸다.

"그건 모르겠어요. 아무튼 행복하길 빌어 주세요."

"당신이 행복하길 빕니다, 마드무아젤. 젊은 시절에 스쳐 지나가는 그런 짧은 행복이 아니라 반석 위에 지어진 양 굳고 변함 없는 행복을 만끽하길 빌어요."

"찰스한테 선생님이 돌이라고 불렀다고 이를 거예요?"

에그가 눈을 흘기고 나서 말을 이었다.

"사실 하고 싶은 말이 있어서 찾아왔어요. 올리버의 지갑에서 떨어졌다는 그 신문 기사 쪼가리 때문에 걱정돼서 죽을 것 같아요. 그 이야긴 들으셨죠? 윌스 양이 그걸 주워서 올리버한테 건네줬다는 이야기요. 제 생각인데 올리버가 그걸 지갑에 넣은 적이 없다고 거짓말을 한 게 아니라면 원래 거기 없었던 게 아닐까요? 올리버가 떨어뜨린 건 아무것도 아닌데, 그 여자가 그게 니코틴 기사인 척한 거예요."

"그녀가 왜 그런 짓을 하겠습니까?"

"그 기사를 없애 버리고 싶었으니까요. 그래서 올리버 것인 양 바꿔치기를 한 거예요."

"그러니까 윌스 양이 범인이라고요?"

"네."

"동기는요?"

"저한테 물어 봤자 소용없죠. 제가 생각할 수 있는 건 그 여자가 미쳤다는 것뿐이에요. 원래 너무 똑똑한 사람들은 간혹 진짜로 돌아 버리잖아요. 그것말고 다른 이유는 못 찾겠어요. 솔직히 말해 동기가 있는지도 모르겠는걸요."

"확실히 막다른 골목이군요. 당신에게 동기를 생각해 내라고 하는 게 아닙니다. 그건 지금 제가 하고 있는 질문이거든요. 배빙턴 목사님을 살해한 동기는 무엇일까? 이 질문의 해답을 찾는 순간 사건은 해결될 겁니다."

에그가 넌지시 물었다.

"그냥 미쳐서 그런 건……."

"아뇨, 마드무아젤. 당신이 생각하는 그런 광기 때문은 아닙니다. 분명히 중요한 이유가 있어요. 그 이유를 반드시 밝혀야 합니다."

"그럼 전 이만 가 볼게요. 방해해서 죄송해요. 그냥 그런 생각이 갑자기 떠올라서요. 오, 이런, 서둘러야겠네. 찰스랑 같이 「작은 개가 웃었다」는 연극 총리허설에 가기로 했거든요. 선생님도 아시죠? 윌스 양이 앤젤라 서트클리프 양을 위해 썼다는 그 연극 말이에요. 내일 밤이 첫 공연이래요."

"몽 디외!(오, 이런!)"

갑자기 푸아로가 소리쳤다.

"왜요? 무슨 일이라도 있나요?"

"그래요, 있고말고요. 훌륭한 생각입니다. 탁월한 생각이에요. 난 그 동안 장님이었어. 눈 뜬 장님이었다고."

에그는 푸아로를 빤히 쳐다보았다. 푸아로는 자기가 지금 얼마나 이상해 보이는지 깨달은 듯 정신을 가다듬고 에그의 등을 툭툭 두 드렸다.

"제가 돌았다고 생각하는군요. 아닙니다, 전혀 아니에요. 방금 아 가씨가 한 말도 들었답니다. 「작은 개가 웃었다」를 보러 갈 거라고 했죠? 서트클리프 양이 나오는 연극 말입니다. 그럼 늦기 전에 빨리 가 보십시오. 제 말에는 신경 쓰지 말고요."

에그는 의아한 표정으로 방을 나섰다.

홀로 남은 푸아로는 혼잣말을 중얼거리며 방 안을 이리저리 거닐 었다. 그의 눈동자가 마치 고양이처럼 초록색으로 반짝였다.

"모든 게 설명되는군. 정말 희한한 동기야. 희한하고말고. 이제까 지 이런 동기는 한 번도 본 적이 없는데, 그래도 이치에 들어맞는군. 상황을 봐도 아주 자연스러워. 이건 정말 특이한 사건이로군."

그는 카드 집이 서 있는 탁자 옆을 지나치다 손을 휘둘러 단번에 집을 쓸어 버렸다.

"행복한 가족이라? 이런 건 더는 필요 없지. 문제가 해결됐으니 까. 남은 건 행동뿐이군."

그는 모자를 집어 들고 코트를 입었다. 그런 다음 계단을 내려가 수위에게 택시를 불러 달라고 부탁했다. 그는 택시 기사에게 찰스 경의 아파트 주소를 댔다.

목적지에 도착하자 그는 돈을 지불한 다음 홀로 들어섰다. 엘리 베이터를 작동하는 포터가 없어서 계단을 걸어 올라가야 했다. 막 2층에 도착했을 때 찰스 경의 집 현관문이 열리더니 밀레이 양이 나왔다.

그녀는 푸아로를 보고 몸을 움찔했다.

"어머나, 선생님!"

푸아로는 미소를 지었다.

"네, 접니다. 제가 왔어요."

"찰스 경은 지금 안 계세요. 리튼 고어 양과 바빌론 극장에 가셨거든요."

"찰스 경을 만나러 온 게 아닙니다. 지난번에 여기 왔을 때 지팡이를 두고 간 것 같아서요."

"아, 그렇군요. 벨을 누르시면 템플이 찾아 줄 거예요. 제가 직접 찾아 드리지 못해 죄송해요. 지금 기차를 타러 가는 길이거든요. 켄트에 계신 어머니를 뵈려고요."

"그럼요. 전 신경 쓰지 말고 어서 가 봐요, 마드무아젤."

푸아로가 옆으로 비켜서자 밀레이 양이 빠른 걸음으로 계단을 내려갔다. 그녀는 작은 서류 가방을 들고 있었다.

그녀가 사라지자, 푸아로는 지팡이 따위는 까맣게 잊어버린 것 같았다. 그는 벨을 누르는 대신 몸을 돌려 다시 계단을 내려갔다. 밀레이 양이 도로에서 막 택시에 올라타고 있었다. 뒤이어 택시 한 대가 천천히 도로를 굴러오는 게 보였다. 푸아로는 얼른 달려가 택시를 잡아타고 앞서 가는 택시를 따라가자고 말했다.

밀레이 양이 탄 택시가 북쪽에 있는 패딩턴 역에서 멈췄을 때, 푸아로는 전혀 놀라지 않았다. 패딩턴 역은 켄트로 가기에 적당한 역이 아니었다. 푸아로는 1등석 매표소에서 런던과 루머스 왕복표를 샀다. 기차는 5분 뒤에 출발할 예정이었다. 날씨가 싸늘했다. 푸아로는 코트 깃을 세우고 1등 칸 객실에 올라탔다.

기차는 5시쯤 루머스에 도착했다. 벌써 하늘이 어둑어둑해지고 있었다. 푸아로는 밀레이 양과 조금 떨어져 있었는데, 포터가 밀레이 양을 친절하게 맞이하며 건네는 인사말 소리가 들렸다.

"이렇게 오실 줄 몰랐습니다. 찰스 경도 함께 오셨나요?"

"아뇨, 갑자기 내려오게 된 거라서……. 내일 아침에 곧장 돌아가야 해요. 그냥 물건 몇 개 가지러 왔거든요. 택시는 괜찮아요. 그냥 절벽을 따라 걸어갈게요."

땅거미가 내려앉았다. 밀레이 양은 힘찬 걸음으로 구불구불 가파른 길을 잘도 올라갔다. 에르퀼 푸아로는 조금 거리를 두고 마치 고양이처럼 살금살금 그녀의 뒤를 밟았다. 크로우스 네스트에 도착하자, 밀레이 양은 가방에서 열쇠를 꺼내 옆문으로 들어갔다. 문은 열어 놓은 채였다. 그녀는 1~2분쯤 지난 뒤 다시 나타났다. 손에는 낡고 녹슨 열쇠와 손전등을 들고 있었다. 푸아로는 재빨리 덤불 뒤에 숨었다.

밀레이 양은 집 뒤로 돌아가 잡초가 무성하게 자란 샛길을 따라 올라갔다. 에르퀼 푸아로는 여전히 그 뒤를 따랐다. 한참 동안 걸어가던 밀레이 양이 그 근방 해안에서 흔히 볼 수 있는 오래된 석조 건물 앞에서 발을 멈췄다. 허름해서 금방이라도 무너질 것 같은 황폐한 건물이었다. 하지만 먼지가 잔뜩 낀 창문에는 커튼이 드리워져 있었고, 밀레이 양은 커다란 나무문에 열쇠를 끼워 넣었다.

삐걱거리는 소리를 내며 열쇠가 돌아갔다. 커다란 신음 소리와 함께 문이 활짝 열렸다. 밀레이 양은 손전등을 켜고 안으로 들어갔다.

푸아로는 서둘러 그녀를 따라잡았다. 그는 소리를 죽인 채 몰래 문 안으로 들어갔다. 밀레이 양의 손전등 불빛이 유리 증류기와 분젠 버너, 갖가지 기구들을 스쳐 지나갔다.

밀레이 양은 쇠지레를 들고 있었다. 그녀가 팔을 들어 막 유리 기구를 내려치려는 순간, 갑자기 어둠 속에서 손 하나가 불쑥 튀어나와 그녀의 팔을 붙잡았다. 밀레이 양은 소스라치게 놀라 뒤를 돌아보았다.

고양이처럼 반짝이는 푸아로의 초록색 눈동자가 그녀의 눈과 마주쳤다.

"그러면 안 됩니다, 마드무아젤. 당신이 지금 없애려는 건 증거물이거든요."

종막(終幕)

에르퀼 푸아로는 커다란 안락의자에 앉아 있었다. 벽 등은 모두 꺼지고, 장미갓을 씌운 탁상 램프의 불빛만이 안락의자 깊숙이 앉아 있는 사람의 형체를 희미하게 비추고 있었다. 여기서는 무언가 상징적인 의미가 느껴졌다. 조명을 받는 이는 푸아로 한 사람뿐, 나머지 세 명의 관객, 즉 찰스 경과 새터스웨이트, 리튼 고어 양은 어둠 속에 앉아 있었다.

에르퀼 푸아로의 목소리는 마치 꿈속에서 울리는 양 멍하고 몽롱했다. 그는 관객이 아니라 텅 빈 허공에 대고 말하는 것 같았다.

"범죄를 재구성하는 것, 그것이야말로 탐정의 목표입니다. 범죄를 재구성하기 위해서는 하나의 사실 위에 또다른 사실들을 차곡차곡 쌓아 올려야 하지요. 마치 카드 집을 짓듯이 말입니다. 만일 모든 사실들이 일치하지 않으면, 즉 카드가 균형을 잡지 못하면 처음부터 다시 집을 쌓아 올려야 합니다. 그렇지 않으면 무너질 테니까요…….

지난번에도 말했지만, 세상에는 세 종류의 사람이 있습니다. 먼저 낭만적이고 연극적인 이들이 있지요. 그들은 연출가로, 무대 장치라는 현실이 만들어 내는 효과를 보는 사람들입니다. 두 번째로 그런 극적인 효과에 쉽게 반응하는 로맨틱한 관객들이 있고, 마지막으로 산문적이고 무미건조한 사람들이 있습니다. 그들에게는 푸른 바다도, 미모사도 그저 무대 벽에 그려진 그림으로 보일 뿐이지요.

저는 지난 8월에 일어난 스티븐 배빙턴 살해 사건을 생각해 보았습니다. 그날 밤 찰스 카트라이트 경은 스티븐 배빙턴 씨가 살해되었을지도 모른다는 의견을 내놓았지요. 저는 그의 생각에 동의하지 않았습니다. 먼저 배빙턴 씨 같은 사람이 누군가에게 살해당할 이유가 없어 보였고, 두 번째로 그날 저녁과 같은 상황에서 특정한 사람에게 독을 먹인다는 것이 불가능해 보였기 때문입니다.

전에도 그랬지만 저는 그때 찰스 경의 생각이 옳았으며 제가 틀렸다는 것을 시인합니다. 제가 틀린 이유는 그 사건을 완전히 잘못된 관점에서 바라보았기 때문입니다. 그 잘못된 시각을 바로잡을 수 있었던 것은 불과 24시간 전이었습니다. 올바른 관점에서 볼 때 스티븐 배빙턴 살해 사건은 동기도 가능성도 명확합니다.

하지만 그것에 대한 설명은 잠시 미루기로 하고, 지금부터 저는 제가 지나온 길로 여러분을 차근차근 안내하겠습니다. 스티븐 배빙턴 씨의 죽음은 우리가 참가한 연극의 제1막이라 할 수 있습니다.

우리가 크로우스 네스트를 떠나면서 1막이 끝났지요.

연극의 제2막은 몬테카를로에서 새터스웨이트 씨가 제게 바솔로뮤 경이 죽었다는 신문 기사를 보여 주면서 시작됩니다. 그 기사를 보자마자 제 생각이 틀렸고 찰스 경이 옳았음을 확실히 깨달았지요. 스티븐 배빙턴 씨와 바솔로뮤 스트레인지 경은 살해된 것이며, 이 두 살인 사건은 함께 하나의 범죄를 구성하고 있었던 겁니다. 후에 세 번째 살인이 일어나면서 시리즈가 완성됩니다. 바로 드 러시브리저 부인의 살인이지요. 우리에게 필요한 것은 이 세 개의 살인 사건을 한데 묶을 논리적이고 타당한 가설입니다. 다른 말로 하면 이 세 가지 범죄는 모두 한 사람의 소행에 의한 것이며, 또한 특정한 사람의 이득을 위한 것이라 할 수 있지요.

사실 내가 가장 골치 아팠던 문제는 바솔로뮤 스트레인지 경의 살인이 스티븐 배빙턴 사건 이후에 일어났다는 점입니다. 시간과 장소를 무시한 채 세 가지 사건을 들여다본다면 바솔로뮤 스트레인지 경의 살인이 핵심적 혹은 중심 사건이고, 다른 두 가지 살인은 그에 대한 부수적인 것으로 보이거든요. 즉 그 두 사람이 바솔로뮤 스트레인지 경의 죽음과 관련이 있는 듯 보인다는 겁니다. 하지만 제가 전에도 말했듯이, 범죄란 사람들 편의를 봐 가며 일어나지 않는 법이지요. 제일 먼저 살해된 사람이 스티븐 배빙턴 씨, 그리고 얼마 지나지 않아 바솔로뮤 스트레인지 경이 살해당했습니다. 논리적 사고에 따르면 두 번째 살인이 첫 번째 살인으로 인해 발생한 사건이어야 합니다. 따라서 사건을 해결하려면 첫 번째 살인을 조사해야 하지요.

저는 가능성 측면에서 이론을 세우면서 첫 번째 사건이 '실수'가 아니었나 심각하게 고려했습니다. 실제로 범인이 노린 것은 바솔로 뮤 스트레인지 경이었는데 실수로 배빙턴 씨가 독살된 게 아닐까 하고 말입니다. 그러나 이 생각은 포기해야 했습니다. 바솔로뮤 스트레인지 경을 아는 사람이라면 그가 칵테일을 마시지 않는다는 사실을 잘 알고 있었을 테니까요.

또다른 가능성도 있습니다. 스티븐 배빙턴 씨가 그 파티에 참석한 다른 사람 대신 살해된 것은 아닐까 하는 것입니다. 그러나 이를 뒷받침하는 어떤 증거도 찾을 수가 없었습니다. 따라서 저는 스티븐 배빙턴 씨가 계획적으로 살해되었다는 결론에 이를 수밖에 없었지요. 그 시점에서 저는 다시금 벽에 부딪혔습니다. 아무리 생각해도 그런 일은 불가능해 보였기 때문이지요. 제일 먼저 범인으로 떠오른 사람은 두 명이었습니다. 술잔을 다룬 찰스 카트라이트 경과 하녀 템플이지요. 그러나 두 사람 중 누군가가 술잔에 독을 탔다 하더라도 그 잔을 배빙턴 씨에게 건네주기란 불가능합니다. 템플이라면 가능했을지도 모르지요. 사람들에게 모두 칵테일을 돌린 다음 마지막 남은 술잔을 배빙턴 씨에게 건네주면 되니까요. 쉬운 일은 아니지만 불가능하지도 않습니다. 찰스 경이라면 독이 든 잔을 집어 배빙턴 씨에게 건네줄 수 있고요. 하지만 두 가지 경우 모두 일어나지 않았습니다. 스티브 배빙턴 씨는 우연히, 정말 우연히 그 잔을 마신 것처럼 보였지요.

찰스 카트라이트 경과 하녀 템플은 칵테일 잔에 독을 넣을 수 있었습니다. 그런데 두 사람이 멜포트 애비에도 있었나요? 아닙니다. 바솔로뮤 경의 포트와인 잔에 독을 탈 기회가 가장 많았던 사람은 누구지요? 사라진 집사 엘리스와 식사 시중을 들던 하녀입니다. 하지만 여기서는 손님 중 한 사람이 범행을 저질렀을지도 모른다는 가능성을 배제할 수 없지요. 매우 위험한 일이긴 하지만, 몰래 부엌에 숨어 들어가 포트와인 잔에 니코틴을 집어 넣었을 수도 있으니까요.

제가 크로우스 네스트에 찾아갔을 때 여러분은 이미 크로우스 네스트와 멜포트 애비 양쪽에 있었던 손님들의 명단을 작성해 두었죠. 저는 명단을 보자마자 위쪽에 있던 네 사람의 이름, 즉 데이크리스 대위, 데이크리스 부인, 서트클리프 양과 윌스 양을 용의자 명단에서 지워 버렸습니다.

이 네 사람 중 누군가가 그날 저녁에 배빙턴 씨가 파티에 참석하리라는 걸 미리 알기란 불가능했습니다. 니코틴을 사용했다는 건 그 범죄가 사전에 계획된 것이며, 결코 순간적인 충동이나 우발적으로 일어난 게 아니라는 증거거든요. 그럼 명단에는 세 사람이 남게 됩니다. 레이디 메리 리튼 고어와 리튼 고어 양, 올리버 맨더스 씨지요. 이 마을에 사는 세 사람은 남들 모르게 배빙턴 씨를 살해할 동기를 갖고 있을 수 있습니다. 그러다 그날 밤 파티에서 계획을 실행하기로 마음먹을 수 있죠.

그런데도 저는 그들 중 누가 실제로 살인을 했다는 증거를 찾을 수가 없었습니다.

새터스웨이트 씨도 저와 비슷한 단계를 밟은 것 같더군요. 그는 올리버 맨더스에게 관심을 집중했지요. 사실 제가 보기에도 젊은 맨더스 씨는 가장 의심스러운 용의자입니다. 그는 크로우스 네스트에서 파티 내내 극도로 긴장된 모습을 보였으며, 사적인 문제 때문인지 세상과 삶에 대해 뒤틀린 시각을 가지고 있었습니다. 또 그는 열등감이 많은 사람인데, 그것은 대개의 경우 범죄의 원인이 됩니다. 나아가 그는 불안정한 나이의 청년입니다. 실제로 배빙턴 씨와 말다툼을 벌이기도 했고, 그에게 적대감을 표출하기도 했습니다. 게다가 멜포트 애비에 오게 된 경위도 수상쩍었지요. 나중에 바솔로뮤 스트레인지 경으로부터 편지를 받았다는 다소 믿기 힘든 이야기를 하기도 했고, 지갑에 니코틴의 독성에 관한 신문 기사를 넣고 다녔다는 정보도 있었습니다.

그러므로 올리버 맨더스야말로 명단에 기재된 일곱 명 가운데 가장 혐의가 짙은 사람이었습니다.

그러나 친구들, 거기서 저는 기묘한 느낌을 받았습니다. 범인은 양쪽 장소에 모두 있었던 사람이 당연합니다. 즉, 범인은 명단에 있는 일곱 명 중 한 사람이어야만 합니다. 그런데 저는 그러한 명백함이 의도적으로 설정된 것은 아닌가 하는 의문이 들더군요. 논리적인 사람이라면 누구나 그렇게 생각할 테니까요. 저는 사실이 아니라 예술적으로 그려진 무대 배경을 보고 있었던 겁니다. 영리한 범죄자라면 명단에 있는 사람들이 당연히 용의자로 떠오를 것을 알았을 테고, 따라서 자신은 거기 포함되지 않도록 손을 썼을 겁니다.

달리 말해 스티븐 배빙턴 씨와 바솔로뮤 스트레인지 경의 살인범은 두 사건 장소 모두에 있었지만 겉으로는 그렇게 보이지 않았던 것이지요.

그렇다면 누가 첫 번째 현장에는 있었고 두 번째에는 없었을까요? 찰스 카트라이트 경과 새터스웨이트 씨, 밀레이 양과 배빙턴 부인입니다.

이들 네 사람 중 누가 두 번째 사건 현장에 있을 수 있었을까요? 찰스 경과 새터스웨이트 씨는 남프랑스에 있었고, 밀레이 양은 런던에 머무르고 있었으며, 배빙턴 부인은 루머스에 있었습니다. 그렇다면 네 명 중에서 가망성이 높아 보이는 사람은 밀레이 양과 배빙턴 부인입니다. 그러나 밀레이 양이 다른 사람들에게 들키지 않고 멜포트 애비에 있을 수 있었을까요? 밀레이 양은 매우 특징적인 용모를 지니고 있어 쉽게 위장할 수도 없고 쉽게 잊히지도 않습니다. 저는 밀레이 양이 아무에게도 들키지 않고 멜포트 애비에 가는 것은 불가능하다는 결론을 내렸습니다. 이는 배빙턴 부인도 마찬가지지요.

그렇다면 새터스웨이트 씨나 찰스 카트라이트 경은 아무에게도 들키지 않고 멜포트 애비에 갈 수 있었을까요? 새터스웨이트 씨는 그럭저럭 가능할지도 모릅니다. 그렇지만 찰스 카트라이트 경이라면 문제가 다르죠. 찰스 경은 연기를 하는데 익숙한 배우입니다. 그렇다면 그는 어떤 역할을 할 수 있었을까요?

저는 집사 엘리스를 떠올렸습니다.

엘리스는 매우 신비로운 인물입니다. 그는 범죄가 발생하기 2주일 전에 나타났다가 사건이 발생한 후에 흔적 하나 남기지 않고 사라졌습니다. 엘리스는 어떻게 그렇게 감쪽같이 사라질 수 있었을까요? 그것은 그가 실제로 존재하는 사람이 아니었기 때문입니다. 엘리스는 무대에 그려진 배경 그림에 불과했습니다. 그는 가짜였어요.

과연 그게 가능할까요? 멜포트 애비의 하인들은 모두 찰스 카트라이트 경을 알고 있었으며, 바솔로뮤 스트레인지 경은 그와 친한 친구입니다. 그나마 하인들이라면 이해가 갑니다. 집사로 변장하는 것은 그리 위험한 일이 아니죠. 혹시나 하인들이 그를 알아본다고 해도 그저 장난친 거라며 넘어갈 수 있으니까요. 한편 2주일 동안 아무런 의심도 받지 않고 무사히 넘길 수 있다면 아무 문제도 없는 거지요. 그때 저는 다른 하녀들이 집사에 관해 한 말을 떠올렸습니다. 그는 '상당히 신사다웠고', '좋은 집안에 있었던 것' 같았으며, 재미있는 스캔들을 많이 알고 있었지요. 이 정도로는 아무것도 얻을 수 없었습니다. 그러나 앨리스라는 하녀의 입에서 나온 말은 의미심장했지요. 그녀는 이렇게 말했습니다. '그는 내가 지금까지 같이 일했던 다른 집사들하고는 전혀 다른 방식으로 일을 처리했다.'고요. 그 말을 곰곰이 생각해 보니 제 추리에 확신이 생기더군요.

그러나 바솔로뮤 스트레인지 경은 또다른 문제였습니다. 그의 친구가 찰스 경을 알아보지 못했을 리가 없으니까요. 그는 분명 변장을 간파했을 겁니다. 증거가 있나요? 그렇습니다. 예리한 새터스웨이트 씨가 꽤 일찌감치 지적한 바가 있지요. 바솔로뮤 경이 평소의 그답지 않게 집사에게 우스갯소리를 했다는 점 말입니다. '자네는 정말 일등 집사야. 그렇지 않나, 엘리스?' 그 집사가 변장한 찰스 카트라이트 경이었다면 바솔로뮤 경이 그답지 않은 말을 한 이유도 쉽게 설명할 수 있습니다. 그는 친구에게 농담을 하고 있었지요.

바솔로뮤 경이 무슨 생각을 했을지는 짐작하기 쉽습니다. 그는 찰스 경이 장난삼아 엘리스로 변장한 거라고 생각했지요. 사람들과 내기를 했거나 아니면 파티의 흥을 돋우기 위해서라고 생각했을 겁니다. 그가 손님들에게 깜짝 놀랄 일이 있을 거라고 말한 것도, 유난히 기분이 좋았던 것도 모두 이런 이유 때문이었습니다.

자, 여기서도 계획을 포기할 기회가 있었다는 걸 명심하십시오. 그날 밤 만찬 테이블에서 손님 중 한 사람이라도 찰스 카트라이트 경을 알아봤더라면 되돌릴 수 없는 비극적인 사건은 일어나지 않았을 겁니다. 모든 건 그저 장난으로 치부했을 테고요. 하지만 아무도 등이 굽은 중년의 집사가 사실은 벨라도나로 동공을 키우고 구레나룻을 붙이고 손목에 반점을 그린 찰스 경이라는 사실을 눈치채지 못했습니다. 대부분의 사람들이 그렇듯이 관찰력이 부족한 탓에 그가 찰스 경임을 알려 주는 미묘한 특징들을 놓치고 만 겁니다! 손목의 딸기 반점은 경찰에게 엘리스의 생김새를 진술할 때를 대비해 의도적으로 만들어 놓은 것이었습니다. 그런데 2주일 동안 아무도 그걸 알아차리지 못했어요. 그걸 알아차린 유일한 사람은 예리한 눈을 지닌 윌스 양뿐이었습니다!

그 다음에 무슨 일이 일어났죠? 바솔로뮤 경이 죽었습니다. 이번에는 아무도 그의 죽음을 자연사라고 생각하지 않았지요. 경찰이 왔습니다. 그들은 엘리스와 다른 사람들을 심문했고, 그날 밤 엘리스는 비밀 통로를 빠져 나가 원래의 자신으로 돌아갑니다. 그리고 이틀 뒤에 몬테카를로의 정원을 어슬렁거리며 친구가 죽었다는 소식을 듣고 충격을 받을 준비를 하고 있었지요.

이것이 바로 제 추리입니다. 실질적인 증거는 없습니다만, 모든 것이 이 추리를 뒷받침하고 있습니다. 제 카드 집은 매우 훌륭하고 견고합니다. 엘리스의 방에서 협박 편지가 발견되었다고요? 하지만 그걸 발견한 사람은 다름 아닌 찰스 경 자신입니다.

바솔로뮤 스트레인지 경이 맨더스에게 보냈다는, 일부러 사고를 일으키라고 했다는 편지는 어떨까요? 찰스 경이 바솔로뮤 경의 이름으로 편지를 보내는 게 그리 어려운 일이었을까요? 맨더스가 그 편지를 없애지 않았다 해도 집사 엘리스를 연기하는 찰스 경이 시중을 드는 도중에 없애 버리면 간단합니다. 마찬가지로 올리버 맨더스의 지갑에 들어 있던 신문 조각 역시 엘리스의 짓이었지요.

그럼 이번에는 세 번째 희생자인 드 러시브리저 부인을 생각해 봅시다. 우리가 드 러시브리저 부인의 이름을 처음으로 들은 것이 언제입니까? 바솔로뮤 경이 그답지 않게 엘리스가 완벽한 집사라는 우스갯소리를 건넸다는 말을 들은 직후였습니다. 따라서 무슨 일이 있어도 바솔로뮤 경이 집사를 대하는 태도에 의문을 품지 않도록 주의를 흐트러뜨려야 했지요. 찰스 경은 재빨리 집사가 가져온 메시지의 내용을 물어 보았습니다. 그것은 한 여자 환자에 관한 것이었지요. 그때부터 찰스 경은 집사가 아니라 그 미지의 여인에게 관심을 돌리기 위해 안간힘을 씁니다. 요양원에 가서 간호원장에게 질문을 퍼부어 댔지요. 드 러시브리저 부인은 사람들의 주의를 딴 곳으로 돌리기 위한 미끼였던 겁니다.

이제 우리는 이 연극 속에서 윌스 양의 역할을 검토해 보아야 합니다. 윌스 양은 참으로 독특한 인물입니다. 그녀는 주변 사람들에게 별로 관심이나 주목을 받지 못하는 타입이지요. 예쁘지도 않고 유머 감각이 뛰어나거나 똑똑하지도 않으며, 다정한 성격도 아닙니다. 한마디로 뭐라 형용하기 힘든 사람이지요. 하지만 그녀는 대단히 날카로운 관찰력을 지녔으며, 지적 능력 또한 탁월합니다. 그녀는 펜을 이용해 세상에 복수하지요. 윌스 양은 종이 위에 새로운 캐릭터를 창조하는 비범한 재능을 가지고 있습니다. 집사의 어떤 점이 윌스 양의 호기심을 자극했는지 나는 모릅니다. 어쨌든 그날 만찬 테이블에서 집사를 눈여겨본 사람은 윌스 양이 유일했지요. 살인 사건이 일어난 다음 날 아침, 그녀는 호기심을 주체하지 못하고 하녀의 말을 빌리면 집 안 이곳저곳을 기웃거리며 염탐하고 다녔습니다. 그녀는 데이크리스 대위의 방에 들어갔고, 하인들의 숙소로 이어진 문으로 사라졌습니다. 그녀는 본능적으로 무언가를 찾을 수 있으리라는 걸 알았던 겁니다.

윌스 양은 찰스 경을 불안하게 만드는 유일한 사람이었습니다. 그래서 계속 걸고 넘어진 겁니다. 그는 윌스 양과 만난 뒤, 그녀가 집사의 반점을 알아봤다는 것을 확인하고 어느 정도 안심하고 만족 감을 느꼈습니다. 그러나 그 뒤에 재앙 같은 일이 벌어졌지요. 저는 그때까지는 윌스 양이 집사 엘리스와 찰스 카트라이트 경을 연관시키지 못했다고 생각합니다. 그저 막연히 엘리스가 누군가와 닮았다고만 생각하고 있었겠죠. 하지만 그녀는 뛰어난 관찰자입니다. 엘리스가 그녀에게 야채 접시를 내밀었을 때, 그녀는 무의식적으로 얼굴이 아니라 접시를 들고 있던 손을 보았지요.

그녀는 엘리스가 찰스 경이라고는 전혀 생각하지 않고 있었을 겁니다. 그런데 찰스 경과 이야기를 나누는 사이에 그런 생각이 번득 떠오른 거죠! 찰스 경이 바로 엘리스라고 말입니다! 그래서 그녀는 찰스 경에게 접시를 나르는 시늉을 해 달라고 부탁했습니다. 반점이 오른쪽 손목에 있었는지 왼쪽 손목에 있었는지는 중요하지 않았어요. 윌스 양은 단지 그의 손을 보고 싶었던 겁니다. 집사인 엘리스와 같은 식으로 접시를 잡는 그 손을 말입니다.

그리하여 그녀는 진실을 알게 되었습니다. 하지만 윌스 양은 좀 특이한 여자입니다. 그녀는 그러한 비밀을 혼자 간직하고 즐거워했습니다. 더구나 찰스 경이 진짜로 그의 친구를 살해했는지 확신할 수가 없었습니다. 그는 집사로 변장했습니다. 그렇다고 해서 그가 살인범이라는 법은 없지요. 사건이 일어나면 많은 정직한 사람들이 입을 다뭅니다. 한 마디 잘못했다가 난처한 상황에 놓일 수도 있으니까요.

그래서 윌스 양은 그런 사실을 혼자만 알고 있었습니다. 그러면서 즐기고 있었지요. 하지만 찰스 경은 불안했습니다. 윌스 양의 방을 나설 때 봤던 그녀의 만족스럽고 심술궂은 표정이 걸려서 꺼림칙했거든요. 저 여자는 분명히 뭔가 알고 있어. 하지만 그게 무엇일까? 내게 불리한 것일까? 그는 확신할 수 없었습니다. 단지 그것이 집사 엘리스와 관련이 있다는 짐작만 했을 뿐이죠. 처음에는 새터스웨이트 씨, 이번에는 윌스 양……. 어서 빨리 그들의 관심을 결정적인 단서로부터 다른 곳으로 돌리지 않으면 곤란했습니다. 딴 곳에 시선이 집중되게 만들어야 했지요. 그는 계획을 세웠습니다. 단순하고 대담하며 모든 이들을 당혹하게 할 만한 계획을 말입니다.

셰리주 파티가 열렸던 날, 찰스 경은 아침 일찍 일어나 요크셔에 갔을 겁니다. 낡고 허름한 복장을 걸치고 꼬마 아이에게 전보를 쳐 달라고 부탁했지요. 그런 다음 제가 준비한 작은 연극에 참여하기 위해 서둘러 런던으로 돌아왔습니다. 그는 한 가지 일을 더 했습니다. 바로 이제껏 만난 적도 없고 전혀 알지도 못하는 가엾은 여인에게 초콜릿 한 상자를 보낸 겁니다.

그날 저녁 무슨 일이 있었는지 모두들 알고 계시지요? 찰스 경이 불안해하는 것을 보고 저는 윌스 양이 그를 의심하고 있다는 걸 눈치챘습니다. 찰스 경이 '죽음 장면'을 연기할 때 저는 윌스 양의 얼굴을 지켜보았지요. 그녀는 말 그대로 경악했습니다. 그래서 저는 윌스 양이 찰스 경을 살인범으로 의심하고 있었다는 걸 확실히 알게 된 겁니다. 그가 다른 희생자들처럼 독살당하는 것처럼 보이자, 윌스 양은 자신의 생각이 틀렸다고 생각한 거지요.

윌스 양이 찰스 경을 의심하고 있었다면, 그녀는 심각한 위험에 처해 있는 셈입니다. 찰스 경은 벌써 두 명이나 죽였고, 다시 살인을 할 수도 있으니까요. 저는 아주 엄숙한 경고를 보냈습니다. 그날 밤 늦게, 저는 윌스 양과 통화를 했지요. 제 충고에 따라 그녀는 다음 날 갑자기 집을 떠났습니다. 그 이후로 그녀는 이 호텔에 묵고 있답니다. 제 행동은 참으로 현명했습니다. 다음 날 길링에서 돌아온 찰스 경이 투팅에 갔다 왔다는 말을 했으니까요. 그는 너무 늦었던 겁니다. 새는 이미 날아간 뒤였죠.

한편 그의 관점에서 볼 때 모든 계획이 순조롭게 진행되고 있었습니다. 드 러시브리저 부인은 우리에게 중요한 정보가 있다고 했습니다. 하지만 그 말을 하기 전에 죽어 버렸지요. 이 얼마나 극적입니까? 무슨 추리소설이나 연극, 영화 같지 않습니까? 그렇습니다. 이 역시 마분지나 반짝거리는 금속 조각, 색색의 천 같은 가짜 눈속임술이었던 겁니다.

하지만 저, 에르퀼 푸아로는 속지 않았습니다. 새터스웨이트 씨는 그녀가 입을 못 열게 살해된 것이라고 했지요. 제 생각도 그렇습니다. 그는 그녀가 아는 것을 우리에게 이야기하기 전에 살해당한 것이라고도 했습니다. 하지만 저는 이렇게 말했지요. '아니면 그녀가 모르는 것을.'이라고요. 새터스웨이트 씨는 제 말에 당황해하는 것 같더군요. 하지만 그때 진실을 깨달았어야 했습니다. 드 러시브리저 부인은 사실 우리에게 아무것도 말해 줄 수 없었기 때문에 살해된 겁니다. 그녀는 이번 사건과 아무런 관련이 없으니까요. 그녀를 성공적인 미끼로 활용하려면, 그녀는 반드시 죽어야 했습니다. 아무것도 모르는 가엾은 드 러시브리저 부인은 그렇게 살해당한 겁니다.

그러나 승리로 끝난 듯 보이는 이 연극의 와중에서 찰스 경은 어마어마한, 마치 어린아이한테나 어울릴 법한 초보적인 실수를 저지르고 말았습니다. 전보가 리츠 호텔에 묵고 있던 저 에르퀼 푸아로에게 온 것입니다. 드 러시브리저 부인은 제가 이 사건에 관여하고 있다는 사실을 알 리가 없거든요! 그건 이 방에 있는 우리들말고 아무도 모릅니다. 그야말로 믿을 수 없을 만큼 유치한 실수였지요.

그리하여 저는 특정한 단계에 이르게 되었습니다. 저는 범인의 정체를 알아냈습니다. 하지만 범행의 동기를 발견하지 못했지요.

저는 곰곰이 생각했습니다.

그리고 다시 한 번, 그 어느 때보다도 확실하게, 바솔로뮤 스트레인지 경의 살인이야말로 범인의 원래 목적임을 확신했습니다. 그렇다면 찰스 카트라이트는 어째서 자기 친구를 살해해야 했을까요? 제가 동기를 찾아 낼 수 있을까요? 네, 그럴 수 있을 것 같습니다."

그때 누군가의 커다란 한숨 소리가 들려왔다. 찰스 카트라이트 경이 벽난로 앞으로 걸어갔다. 그는 그 자리에 똑바로 서서 허리에 손을 올려놓은 채 푸아로를 내려다보았다. 그의 모습은 (새터스웨이트의 표현에 따르면) 자신에게 사기 누명을 덮어씌운 악랄한 변호사를 경멸에 찬 눈으로 내려다보는 이글마운트 경을 연상시켰다. 그는 숭고한 분위기와 경멸의 감정을 내뿜고 있었다. 그는 저열한 우민(愚民)을 내려다보는 고귀한 귀족이었다.

"참으로 놀라운 상상력이군요, 무슈 푸아로. 이제껏 당신이 한 이야기에 진실이라고는 단 한 마디도 없다는 말은 굳이 할 필요도 없겠지요. 어떻게 그렇게 터무니없는 거짓말을 뻔뻔스럽게 늘어놓을 수 있는지 모르겠습니다. 하지만 계속해 보시지요. 아주 재미있군요. 그래, 내가 어렸을 때부터 사귀어 온 절친한 친구를 살해한 이유가 대체 뭐랍니까?"

소시민에 지나지 않는 자그마한 몸집의 푸아로는 풍채 좋은 귀족 신사를 올려다보았다. 그는 조심스럽게, 그러나 단호하고 뚜렷하게 말했다.

"찰스 경, 우리 속담에 '세르셰 라 팜므.(뒤에는 여자가 있다.)'라는 말이 있습니다. 동기는 바로 거기 있었지요. 저는 당신이 마드무아젤 리튼 고어와 함께 있는 모습을 봤습니다. 당신이 그녀를 사랑한다는 데에는 의심의 여지가 없더군요. 나이 들어 순진하고 사랑스러운 젊은 아가씨에게 빠지는 수많은 중년 남자들처럼, 당신도 에그 양에 대한 열렬한 사랑에 사로잡혔습니다.

당신은 그녀를 사랑했습니다. 그리고 그녀는 멋진 영웅을 숭배하듯 당신을 사랑했지요. 당신의 말 한 마디면 그녀는 금세 당신 품에 쓰러질 겁니다. 하지만 당신은 말하지 않았습니다. 그 이유가 무엇일까요?

당신은 친구인 새터스웨이트 씨에게 자신이 보답받지 못하는 짝사랑을 하고 있는 척했습니다. 당신은 리튼 고어 양이 올리버 맨더스를 사랑하고 있다고 믿는 것처럼 행동했지요. 하지만 찰스 경, 당신은 세상 경험이 많은 남자입니다. 여자들과 사랑해 본 경험도 많지요. 그러는 당신이 리튼 고어 양이 당신을 사랑한다는 사실을 모를 리가 없습니다. 당신은 아주 잘 알고 있었습니다. 그런데도 왜 그녀와 결혼하지 않았을까요? 사실 당신은 그녀와 결혼하고 싶었습니다.

그러나 틀림없이 그것을 가로막는 장애물이 있었습니다. 과연 어떤 장애물일까요? 그 대답은 당신에게 이미 아내가 있다는 가정 말고는 떠오르지 않더군요. 하지만 당신이 유부남이라고 말하는 사람은 아무도 없었습니다. 당신은 이제까지 줄곧 결혼하지 않은 총각으로 알려서 있었지요. 그렇다면 그 결혼은 당신이 아주 젊었을 때, 아직 유명해지기 전 신인 배우 시절에 있었던 일일 겁니다.

당신의 부인에게 대체 무슨 일이 있었던 걸까요? 그녀가 아직 살아 있다면 어떻게 아무도 그녀에 대해 모를 수가 있을까요? 당신이 별거 중이라면 이혼하면 됩니다. 또 아내가 카톨릭 신자거나 이혼을 거부한다고 해도 당신에게 별거 중인 부인이 있다고 세상에 알려져 있었을 겁니다.

그러나 법률도 도와 줄 수 없는 비극적인 경우가 두 가지 있지요. 결혼한 여자가 감옥에 있거나 혹은 정신병원에 갇혀 있는 경우입니다. 이 같은 경우에 당신은 이혼할 수 없습니다. 그 일이 당신이 젊었을 때 일어났다면 분명히 아는 사람이 아무도 없을 겁니다.

이러한 사실을 아무도 모른다면 당신은 리튼 고어 양에게 진실을 밝히지 않고 결혼할 수 있었을지 모릅니다. 하지만 어떤 사람이 진실을 알고 있다면요? 당신을 평생 동안 알아 온 오랜 친구 말입니다. 바솔로뮤 스트레인지 경은 정직하고 명예를 존중하는 의사입니다. 그는 당신을 마음속 깊이 동정하고 있었을 겁니다. 그는 친구의 불안정한 삶에 가슴 아파하며 여자들과의 염문도 어느 정도 이해했겠지만, 당신이 아무것도 모르는 젊은 아가씨와 중혼을 하는 심각한 죄를 저지른다면 가만히 보고 있지 않겠지요.

당신이 리튼 고어 양과 결혼하려면, 바솔로뮤 스트레인지 경은 반드시 제거되어야 했습니다."

찰스 경이 너털웃음을 터뜨렸다.

"그렇다면 배빙턴은 어떻습니까? 그 사람도 그런 비밀을 알고 있었다는 겁니까?"

"저도 처음에는 그런 의심을 했지요. 하지만 곧 그 추리를 뒷받침할 증거가 없다는 걸 알았습니다. 더구나 애초의 문제점이 여전히 남아 있었지요. 칵테일 잔에 니코틴을 탄 사람이 당신이라 해도 그것을 특정 인물에게 건네는 것은 불가능하다는 점 말입니다.

그게 바로 골치 아픈 문제였습니다. 그때 리튼 고어 양의 한 마디가 내게 빛을 던져 주었지요.

독극물은 특별히 스티븐 배빙턴 씨를 노린 게 아니었습니다. 사실 그 자리에 있는 누가 죽더라도 상관없었던 겁니다. 단 세 명만 빼고요. 당신이 신중하게 고른 술잔을 가져다 준 리튼 고어 양과 당신, 그리고 칵테일을 마시지 않는 바솔로뮤 스트레인지 경이지요."

새터스웨이트가 소리쳤다.

"그건 말도 안 됩니다. 도대체 왜 그런 말도 안 되는 짓을 한 거지요? 무슨 득이 있다고?"

푸아로가 새터스웨이트를 돌아보았다. 그의 목소리는 승리감에 도취되어 있었다.

"오, 있고말고요. 아주 독특하고 특이한 이득이 있었습니다. 저도 이런 이유로 살인을 저지른 경우는 처음 봅니다. 말하자면 스티븐 배빙턴 씨 살인은 총리허설이었던 겁니다."

"뭐라고요?"

"찰스 경은 배우입니다. 그는 배우의 본능에 충실하게 따랐지요. 그는 실인을 실행하기 전에 실험을 해 본 겁니다. 그가 의심받을 염려는 없었습니다. 누가 죽든 그에게는 전혀 이득이 되지 않았으니까요. 더구나 모두가 알고 있듯이 그가 특정한 인물에게 특정한 잔을 건네주는 건 불가능했습니다. 그리하여 여러분, 리허설은 계획대로 훌륭하게 진행되었습니다. 배빙턴 씨는 죽었고, 찰스 경은 아무런 의심도 받지 않았습니다. 살인이라는 의혹을 제기하는 것은 찰스 경의 몫이었고, 우리들의 반론에 그는 만족했습니다. 술잔을 바꾸는 것도 간단했지요. 사실 그는 실제 공연을 하는 날에도 '모든 것이 문제 없을 것'이라고 확신했습니다.

그러나 아시다시피 그 후 사건은 약간 다른 방향으로 진행됩니다. 두 번째로 의사가 죽자 곧장 독살의 가능성이 제기된 거지요. 찰스 경은 사람들의 관심을 배빙턴 씨의 죽음으로 돌리려고 했습니다. 바솔로뮤 경의 죽음을 그전에 발생한 배빙턴 씨의 죽음 때문에 일어난 것으로 만들어야 했지요. 그러면 사람들은 배빙턴 씨의 살해 동기에만 집중하고 바솔로뮤 경의 살해 동기에 대해서는 신경 쓰지 않을 테니까요.

하지만 찰스 경이 미처 깨닫지 못한 점이 한 가지 있었습니다. 바로 유능한 밀레이 양의 관찰력이지요. 밀레이 양은 그녀의 고용주가 정원에 있는 건물에서 화학 실험을 했다는 것을 알고 있었습니다. 그녀는 장미 살충제 값을 지불했으며, 그 중 많은 양이 이유 없이 사라져 버렸다는 것도 알아차렸지요. 그녀는 배빙턴 씨가 니코틴 중독으로 사망했다는 기사를 읽자마자 즉각 찰스 경이 장미 살충제에서 니코틴 원액을 추출해 냈다는 결론을 내렸습니다.

그녀는 어떻게 해야 좋을지 몰라 당황했습니다. 그녀는 어렸을 때부터 배빙턴 씨를 알고 있었을 뿐 아니라 못생긴 여자들이 으레 그런 것처럼 멋지고 잘생긴 고용주를 사랑하고 있었거든요.

결국 그녀는 찰스 경이 사용했던 실험 기구들을 없애기로 결심했습니다. 찰스 경은 자신의 성공에 도취한 나머지 그 증거들을 없앨 생각도 하지 못했지요. 그녀는 콘월로 내려갔고 저는 그 뒤를 따라갔습니다."

찰스 경이 다시금 웃음을 터뜨렸다. 마치 더러운 들쥐를 보고 혐오스럽다는 표정을 짓는 일류 신사 같은 모습이었다.

그는 오만하게 물었다.

"낡은 화학 실험 도구를 증거라고 내놓은 겁니까?"

"아닙니다. 당신 여권에 당신이 영국을 떠났다가 돌아온 날짜가

찍혀 있을 겁니다. 그리고 하버튼 카운티 정신병원에 입원해 있는 여자도 있지요. 글래디스 메리 머그, 찰스 머그의 아내 말입니다."

그때까지 에그는 그 자리에 얼어붙은 양 꼼짝 않고 조용히 앉아 있었다. 하지만 그 이야기를 듣자 몸을 움찔거렸다. 거의 신음에 가까운 흐느낌이 터져 나왔다.

찰스 경이 멋지게 빙그르르 돌아 에그를 바라보았다.

"에그, 설마 저런 허무맹랑한 이야기를 사실로 받아들이는 건 아니겠죠?"

그는 웃음소리를 내며 두 팔을 벌렸다.

에그는 최면에 걸린 사람처럼 천천히 앞으로 걸어 나왔다. 그녀는 애원과 고통을 담은 눈동자로 연인을 지그시 바라보았다. 그에게 닿기 바로 직전 그녀는 발을 멈추고 주저하다가 시선을 떨구고 확신을 구하는 양 방 안을 서성거렸다.

마침내 그녀가 울음을 터뜨리며 푸아로 앞에 무릎을 꿇고 주저앉았다.

"그게 사실인가요? 사실이에요?"

푸아로는 에그의 어깨에 두 손을 다정하게 올렸다.

"사실입니다, 마드무아젤."

방 안에 에그의 흐느낌 소리만 나지막이 울렸다.

찰스 경은 갑자기 늙어 버린 듯했다. 그것은 세월의 때가 묻은 노인의 얼굴, 힘들고 지친 호색한의 얼굴이었다.

"지옥에나 떨어져."

찰스 경의 연기 인생을 통틀어 이토록 격렬한 증오심을 담아 내뱉은 대사는 처음이었을 것이다.

찰스 경은 몸을 돌려 방을 나갔다.

새터스웨이트가 의자에서 용수철처럼 튀어 올랐다. 하지만 푸아로는 고개를 저었다. 그는 아직도 흐느끼고 있는 에그의 어깨를 부드럽게 토닥여 주었다.

"도망갈 겁니다."

새터스웨이트의 말에 푸아로는 고개를 저었다.

"그는 그저 퇴장을 한 것뿐입니다. 세상 사람들의 눈앞에서는 늦게, 무대에서는 빨리."

조용히 문이 열리고 누군가가 들어왔다. 올리버 맨더스였다. 평상시의 냉소적인 태도는 눈 녹듯 사라지고 없었다. 그는 창백한 얼굴에 우울해 보였다.

푸아로가 에그에게 몸을 굽혀 온화한 목소리로 말했다.

"자, 마드무아젤. 여기 당신을 집에 데려다 줄 친구가 왔습니다."

에그가 일어섰다. 그녀는 어리둥절한 표정으로 올리버를 쳐다보다가 비틀거리며 그를 향해 걸어갔다.

"올리버, 어머니에게 데려다 줘. 맙소사, 날 어머니에게 데려다 줘."

그는 에그의 어깨에 팔을 두른 채 문 쪽으로 데려갔다.

"그래, 데려다 줄게. 가자."

에그는 다리에 힘이 풀려 제대로 걷지도 못했다. 올리버와 새터스웨이트가 그녀의 양팔을 붙잡고 조심스레 부축했다. 문 앞에서 그녀는 팔을 떨치고 몸을 추스르더니 머리를 뒤로 젖혔다.

"난 괜찮아요."

푸아로가 손짓하자 올리버가 다시 방으로 돌아왔다.

"그녀에게 잘 해 줘요."

"그럴 겁니다. 에그는 내가 세상에서 가장 사랑하는 사람인걸요. 알고 계셨죠? 그녀를 사랑하기에 그렇게 냉소적이고 뻐딱하게 굴었던 걸요. 앞으로는 달라질 겁니다. 이제 각오가 됐어요. 그리고 언젠가는……."

"저도 그렇게 생각합니다. 찰스 경이 나타나 그녀를 매혹시켰을 때부터 그녀는 당신에게 관심을 갖기 시작했을 겁니다. 영웅 숭배는 젊은이들에게 엄청나게 끔찍하고 위험한 것일 수 있지요. 언젠가 에그는 한 친구와 사랑에 빠질 테고, 그렇게 되면 반석 위에 행복을 쌓게 되겠지요."

푸아로는 방을 나가는 청년의 뒷모습을 따스한 눈길로 바라보았다.

그때 새터스웨이트가 돌아왔다.

"무슈 푸아로, 정말 대단합니다. 정말 대단해요."

푸아로는 짐짓 겸손한 척 대꾸했다.

"그건 아무것도 아닙니다. 그렇고말고요. 그저 3막의 비극이 벌어졌고, 이제 막을 내린 겁니다."

"죄송합니다만……."

"저한테 묻고 싶은 게 있나 보군요?"

"궁금한 게 하나 있습니다."

"말씀하시죠."

"어째서 당신은 때로 완벽한 영어를 구사하면서 또 어떤 때는 못하는 겁니까?"

푸아로는 웃음을 터뜨렸다.

"말씀드리지요. 제가 영어를 완벽하게 말할 수 있는 건 사실입니다. 하지만 친구, 서툴게 말할 때는 엄청난 이점이 있습니다. 사람들이 저를 얕잡아 보거든요. 그들은 저 외국인은 영어도 제대로 구사할 줄 모르는군 하고 생각하지요. 사람들에게 겁을 주는 건 제 방식이 아닙니다. 저는 일부러 그들이 절 바보로 여기도록 만들지요. 또 허풍을 떨기도 하고요! 영국 사람들은 '자기 자신을 높이 평가하는 사람은 그만큼 가치가 없다.'고들 하지요. 하지만 그건 영국식 사고방식일 뿐, 언제나 사실은 아니지요. 그리고 아시다시피 전 사람들의 경계심을 이완시키는 능력이 있지요. 이젠 그게 버릇이 되어 버렸답니다."

"맙소사. 정말이지 교활한 속임수군요."

새터스웨이트가 탄식했다.

그는 잠시 동안 조용히 이번 사건을 곱씹어 보았다.

새터스웨이트가 난처한 표정으로 말했다.

"이번 일에 그다지 도움을 못 준 것 같아 미안합니다."

"아니, 오히려 그 반대랍니다. 당신은 아주 중요한 부분을 집어 냈어요. 바솔로뮤 경이 집사에게 한 말 말입니다. 또 당신은 윌스 양의 예리한 관찰력에 대해서도 알고 있었지요. 사실 연극적인 효과

에 관객처럼 반응하지만 않았어도 당신 혼자서 이 사건을 해결할
수 있었을 겁니다."

칭찬을 듣자 새터스웨이트는 기분이 좋아졌다.

그러다 갑자기 어떤 생각이 그의 머리를 후려쳤다. 그는 입을 떡
벌렸다.

"하느님 맙소사, 이제야 깨닫다니. 그 악당 놈이 독이 든 칵테일
을! 누구라도 마셨을 수 있잖아! 그게 나였을 수도 있었어!"

푸아로가 조용히 말했다.

"그보다 더 끔찍한 가능성도 있지요."

"네?"

"그게 저였을지도 모른다는 겁니다."

〈끝〉

옮긴이 | 박슬라

연세대 인문학부를 졸업했으며 영문학, 심리학을 전공했다. 현재 인트랜스 소속 전문번역가로 활동 중이다. 옮긴 책으로는 『한니발 라이징』, 『마인드 세트』, 『고양이 100배 행복하게 키우기』, 『베어&드래곤』, 『미래를 읽는 기술』, 『회사형 인간』 청소년소설 시리즈 『나를 나로 만드는 것』 시리즈, 『레슬리의 비밀일기』 등이 있다.

애거서 크리스티 푸아로 셀렉션

3막의 비극

1판 1쇄 펴냄 2015년 7월 10일
1판 3쇄 펴냄 2022년 5월 3일

지은이 | 애거서 크리스티
옮긴이 | 박슬라
발행인 | 박근섭
편집인 | 김준혁
펴낸곳 | 황금가지

출판등록 | 2009. 10. 8 (제2009-000273호)
주소 | 135-887 서울 강남구 신사동 506 강남출판문화센터 5층
전화 | 영업부 515-2000 **편집부** 3446-8774 **팩시밀리** 515-2007
홈페이지 | www.goldenbough.co.kr

도서 파본 등의 이유로 반송이 필요할 경우에는 구매처에서 교환하시고
출판사 교환이 필요할 경우에는 아래 주소로 반송 사유를 적어 도서와 함께 보내주세요.
135-887 서울 강남구 신사동 506 강남출판문화센터 6층 민음인 마케팅부

ⓒ ㈜민음인, 2015. Printed in Seoul, Korea
ISBN 978-89-6017-103-9 04840
ISBN 978-89-6017-956-1 04840 (set)
㈜민음인은 민음사 출판 그룹의 자회사입니다.
황금가지는 ㈜민음인의 픽션 전문 출간 브랜드입니다.